WAY

DEADLOCK番外編2

英田サキ

キャラ文庫

この作品はフィクションです。
実在の人物・団体・事件などにはいっさい関係ありません。

AWAY DEADLOCK番外編2

口絵・漫画／高階　佑

Wonderful camp !

「いいところだな」

ユウトが感想を漏らすと、ロブはすかさず「だろ？」と得意げに胸を張った。

「それほど山奥ってわけでもないのに、車もほとんど通らなくて静かだし、川で釣りも楽しめる。少し下流まで行くと滝壺《たきつぼ》もあって泳ぐこともできるぞ」

「まさに穴場だな。でもどうやって見つけたんだ？」

ロブがもったいつけて「内緒」と答えると、隣に座ったディックがニヤッと笑った。

「どうせネトに教えてもらったんだろ？　ここは釣りにはもってこいの場所だ」

なんだ、とユウトは思った。週末キャンパーでもないロブが、よくこんないい場所を知っているとは不思議に思ったが、ネトに教えてもらったのなら納得だ。

「まあ、そういうこと。でも本当にいいところだろ？　設備の整ったキャンプグラウンドもいいけど、誰もいない静かな自然の中でゆっくり過ごすほうが、都会で疲れきった心もおおいに癒《い》やされるというものさ」

ロブはビールを飲みながらユウトにウインクした。まあ、そうかもしれないな、とユウトは考え、周囲を見渡した。

渓流沿いは岩場や大きな砂利が多くてテントを張るには不向きだが、ここは下が平らな土になっていて足場がいい。キャンプをするのにはもってこいの場所だ。

ロブが友人から借りてきた立派なキャンピングカーがあるので、わざわざテントを張らなくても大丈夫なのだが、シュラフで寝るのはキャンプの醍醐味《だいごみ》とも言える。

「来る途中に動物園があっただろ？　帰りに寄ってみないか」

ロブの提案にユウトは「いいね」と同意した。

「動物園なんて長いこと行ってない。童心に返って楽しめそうだ」

ユウトとディックとロブはタープの下で椅子に腰かけ、雑談を交わしながら自然の中で飲むビールの味を楽しんだ。

川のせせらぎに交じって、時々、鳥のさえずりまで聞こえてくる。こんなにのんびりできるのは久しぶりだ。

「トーニャもくればよかったのにな」

ディックが言った。ロブは誘ったそうだが、カップル二組にくっついていくのは、邪魔者みたいだから嫌だと断られたらしい。

「パコも一緒なら来たのかな？」

反射的にロブをにらんでしまった。ユウトの棘《とげ》のある視線に気づいたロブは、失敬というように肩をすくめたが、へこたれることなくパコとトーニャの話を続けた。

「でも実際のところ、あのふたりはどうなってるんだ？」

「知らないよ」

トーニャが男だと知って一度は拒んだくせに、パコは今も時々、トーニャとふたりきりで会っている。ユウトにはそんな兄の行動がまったく理解できない。男とどうにかなるなんて無理だと言いながら、なぜトーニャを誘うのだろうか。トーニャの気持ちを弄《もてあそ》ぶような真似はしてほしくない。

「いっそつき合えばいいのに」

「無理だよ。パコは根っからの女たらしなんだ。いくらトーニャが美人でも、ぶっちゃけた話、セックスできない相手と長続きするはずがない」

「いやいや。案外、寝ないからこそ、いつまでも諦《あきら》めがつかないのかもしれないぞ」

「プラトニックなんてパコの柄じゃないよ」

そうかなと笑ってから、ロブは急に何かを思い出したように表情を引き締めた。

「ヨシュアがいないうちに、ふたりにちょっと話しておきたいことがあるんだ」

ヨシュアは遊びたがっていたユウティを散歩に連れだしたまま、まだ戻ってきていない。

「実は今、ヨシュアと喧嘩《けんか》中なんだ。あ、喧嘩っていってもヨシュアが一方的に怒ってるだけで、俺は一刻も早く仲直りしたいと思ってる」

ユウトは「本当に？」と目を見開いた。

「ヨシュア、全然いつもと変わらないように見えたけど。気づいてたか、ディック？」

「なんとなくな。ロブと普通に話はするけど目を合わそうとしていなかったから、変だと思ってた」

さすがはディックだと感心した。普段から感情が表に出ないヨシュアなので、素っ気なかったり愛想が悪かったりしても、ついいつものことと思って見逃してしまいがちなのに、ディックの鋭い観察眼はわずかな異変も見抜いていたのだ。

「喧嘩の理由は？　まさか浮気だなんて言わないよな？」

冗談のつもりで言ったのに、ロブはギクリとしたように顔を引きつらせた。

「おいおい。まさかだろ？　ヨシュアのこと裏切ったのか？」

「違う違う！　裏切ってなんかないよっ。勝手に決めつけないでくれ。俺は浮気なんてしてないんだ」

必死で否定するのがますます怪しい。ユウトは「ふうん？」と疑わしさ丸出しの表情でロブを眺めた。

「ああ、もう。君って俺のこと信用してないの？」

「信用しているよ。手の早さなんか特にね。俺の記憶が確かなら君に初めて会った日、ずるいやり方でキスされそうになったっけ」

ディックが飲んでいたビールで咽《む》せた。ロブはディックの様子を気にしながら「ひどいよ」と顔を歪《ゆが》めた。

「あれはちょっとからかっただけじゃないか。実際にはしなかっただろ？」

「あれ、そうだったかな」

「そうだよ。……おい、ディック。なんでそんな目で俺を見るんだ？　俺がユウトを口説いたのは確かだけど、もう昔の話だろ？　そのへんのことはお互い、きれいさっぱり水に流してきたじゃないか」

眉間《みけん》にしわを寄せているディックを見て、ロブは焦ったように言い募った。

「わかってる。わかっているが思い出すと、どうしてもあの頃の殺伐《さつばつ》とした気持ちが蘇《よみがえ》ってきて、つい物騒な気分になる」

「物騒……。そういうのは冗談でもやめてくれよ。これから君に背中を向けるのが怖くなる」

ディックが無表情に指でピストルをつくって撃つ動作をすると、ロブも迫真の演技で「あうっ」と胸を押さえて前のめりになった。

「ふたりに俳優の素質がないのはよくわかったから、さっきの話に戻そう。喧嘩の原因はなんなんだ？」

ユウトが尋ねると、ロブは浮かない顔で事情を説明し始めた。

「十日ほど前、昔の恋人がいきなりやってきたんだ。ライアンといって一時期、一緒に住んでいた青年だ。すごく憔悴《しょうすい》しきった顔で相談に乗ってほしいことがあるって言うから、家に上げて話を聞くことにした。ライアンにはヒュースっていう恋人がいるんだけど、そのヒュースが重度の薬物中毒になっているっていうんだよ。ヒュースはかつて俺の友人だった。俺は力になってやりたいと思った。……ここまではオッケーかい？」

ユウトは右手を挙げ、「ヒュースと友人でなくなった理由は？」と尋ねた。

「いい質問だね。それはライアンを寝取られた俺が頭にきて、『君なんて地獄に堕ちてしまえ。絶交だ』と言ってヒュースを殴ったからだ」

ユウトが黙り込むと、ロブはきょとんとした表情を浮かべた。

「何？　俺、変なこと言った？」

「いや、変ってことはないけど、ちょっと驚いた。平和主義者の君が手を出したんだから、そのヒュースって奴によっぽど腹を立てたんだろ？　なのに助けてやりたいと思ったんだ？」

「済んだことはきれいさっぱり水に流す。それが真の男ってものだ。なあ、そうだろ？　ディック」

同意を求められたディックは無言でビールを飲みながら、眉をわずかに上げただけだった。

「まあ、とにかくだ。俺はライアンに力を貸してやりたいと思い、評判のいい薬物更生施設を紹介した。だけどライアンはヒュースを説得できる自信がないって言うもんだから、俺も手伝うことにしたんだ。ヒュースに会いに行くと、別人みたいに瘦《や》せ細っていたよ。彼は俺との再会は喜んでくれたけど、施設に入るのは嫌だと言って怒り始めた。挙げ句には嚙《か》みついたりして暴れるからこのざまだ」

ロブが長袖のTシャツの袖をめくると、腕には確かに人に噛まれたと思《おぼ》しき傷ができ、赤黒く腫《は》れあがっていた。痛々しい傷痕だ。

「俺はヒュースを説得するために話し合いを続けようと思っているんだけど、ヨシュアが難色を示してね。ライアンと出かけるのを快く思ってない。彼のことはもうなんとも思っていないと言っても渋い顔だ」

「そうだったのか。でも気持ちはわかるな。昔の恋人と何度も会われるのは面白くない」

ユウトが言うと、ロブは「遊びに行くんじゃない」と不満げに言い返した。

「人助けだよ。困っている友人に頼られて、知らん顔はできないだろ」

「だろうね。君はそういう奴だ。だからやめろとは言わないよ」

ロブは自分の信念を曲げない男だ。軽薄な言葉とは裏腹に驚くほど頑固な部分がある。

「好きなだけ頑張るといい。だけどヨシュアのフォローも忘れずにな」

「ああ、わかってる。なんとかこのキャンプで仲直りしたいと思ってるんだ。……あ、戻ってきた」

木立の向こうからヨシュアとユウティが現れた。黒いTシャツにジーンズというカジュアルな格好だが、どこかノーブルな雰囲気が漂っている。

その隣をユウティが跳びはねるようにして歩いていた。ユウティはヨシュアが大好きらしく、会うと必ずそばから離れなくなる。最初は困っていたヨシュアも最近は慣れてきたのか、ユウティの相手を積極的にするようになった。

「ありがとう、ヨシュア。コウティはいい子にしてた？」

「ええ。すごくはしゃいでましたが、勝手に遠くへ行ったりはしませんでした」

ロブがにこやかに「喉が渇いただろ？」と缶のコーラを差し出したが、ヨシュアは「結構です」と首を振った。

「車の中に飲みかけのミネラルウォーターがあるので取ってきます」

ヨシュアが車内に消えると、ロブは大きな溜《た》め息《いき》をついた。

それを見たディックは「敵は手強《てごわ》いようだが、せいぜい頑張れ」と励ましたが、その声はいつになく冷たかった。

それはロブ以外のメンバーが川で遊んできて、戻った直後に起きた。

「あれ？　ここに置いてあった果物は？」

ユウトがテーブルの上を指差して言った。ひとり残って昼寝をしていたロブは、眠そうな顔で「果物？」とユウトを振り返った。

「ああ。バナナとかリンゴとかこのカゴに入れていただろ？　全部なくなってる。ロブがひとりで食べたのか？」

「俺は何も食べないよ。ずっと寝てたのに」

「別に食べたなら食べたでいいよ。聞いただけだろ？」

「だから違うって。誓って食べてないっ」

あまりに頑固に言い張るのでユウトが「はいはい」とあしらうと、ロブはむきになったように「信じてないな」と言い返した。

「俺は食べてない。絶対だ。……そうだ。ユウティじゃないのか？」

今度はユウトがムッとする番だった。

「いい加減なことを言わないでくれ。ユウティは俺たちとずっと一緒にいた。それにユウティは勝手に食べ物を食べたりしない。そういうしつけはちゃんとしてるんだから」

「でも俺じゃないんだ。とにかく絶対に俺じゃない」

「やめろよ、ふたりとも。たかが果物だろう」

ディックが仲裁に入り、果物の話はそこで終わった。

ユウティを犯人扱いされて面白くなかったが、確かにたかが果物だ。しつこく文句を言って雰囲気が悪くなるのも嫌なので、ユウトはもうこの件には触れないことにした。

なのにそのほんの一時間後に、またもやロブに対して腹の立つことが起きた。

夕食の準備をしている時だった。メニューはバーベキューで、串《くし》に具材を刺す作業をしていると、誰かに尻を触られた。

振り返ったが誰もいないし、木の枝なども無い。おかしいなと首を捻《ひね》った。隣にいるのはロブだけで、ディックは少し離れた場所で炭をおこしているし、ヨシュアはテーブルの上を片づけている。ユウティは疲れたのか木の下で眠っていた。

最初は気のせいかと思ったが、二度目に触られた時はさすがにロブしかいないと確信を持ち、「やめろよ」と注意をした。

ロブはユウトにびっくりしたような顔を向け、「何が？」と言った。

「何がじゃない。俺の尻に触っただろ」

「はあ？　なんのことだよ？　俺はそんなことしてないぞ」

「よく言うよ。二回も触ったくせに。子供みたいな真似するなよな」

溜め息をつくユウトに、ロブは「やめてくれよっ」と食い下がった。

「俺は確かに悪戯《いたずら》好きだけど、人の尻を触って喜ぶほど馬鹿じゃない。……ディック！　なんだよ、その目は。俺はやってないって言ってるだろう？　ねえ、ヨシュア。君は俺を信じてくれるよね？」

恋人に救いを求めたロブだったが、ヨシュアは「さあ」というように首を振った。喧嘩中の恋人は他人より冷たいという事実を忘れているらしい。

「ひどいよ、ユウト。なんで俺ばっかり苛《いじ》めるんだ。さっきの果物の件といい、俺を目の敵にしてないか？」

「俺のせい？　悪いのは君だろ。食べてないと白を切ったり、ふざけて尻にタッチしたり。やることがガキっぽすぎる。五歳児並みじゃないか」

ロブは話にならないという顔で頭を振った。

「ひどい。やってもいないことを、全部俺のせいにされるなんて……。親友だと思っていた君に信じてもらえないのか。ああ、なんていう悲劇だ。冤罪《えんざい》で苦しむ人の気持ちがよくわかった」

「大袈裟《おおげさ》だな。ごめんと言えば済む話なのに」

ロブは呆《あき》れ果てるユウトを恨めしげに見つめて呟《つぶや》いた。

「だから俺じゃないのに……」

「ロブ、落ち込んでたぞ」

ディックは並んで眠るユウトの裸の肩を抱き寄せ、「可哀相に」とつけ足した。

キャンピングカーの中で寝ることにしたのは、ロブがこれみよがしに傷ついた顔をしているので、一緒にいるのが嫌になったからだ。

「悪いのはロブだ。正直に言えばいいのに、やってないって言い張るから」

「でもおかしくないか？　果物の件にしろ尻にタッチした件にしろ、別に必死で隠すようなことじゃない。本当にロブの仕業なのかな？」

ディックがロブの肩を持つものだから、ユウトは面白くなかった。

「じゃあ他に誰がやったっていうんだ？　ここには悪戯好きなジェイソンでもいるっていうのかよ。今日は十三日の金曜日じゃない」

「怒るなよ。もしかしたらロブがお前のお尻に触ったのは、ヨシュアの気を引くためじゃないのかな」

「それはないだろう。ロブほど頭のいい男が、そんな子供じみた真似をするとは思えない。単純にスケベ心からの悪戯だったりして」

最後の部分は冗談で言ったのに、ディックは「なんだって？」と大袈裟に顔色を変えた。

「まさか、ロブはまだお前に未練があるのか？　そういうそぶりがあるのか？」

「ないない。ロブはヨシュアに夢中だよ。見てればわかるだろ？」

「なんだ。驚かさないでくれ」

本気で安堵《あんど》しているディックが可愛くて、ユウトは自分から口づけた。チュッと短いキスをして唇を離すと、ディックはそんなんじゃ駄目だというように深い口づけを開始した。

甘く舌を絡め合い、ついでに足も絡め合う。ディックの熱い手が背中や尻を熱心に這《は》い回ってくるので、ユウトの漏らす吐息は自然と甘くなった。

「ディック……。まさかしたいのか？」

「ああ。したい。大自然の中でお前を抱きたいな」

ディックの青い目を見つめ返し、ユウトは真面目な表情で呟いた。

「車、揺れたりしないかな？」

途端にディックが笑いだした。

「そんな心配がしたくなるほど、真剣に激しくやる気か？」

「そ、そういうわけじゃないけど」

「こんなでかいキャンピングカーをグラグラ揺らすほど、激しく抱き合うのも悪くないな」

「もういいよ、馬鹿」

笑い合って啄《ついば》むようなキスを繰り返す。ユウトはふと思い出した。

「……ロブとヨシュア、仲直りしているといいけど」

「そうだな。俺たちみたいに、すごく仲良くしていることを祈ろう」

ディックはすごくの部分をことさら強調して言うと、ユウトの首筋に唇を押し当てた。


「ひどいと思わないか？　ユウトってば俺のこと犯人だって決めつけてさ。あんまりだよ」

ロブがシュラフの上で片肘《かたひじ》をついて話しかけると、仰向けに寝ていたヨシュアは少しだけ首を曲げた。

ランプの明かりがあるので顔はよく見える。けれどヨシュアの端正な顔には、これといった感情が窺《うかが》える表情は浮かんでいなかった。

ロブは内心で溜め息をつきつつも、どうにか微笑《ほほえ》みを浮かべた。ヨシュアが時としてものすごく扱いづらくなるのはわかっている。無表情くらいで落ち込んでいては、恋人としてやっていけない。

「君も俺がやったと思ってる？」

「……いいえ」

控えめな声だが、はっきりと否定されてほっとした。ヨシュアにまで信じてもらえなかったら、さすがにこたえる。

「そう思う理由は？」

「あなたは冗談好きですが、どうでもいい嘘をつく人ではありません。きっとユウトの勘違いでしょう」

「よかった。君にそう言ってもらえて嬉しいよ。……ねえ、そっちに行ってもいい？」

ヨシュアが頷《うなず》いた。嫌がってる雰囲気はなかったので、ロブは浮き浮きしながら身体をごろんと一回転させ、ヨシュアのすぐ隣に寝そべった。

「ねえ、ハニー。ライアンのことだけど、まだ怒ってる？」

頬に指先を滑らせる。ヨシュアは少し不機嫌そうに目を伏せた。

「怒ってます」

「ヨシュア。どうしてなんだい？　俺はもうライアンのことはなんとも思ってないんだ。誓って言うよ。愛しているのは君だけだ。俺は友人としてライアンとヒュースが心配だから、困っている彼らの力になりたいだけなんだよ。決して君の心配しているようなことは――」

「違います」

ロブの唇に指先を押し当てて黙らせると、ヨシュアはきっぱりと言った。

「私が怒っているのは、やきもちからではありません。あなたの行動が理解できないんです。あまりにもお人好しすぎて頭にくる」

ヨシュアは珍しく怒りの感情をあらわにして、ロブをにらみつけた。冷たい瞳もたまらなく素敵だと思いつつ、ロブは首を傾《かし》げた。

「お人好しで頭にくるの……？」

「ええ。すごく頭にきてます。ライアンはあなたを裏切ってヒュースと浮気したんですよね？　そしてヒュースは友人の恋人とわかっていてライアンに手を出した。ふたりしてあなたを裏切ったんです。普通なら二度と顔向けできないのに、ライアンはよりによってヒュースのことであなたに助けを求めた。あまりにも勝手すぎませんか？」

一気に捲《まく》し立てるヨシュアに驚いた。こんなにも早口で喋《しゃべ》るヨシュアは初めて見た。

「なのにあなたはライアンの相談に乗り、彼を励ましている。ヒュースに噛みつかれてもめげずに、まだ説得を続けようとしている。私には理解できません。あなたが彼らのためにそうまでしてやる必要性なんて、どこにもないでしょう？」

「ヨシュア。君は嫉妬《しっと》から怒っていたんじゃなくて、俺のことを思って怒ってくれていたのかい？」

ヨシュアはしばらく黙っていたが、細い息を吐いてから頷いた。

「ええ。あなたを裏切ってひどく傷つけたくせに、何もなかったみたいな顔で相談を持ちかけてきたライアンに腹が立ちました。彼はあなたの優しさにつけ込んでいる」

ずっと機嫌が悪かったヨシュアの本心を知って、ロブは猛烈に感動した。やきもちも愛情の裏返しだと思って、それはそれで嬉しかったが、ヨシュアの不機嫌はもっと深い感情から発していたのだ。

我慢できず両腕を回してヨシュアの身体を強く抱き締めた。柔らかな金髪に頬を埋め、「ああ」と感激の声を漏らす。

「ありがとう、ヨシュア。俺のために怒ってくれて、すごく嬉しいよ」

「確かにあなたのために怒っていますが、あなた自身にも怒ってます。そこまで人がいいのもどうかと思いますが」

ロブはヨシュアの顔を上から覗《のぞ》き込み、「ごめんよ」と囁《ささや》いた。

「俺を馬鹿だと思うだろ？　俺もそう思ってる。だけどライアンは他の誰でもなく、この俺を頼ってきた。彼だって気まずかっただろうし、罪悪感もあったはずだ。それでも他に相談できる人がいなくて、俺のところに来たんだ。ライアンをなじって追い返すのは簡単だけど、俺はそうしなかった。ライアンにもヒュースにも幸せになってもらいたいからだ。だけど、どうしてそんなふうに思えたのかわかる？　俺だって底抜けのお人好しじゃない。裏切られた時の心の傷はまだ残ってる。本当に辛《つら》かったよ。だけど自然と許せる気持ちになったんだ。なぜなら今の俺には君がいるからさ」

ヨシュアは不可解そうに眉根を寄せ、「私が？」と呟いた。ロブはヨシュアの額にキスをして、「そうだよ」と大きく頷いた。

「彼らを許せたのは、今がすごく幸せだからだ。幸せってやつは人を寛容にするからね。そして俺の味わっている大きな幸せは君がくれたものだ。君が俺のそばにいてくれるから、俺はいつも満ち足りた気分でいられる。もし君と出会っていなければ、きっとライアンのことも許せなかったと思う。話も聞かずに追い返していたかもね」

複雑そうな表情でヨシュアは黙り込んだ。腹立たしい事態を招いた原因が自分自身にあると知らされ、頭の中が混乱しているのかもしれない。

「ダーリン。もう怒らないでおくれ。君に素っ気なくされると、本当に寂しくてしょうがないんだ。頼むから仲直りしてくれ。これ以上、俺を悲しませないで」

かき口説くように必死で言い募るロブを見て、ヨシュアはお手上げだというような苦笑を浮かべた。

「わかりました。もう何も言いません。あなたの気が済むようにしてください」

「ありがとう。君のような恋人を持てて、俺は本当に幸せ者だよ。……仲直りのキスをしてもいい？」

もう何度も抱き合った仲だというのに、ヨシュアは初めてキスするみたいな恥ずかしげな表情で目を伏せた。

そっと唇を重ね、誘うように唇を甘く噛んだ。ヨシュアの唇が少しずつ開いていく。舌先で前歯をくすぐると、焦《じ》れったくなったのかヨシュアは自分からロブの悪戯な舌を求めてきた。

熱い舌を絡め合い、息継ぎするように顔を離す。再び唇を重ねようとしたロブの頬に手を添え、ヨシュアはなぜか「すみません」と謝った。

「え？　なんだい？　どうして謝ったりするの？」

「……さっきはやきもちなんかじゃないと言いましたが、少しはそういう気持ちもありました。ライアンに優しくするのは、もしかしたらまだ好意が残っているからじゃないかって。だから余計に腹が立ったのかもしれない」

些細《ささい》な告白だがヨシュアの本心を聞いて、ロブの胸は痛いほど高鳴った。

ヨシュアは自分の気持ちを打ち明けるのが苦手な男だが、大事な場面ではこうやって素直になってくれる。それがヨシュアにとって容易なことではないとわかるから、なおさら愛おしさが増してたまらなくなる。

「やきもちを焼かれるのは嫌いじゃないよ。でも君を不快にさせたり不安にさせたりするのは本意じゃない。本当にすまなかった」

「いいえ。本気で疑ったわけじゃないんです。自分に自信がないから、いまだにあなたに愛されているってことが夢みたいで……」

「まったく君って奴は。こんなにも君に夢中なのに夢だなんてひどいよ。どうしたら実感できるの？」

食べてしまいたいくらい可愛い。その気持ちを実践するように、鼻先を軽く囓《かじ》りながら言うと、ヨシュアは「わかりません」と笑って顔を背けた。

ロブはそんなヨシュアを優しく見つめ、白い頬にキスをした。

「結婚式を挙げようか？」

冗談だと思ったのか、ヨシュアは「私に合うサイズのウエディングドレスなんてありませんよ」と返した。

「タキシードでいいよ。俺は無神論者だから神さまには誓わなくてもいいけど、俺の家族と大事な友人の前で、君を生涯愛することを誓いたい。死がふたりを分かつまで共に生きていくことを約束したいんだ」

ロブが本気で言っていると知ったヨシュアは、声もなく瞠目《どうもく》している。

「俺のそういう覚悟、暑苦しい？　だったらごめんね」

「……いいえ。嬉しいです。すごく、嬉しい。ああ、ロブ」

ヨシュアは言葉を詰まらせながらロブに抱きついた。ロブはヨシュアの髪を撫《な》で、「ごめん。ひとつ訂正」と言った。

「やっぱりドレスがいいな。真っ白でフワフワしたの。君ならきっと似合う」

「いいですよ。ドレスでもなんでも着ます。ロブの希望どおりにします」

そんな冗談に笑いながら、ふたりは何度もキスをした。気分が盛り上がってきたロブは素早くランプの明かりを消すと、再びヨシュアに覆い被さった。

「テントの中でするのは初めてだ。ブロークバック・マウンテンみたいでドキドキするな。君はどう？」

「私はロブが一緒なら、いつだってドキドキしています」

ヨシュアの可愛い言葉を聞いたロブが、だらしなく唇をゆるめたのは言うまでもない。


「わ――――っ」

誰かの叫び声に眠りを破られ、ロブは飛び起きた。外はもう明るくなっている。

「なんだ……？」

「ユウトの声です！」

ジーンズに足を通しながらヨシュアが答える。ロブも慌ててボクサーブリーフの上にズボンを穿《は》き、ヨシュアのあとを追ってテントを飛び出した。

「ユウト、どうしたんですかっ」

ヨシュアが鋭く尋ねた。ユウトはキャンピングカーの前で両手を挙げて立っていた。強盗でもいるのかとロブは警戒したが、そんなユウトを呆然《ぼうぜん》と眺めているディックの姿に気づき、おかしいと思った。強盗ならディックは迷わず果敢に立ち向かっていくはずだ。

「こいつをどうにかしてくれっ」

ユウトが自分の背後を気にしながら叫んだ。よく見ると腰のあたりに毛むくじゃらの何かが巻きついている。獣の腕のようだ。

「……猿ですか？」

「……猿なのか？」

ロブとヨシュアが呟くと、ディックが「チンパンジーだな」と訂正した。

「猿でもチンパンジーでもなんでもいい！　とにかくこいつをどこかにやってくれっ」

ユウトがクルッと背中を向けると、下半身には確かにチンパンジーと思しき動物がぶら下がっていた。キーッと歯を剝《む》きながら、必死でユウトの腰にしがみついている。

「大人のチンパンジーはすごく凶暴だって言うけど……こいつは子供か？　大人か？」

もし大人なら下手に刺激しないほうがいいと思い、ロブはチンパンジーの様子を注意深く見守った。

「どちらかというとユウトを襲っているんじゃなくて、怯《おび》えてしがみついているって感じだな」

ディックも無理に引きはがしていいものかどうか、決めかねているようだ。

「多分、まだ子供です。顔が白い」

大人になると顔が黒くなるとヨシュアは言い添えた。少し安心したが、とはいえ子供だから大丈夫とは言い切れない。訓練されたチンパンジーが人を襲ったという話を、何度か聞いたことがある。

「食べ物で釣ってみようか」

ロブはキャンピングカーの冷蔵庫からリンゴを持ってきた。

「ユウト、ゆっくりと車の入り口まで来て」

ユウトはチンパンジーを腰にぶら下げたまま、歩きにくそうに車の入り口へと近づいた。チンパンジーの目はリンゴに釘付《くぎづ》けになっている。

ロブは見せつけるような動作で、リンゴを車内に放り投げた。するとチンパンジーはユウトの身体から下り、リンゴを追いかけて車内へと入っていった。

すかさずドアを閉める。安堵のあまり息が漏れた。チンパンジーを車内に閉じこめることに成功した。

「とりあえず、これで大丈夫だ」

「……ありがとう、ロブ」

ユウトはやれやれという態度で椅子に腰を下ろした。

「本当に驚いたよ。起きて外に出たら、いきなり後ろからあいつが飛びついてきたんだ。ものすごい力で腰が抜けるかと思った」

「チンパンジーの握力は三百キロとも言いますから」

ヨシュアが冷静に解説する。

「彼らは大人になると凶暴な猛獣になると言われています。肉食の一面があって、人を襲って顔面を食べたという事件も起きています」

ユウトは心底嫌そうに自分の顔を撫でた。

「よかった。顔を食べられなくて……」

「さっきのチンパンジーはまだ子供のようでしたから、多分、それほど危険はなかったと思いますが――」

「あっ」

ロブはあることに気づき大声を上げた。

「もしかして果物を食べたの、あいつじゃないのか？」

ディックが「だな」と頷いた。

「じゃあ、俺の尻を触ったのもあいつなのか？」

「多分ね。今みたいに抱きつきたかったのかもしれないよ。でも勇気がなくてタッチだけで終わったとか」

「……うーん。そうかもしれないな」

半信半疑ながらもユウトはロブの意見を受け入れた。チンパンジーに尻を触られたという出来事は、にわかには納得しがたいものだろう。

「これで俺の痴漢容疑は晴れたよね？　よかった。身の潔白を証明できた！」

ロブは喜びのあまりヨシュアを抱き締め、頬にキスをした。ヨシュアは「よかったですね」と微笑んだ。

「あれ？　もう仲直りしたんだ？」

ユウトに尋ねられたロブは「おかげさまで」とにっこり笑い、ヨシュアの肩を抱き寄せた。


「あ、いたいた。あそこだ」

ロブの指差したほうを見ると、一匹のチンパンジーが檻《おり》の中に寝そべっていた。

「確かにあいつだな」

ディックが頷く。その隣でユウトは「呑気《のんき》な顔で寝てるよ」と唇を尖《とが》らせた。

あのあと、地元の警察に電話をしてチンパンジーを保護したことを伝えると、警官と一緒に動物園の職員がやってきた。

チンパンジーは三日前に動物園から逃げだした雄の子供で、警察ではずっと行方を捜索していたらしい。

職員が車内で声をかけると、チンパンジーは一目散に奥から飛び出してきた。まるで母親に飛びつくように、迎えに来た職員にギュッと抱きつき、キーキーと嬉しそうな声を上げた。

「どうして脱走なんてしたんだろう。外の世界に憧れていたのかな」

ユウトは柵の上に腕を乗せて言った。

「ここじゃないどこかに幸せがあると思うのは、人間だけじゃないのかもね」

「へえ。ロブもここじゃないどこかに幸せを探しているのか？」

ユウトが面白がると、ロブは「一般論だよ」と片方の眉を吊《つ》り上げた。

「俺は自分の幸せがどこにあるのか、よく知っている」

「ふうん。どこにあるんだ？」

ロブは隣にいたヨシュアを抱き寄せ、「ここに」と答えた。

「俺の幸せはヨシュアが隣にいてくれることだ。この際だから言っちゃうけど、俺とヨシュアは結婚式を挙げることにしたんだ。ふたりとも出席してくれるよね？」

ユウトとディックは言葉もなく顔を見合わせた。

「なんだよ。嫌なの？」

「嫌じゃない。驚いただけだ。……その、ヨシュアはいいのか？　ロブにしつこくせがまれて、仕方なしに同意したんじゃないのか？」

「いいえ。私も嬉しく思っています」

　ヨシュアは頬をうっすら赤らめ、ロブと見つめ合った。

「ああ、そうだ。よかったら君たちも一緒にどう？　ダブル結婚式とか」

　ロブの思いつきに対するユウトとディックの態度は、まったく同じだった。ふたりは申し合わせたように、同時に「遠慮する」と答えた。

　ふたりのシンクロぶりが可笑《おか》しいのか、ロブは「そこまで気が合うのに？」と笑った。

「いいんだ。俺とディックは自分たちだけが、お互いの気持ちを知っていればいいと思っているから」

　ロブはユウトの気持ちを感じ取るようにしばらく無言だったが、「そうか」と頷いた。

「うん。そうだね。それが君たちらしいかも。俺は自分の家族に、ヨシュアを生涯の伴侶《はんりょ》として紹介するよ。きっと両親は家族が増えることを、心の底から喜んでくれる」

　家族が増えるという言葉に、ユウトは思い出さずにはいられなかった。ロブは幼い弟を亡くしている。銃の暴発事故だったが、弟の死によって家族はバラバラになった。

そしてその傷を乗り越え、ロブの家族は絆をより深くしたのだ。ロブがゲイとして生きることも認めてくれている両親なら、きっとヨシュアの存在を喜んで受け入れてくれるだろう。

「ふたりで今以上に幸せになれよ」

ディックがロブの肩を叩《たた》いた。ロブは「もちろん」と頷き、檻の中に目を向けた。

「あのチンパンジーに誓って、ヨシュアと一緒に幸せになるよ」

チンパンジーはユウトたちを見て、まるで笑うように大きく歯を剥いた。

Commentary

3カップル比較

このシリーズにはディックとユウト、ロブとヨシュア、ダグとルイスの三組の恋人同士が登場しますが、それぞれの違いなども書いていて楽しい部分です。

ディックとユウトはふたりの時は甘くなっても、それ以外の場面では友達的な雰囲気を大切にして書いています。ふたりの対等な感じが好きなんですが、だから些細なことで喧嘩させちゃうのかも。ユウトに冷たくされた時、ディックはユウティを自分のベッドに連れ込んで寝ている気がします。ユウティいい迷惑。まさに夫婦喧嘩は犬も食わぬですね。

ロブとヨシュアは一番年の差があり、先生と生徒っぽい関係性もありますが、基本的にはひたすら甘くを意識しています。ロブを書いている時はまるでロブが乗り移ったみたいに、すらすら甘い言葉が思い浮かんでくるので不思議です。

これを私はロブ脳と呼んでいますが、この人は本当に書いていて面白い。次に何を喋りだすか私にもわからないのです。悪人だったら凄腕の詐欺師になれたんじゃないでしょうか。でもきっとスケベ心で失敗するタイプですね（笑）。

ダグとルイスはまだ初々しさもありつつ、ルイスのこなれた感がいかにも年上受けという感じで、わたし的にはとても書きやすいです。相手を「あなた」と呼ぶ年下攻めは大好物。ダグのちょっとヘタレワンコみたいなところも可愛くて好きです。

美形ばかりの複数カップルを書けるところは、ＢＬの醍醐味という感じがします。というかＢＬでなければ書けないかも。それぞれタイプの違う美形だし、高階先生のイラストがまたいつも美しいので眼福です。

Baby, please stop crying

baby please stop crying

「あら、ユウト」

夕暮れが迫る日曜の午後、ユウト・レニックスが自宅近くの公園のベンチに座っていると、隣人のエレン・マクソンが通りかかった。

「やあ、エレン。アレックと散歩かい？」

「ええ。この子、お外が大好きなのよ。散歩中はずっとご機嫌がいいから助かるわ」

ユウトはエレンが押しているベビーカーの中を覗き込み、アレックのすべすべした柔らかな頬を指でそっと突いた。アレックはくすぐったかったのか、まだ歯が生えていない歯茎を見せて笑った。

「本当だ。ニコニコしてる」

「最近、ぐずり泣きがひどくて参っちゃう。夜、うるさくない？」

「いや、全然。俺もディックも寝つきはいいから、まったく気にならないよ」

よかったと笑うエレンを見上げ、ユウトは「ジョンは一緒じゃないの？」と尋ねた。エレンの夫のジョンはＩＴ関連の会社で働く温厚な男だ。隣に引っ越してきたのがゲイのカップルと知っても偏見なく接してくれている。

ユウトもディックも善良で心優しいマクソン夫妻が大好きだった。四か月前には待望の赤ん坊が生まれ、ますます幸せそうなふたりだ。

「ジョンは今、出張で日本に行ってるの。日本はユウトの母国でしょ」

「俺はアメリカ生まれのアメリカ育ちだよ。日本には子供の頃に少しだけ住んだことがあるけど、あまり馴染《なじ》めなかったな」

白人の血が四分の一流れているが、ユウトの見た目は日本人だ。周りの子供たちにすれば、日本人のくせに中身だけアメリカ人のユウトは異端だったらしく、からかわれてばかりだったという記憶が強く残っている。

「ジョンがいないとひとりで大変じゃない？」

「ええ。パパの手助けがない子育てが、いかに大変か実感してるところよ。でも明日の朝には帰ってくるから、それまでの我慢ね。……あら、あそこにいるのはディックとユウティね」

エレンの言葉に首を曲げると、芝生の広場を楽しそうに歩くユウティと、リードを持って後ろに続くディックの姿が見えた。ジーンズにTシャツという素朴な格好でも、ディックが歩けばまるで映画のワンシーンのように見えてしまうのは、ユウトの贔屓目《ひいきめ》だろうか。

男らしく、それでいて甘さもあるすっきりと整った風貌《ふうぼう》。陽に透けて輝く金髪。バランスよく鍛え上げた均整の取れた肉体。見慣れすぎた恋人の姿なのに、今でもたまに見とれてしまう。

「ディックはユウティに水を飲ませに行ってたんだ」

「本当に仲がいいわね」

「ああ。ユウティはディックが大好きなんだよ」

なぜかエレンがクスクスと笑いだした。

「やあね、もう。私が言ったのはユウトとディックのことよ。休みの日はいつも一緒じゃない。飽きたりしないの？」

エレンの冷やかしには慣れているので、ユウトは「飽きないな」と言い返した。

「俺はディックと一緒にいる時間が、一番好きだからね。多分、それはディックも同じ気持ちだと思うな」

「はいはい、ご馳走《ちそう》さま。聞いた私が馬鹿だったわ」

エレンが冗談で溜め息をついた時、アレックが足をばたつかせ泣き声を上げた。

「なあに、アレック？　もっとお散歩したいの？」

ベビーカーを前後に揺らすとアレックはピタッと泣きやんだ。エレンは苦笑を浮かべてユウトを振り返った。

「まだまだ歩かないと気が済まないみたい。……ハイ、ディック」

「ハイ、エレン。アレックと散歩？」

「ええ。じっとしているとアレックの機嫌が悪くなるから、もう行くわ。ユウティ、またね」

名前を呼ばれたユウティが嬉しそうに尻尾を左右に振る。去っていくエレンの後ろ姿を見送りながら、ユウトは口を開いた。

「ジョンは出張で日本に行ってるんだって。エレン、ひとりでアレックの面倒を見て大変そうだったから、夕食に誘おうか？　少しは気晴らしになるかも」

「そうだな。じゃあ、あとで声をかけてみるか」

ユウティも十分に楽しんだようなので、ふたりは帰宅することにした。ふたりが暮らすアパートメントは目と鼻の先だ。

公園の前の交差点に向かって歩いていると、信号待ちしているエレンの後ろ姿が見えた。ユウトたちが追いつく前に信号が青になり、エレンはベビーカーを押して歩きだした。

エレンがあと少しで渡りきるという時だった。赤いセダンが猛スピードで交差点に突っ込んできた。明らかな信号無視だ。

「エレンっ！」

ユウトは咄嗟《とっさ》に叫んだがエレンは気づかない。気づいたところでベビーカーを押している彼女は、瞬時に逃げだすことはできなかっただろう。

ユウトたちが見ている前で、赤い車はエレンをはね飛ばした。ボンネットに乗り上がった身体はいったん空に浮き上がり、ドサッと鈍い音を立ててアスファルトの上に投げだされた。

居合わせた人々の叫び声が上がる頃には、もうユウトとディックは駆けだしていた。

「エレン、エレンっ」

ユウトは道路に倒れ込んで動かないエレンに声をかけた。エレンは額から血を流していてぐったりしている。かすかに意識はあるようだった。

「ディック、アレックはっ？」

ベビーカーはエレンが飛ばされた反動で道路の端まで移動していたが、倒れてはいなかった。奇跡的な幸運だ。

「大丈夫だ。怪我《けが》はない」

ディックはベビーカーの中にいたアレックを抱き上げた。アレックは火がついたように大泣きしている。

「今、救急車を呼んだぞ。あんた、しっかりしろよ」

黒人の老人がエレンに話しかけた。エレンの唇が動いた。何か言おうとしている。ユウトはエレンの唇の動きを見つめ、すぐ理解した。アレックの名前を呼んでいるのだ。

「エレン、アレックなら無事だ。大丈夫だよ」

ユウトの声が聞こえたのかどうかわからないが、エレンは安心したような細い吐息をこぼしたあと、完全に意識を失った。


病院にはディックが同行することにして、救急車にエレンと一緒に乗り込んだ。ユウトはアレックとユウティを連れて自宅に戻った。エレンのことは心配だったが、泣き続ける赤ん坊を病院に連れていっても、いいことは何ひとつない。

エレンのバッグに鍵が入っていたので、それを使って隣家に入った。勝手に他人の家に上がり込むのは気が引けたが、非常時だから仕方がない。

ジョンたちの家には何度か遊びに来たことがあるので、大体の様子はわかっている。ユウトはさほど時間をかけず、アレックの紙オムツと粉ミルクと哺乳瓶《ほにゅうびん》を見つけだし、自分の部屋に移動した。

アレックはその間、ずっと泣きっぱなしだった。ユウティが落ち着かない様子でアレックの周りをうろうろし、何か言いたげな様子でユウトを何度も見上げてくる。どうにかしろと言われているようで、ユウトは閉口した。

「なんだよ、ユウティ。そんな目で見るなよ。俺が泣かしてるんじゃないぞ」

犬に言い訳してもしょうがないと思うが、赤ん坊に泣かれると妙に追いつめられた気分になるのはどうしてだろうか。罪悪感に似た気持ちさえ芽生えてしまう。

「泣かないでくれよ、アレック。もしかしてオムツが濡《ぬ》れて気持ち悪いのか？」

ソファの上にアレックを寝かせて紙オムツを替えてみたが、アレックはいっこうに泣きやまない。お腹が空いているのかもしれないと考え、ミルクをつくろうと思ったが、何度くらいのお湯でどれくらいの粉ミルクを溶かしていいのかわからないし、与える適量もよくわからない。

ユウトにはルピータという年の離れた妹がいる。オムツはよく替えてあげたが、彼女は完全母乳だったのでミルクは飲ませたことがなく、まったくお手上げだった。

粉ミルクの缶に与え方が書いてあったので、泣き続けるアレックを片腕で抱っこしながら、小さな文字をにらみつけていると、玄関のチャイムが鳴った。

ディックが戻ってくるには早すぎる。誰だろうと訝《いぶか》しく思いながらアレックを抱いてドアを開けると、目の前には救世主とその恋人が立っていた。

「やあ、ユウト。その子、誰？　もしかして君の隠し子？」

ユウトは爽《さわ》やかな笑みを浮かべる友人の腕を、まるで溺《おぼ》れる人間が縋《すが》るようにガシッと掴《つか》んだ。

「な、何？　怒ったの？　やだな、ただの冗談なのに」

「ロブ、いいところに来てくれた。助けてくれっ」

真顔で訴えるユウトにロブは目を丸くして、隣に立つヨシュアと顔を見合わせた。


「そうだったのか。大変だったね」

ソファに座るロブの腕にはアレックがいた。ユウトが事情を説明すると、ロブは手際よくミルクをつくり、すぐにアレックに与え始めた。アレックは今、ンクンクと喉《のど》を鳴らしながら、一心にミルクを飲んでいる。赤ん坊の泣き声がやんだだけで、ユウトは九死に一生を得たような気分だった。

「母親は母乳を与えてないの？」

「多分、今は粉ミルクだけだと思う」

「助かったね。母乳の子はママのおっぱいがないと、どれだけあやしたって泣きやまないよ。……お、飲み終わったな。アレック、いい子だね。ほら、おいで」

ロブは危なげない手つきでアレックを抱き上げ、自分の肩に頭をそっと乗せさせた。立て抱きにしたアレックの背中をポンポンと叩き始めたロブを見て、ヨシュアが「何をしているんですか？」と不思議そうな表情を浮かべた。

「赤ちゃんはミルクを飲む時に空気もたくさん飲んじゃうから、授乳後すぐ寝かすと吐き戻しやすいんだ。だからミルクを与えたあとは、こうやって必ずげっぷを出させるんだよ」

ロブが根気強く背中をさすっていると、アレックの口から「ケポ」という可愛いらしいげっぷが飛び出した。

「よし、これでいい」

ロブはしばらくアレックを抱いたまま、身体を前後左右に揺さぶっていた。アレックは何度か欠伸《あくび》をしたあと、ロブの腕の中ですやすやと眠ってしまった。

「よかった。やっと寝てくれた」

ほっとしたところにディックから電話がかかってきた。エレンは右足骨折と全身打撲の重傷を負ったものの、幸いなことに命に別状はないらしく、ユウトは胸を撫で下ろした。

「さっきジョンと連絡が取れたんだが、飛行機の関係で帰国はやっぱり明日の朝になるらしい。ジョンは俺たちに迷惑をかけたくないみたいで、ベビーシッターにアレックを見てもらってくれと言ってた」

「でもエレンは他人にアレックを任せるのが嫌で、ベビーシッターは使ってないはずだ。普段からつき合いのある人間ならいいけど、まったく知らない相手にアレックを託すのは心配だな」

一晩だけとはいえ、事前の面接もなしにベビーシッターを頼むのは気が進まなかった。ディックも同じ気持ちなのか、今から帰るからあとで話し合おうと言って電話を切った。

ロブに事情を話すと、「明日の朝まででいいなら、俺がここに泊まってアレックの面倒を見ようか？」と言ってくれた。

「本当に？　そうしてくれたらすごく助かるけど、仕事は大丈夫なのか？」

「明日は講義もないから平気だよ」

ロブは喋りながらアレックをそっとソファに下ろした。よく眠っていたように見えたが、アレックは下ろされるのが嫌らしく、また泣きだして手がつけられなくなった。

「俺が抱っこするよ」

ユウトが腰を上げると、ロブは「それよりレジ袋を持ってきて」と意味不明なことを言った。

わけがわからないまま、スーパーマーケットのレジ袋を持ってきてロブに渡した。

「この子、生後三か月か四か月くらい？」

「もうすぐ四か月だよ」

ロブは少し顔をしかめて「まだ効くかな」と呟いてから、何を思ったのかアレックの頭の上でレジ袋を揉《も》み洗いするように擦り合わせた。シャカシャカと耳障りな音が響く中で、アレックの泣き声はピタッと止まった。

ロブが手を止めるとアレックはまた泣く。ロブはアレックが完全に寝つくまで、レジ袋を揉み続けた。

「もうよさそうだな。よく寝てる」

「ロブ、どういう魔法を使ったんだ？」

「魔法じゃないよ。この音は赤ちゃんが母親のお腹の中で聞いている音に似ているんだ。だから聞かせると安心して眠ってくれる」

ヨシュアが「なんの音ですか？」と怪訝《けげん》な顔つきで聞くと、ロブは「血流音さ」と答えた。

「効果があるのは、四か月くらいまでかな。もちろん個人差もあって、まったく効かない子もいるみたいだけど、俺の姪《めい》っ子のケイティにはばっちりだった。ぐずり泣きの時は最高のお助けグッズだったよ」

「赤ちゃんの世話までできるなんてすごい。ロブは本当になんでもできる人ですね」

ヨシュアは尊敬の眼差しでロブを見つめている。ロブは褒められて嬉しかったのか、ニヤニヤしながらヨシュアの頬にチュッとキスをした。

「ありがとう。自分で言うのもなんだけど、俺ってかなりお買い得な男だろ？　君は本当にいい買い物をしたよ」

「ええ。自分でもそう思います」

ヨシュアは真面目な顔で頷いた。くだらない冗談にも本気で答えてくれる年下の恋人が可愛くてならないのか、ロブは目を細めてもう一度、ヨシュアの頬にキスをした。

「君って本当に可愛いね。早く一緒に暮らしたいよ」

「私もです」

いちゃつくふたりに耐えかねて、ユウトは「ところで」と話に割って入った。

「ふたり揃《そろ》って何しに来たんだ？　訪問の理由をまだ聞いてなかった」

「そうだ。うっかりしていた。結婚式の日取りが決まったんで、君とディックに真っ先に知らせようと思って寄ったんだ。招待状はあとで送るけど、十月の最初の日曜日、空けておいてくれ」

ロブとヨシュアが結婚を決めたのは、つい最近のことだ。つい先日、四人でキャンプに出かけたのだが、なぜかその帰り道、ロブが突然、結婚式を挙げると言いだした。

ヨシュアを生涯の伴侶にすることを、家族や友人たちの前で誓いたいと言ったロブは、とても晴れ晴れとした表情をしていた。形式や慣習にこだわる男ではないので、その決心は少々意外だったが、それだけヨシュアを深く愛している証拠だと思い、ユウトは素直に喜んだ。

交際四か月で結婚を決めるのは、いささか早計だと思わなくもないが、ロブとヨシュアならきっと大丈夫だろう。ロブは若い頃は恋多き男だったようだが、それは移り気だったからではなく、逆に人生を分かち合える最高のパートナーを探し求めるがゆえの恋愛遍歴だった。

なんでも器用にこなす男だから、ひとりで生きていくのに支障はないはずだが、ロブは常に人生のパートナーを求めていた。そしてやっとヨシュアに出会えたのだ。一方ヨシュアは家族を失い、孤独に生きてきた。他人となかなか打ち解けられない不器用な性格だが、ロブに愛されて最近は表情も態度も、以前より随分と柔らかくなってきた。

「結婚式はどこで？」

「ベンチュラにある俺の両親の家で。形式ばったことはしないから、気楽な格好で来てくれ」

「わかった。ディックと必ず行くよ。ところで、式の前にバチェラーパーティーはするの？」

半分本気で尋ねてみた。普通なら新郎は結婚式の前に友人たちとパーティーをしたり、場合によってはストリップを見に行ったり、クラブに繰り出して馬鹿騒ぎしたりと、最後の自由な時間を謳歌《おうか》する。ロブはゲイだから、どうするのか少し興味があった。

「ゲイ仲間と男性ストリップバーでお楽しみとか？　しないよ、そんなこと。だって結婚したからって、別に失うものは何もないんだ。俺にバチェラーパーティーは必要ないね」

いかにもロブらしい答えだった。

「ロブは泊まっていくとして、ヨシュアはどうする？」

「私もロブと一緒に泊まっていきます。構いませんか？」

明日は警護の仕事は入っておらず、午後からの出勤でいいらしい。ディックも新人ボディガードの訓練は午後からなので、朝から出勤するのはユウトだけというわけだ。

ユウトが夕食の材料を買いに行くと告げると、気をつかったのかヨシュアも一緒に行くと言いだした。断る理由もないのでロブに留守番を頼み、ヨシュアとふたりで車に乗って近くのスーパーマーケットに出かけた。

「ロブの両親とはもう会ったのかい？」

ハンドルを握りながら尋ねると、ヨシュアは助手席で「はい」と頷いた。

「とてもいい方たちでした。こちらが恐縮するくらい優しくしてくださって……」

途中で口を閉ざしてしまったヨシュアが気にかかり、ユウトは「どうしたんだ？」とチラッと視線を向けた。ヨシュアはどこか気鬱《きうつ》そうな表情でダッシュボードの一点を見つめていた。

「もしかして結婚が憂鬱？　それならロブに正直に話したほうがいい。彼ならきっとわかってくれるから」

「いえ、そうではないんです。むしろ逆です。……私はいつだって自分が嫌いで、だから自分に自信を持てないまま生きてきました。だからロブに愛されていることも夢みたいで不安だった。ロブはそんな私を安心させるために、結婚しようと言ってくれたんです」

ユウトはヨシュアの言わんとすることを察し、すかさず「大丈夫だよ」と励ました。

「引け目なんて感じる必要はない。ロブが結婚を決めたのは、純粋に君を愛しているからさ。彼は優しい男だけど、自分の嫌なことはしない。あのデレッとした顔、見ただろ？　君と結婚できるのが嬉しくてたまらないって雰囲気じゃないか」

ヨシュアは笑みを浮かべようとしたが失敗した。引き上がった口角とは裏腹に、困った時のように眉尻だけが下がってしまった。

話しているうちに車はスーパーマーケットの駐車場に到着した。要するに問題はロブではなく、ヨシュア自身の気持ちにあるらしい。これほど完璧な容姿を持っているのに、自分に自信が持てないとは気の毒な話だ。

「ヨシュア。難しく考えないほうがいい。ロブは君を愛していて、君もロブを愛している。ふたりは生涯を共にしたいと思っている。だから結婚する。それだけのことじゃないか。すごくシンプルでわかりやすくて、そして素晴らしい決断だ」

ヨシュアは黙って頷いた。わかっているけど心が晴れないのだと言いたげな顔つきだ。

「以前、ロブは俺にこんなことを言ってくれた。百人を愛するより、ひとりの相手を百年愛するほうが、ずっと素晴らしい。愛する人と愛し合いながら生きていく。それが最高の幸せじゃないかと。……ロブはやっとそういう相手と出会えたんだ。君はもしかして自分ばかりが幸せでいいのかって心配しているのかもしれないけど、実際は逆かもしれないよ。だって君はロブの人生最大の夢を叶《かな》えたんだ」

「私がロブの夢を……？」

「ああ。それってすごいことじゃないか？　今までロブとつき合った相手はたくさんいたけど、誰ひとりとしてロブの一番欲しかったものを与えられなかったんだ。だから君はもっと自信を持っていいと思うよ」

ユウトが微笑むと、ヨシュアは珍しくうろたえたように視線を泳がせた。

「そ、そんなふうに考えたことはありませんでした。いつも自分ばかりが愛されて、与えられて、幸せにされていると……」

「君はちゃんとロブに多くのものを与えているし、彼を幸せにしているよ。……さあ、行こうか。君の大事なダーリンがお腹を空かして待ってる」

「はい」

何かが吹っ切れたような表情でヨシュアは頷いた。

買い物を終えて家に戻ってくると、すでにディックも帰宅していた。ユウトとディックが夕食をつくっている最中にアレックがまた愚図って泣きだし、ロブはよしきたとばかりにレジ袋で応酬したが、どういうわけか今回はまったく効果がなかった。

抱いて歩いている間は泣き方がましになるので、ロブはずっとアレックを抱いて家中をうろうろし続けた。

ディックは夕食を食べながら、警察が病院にやってきたので車の車種とナンバーを教えたと話した。一瞬のことだったのに、よくナンバーまで記憶できたものだと感心する。

「じゃあ、犯人はすぐ逮捕されるな。なんにせよ、エレンが助かってよかったよ」

「ああ。でもジョンは今頃、気が気じゃないだろうな」

同感だった。愛妻家で子煩悩なジョンのことだから、今頃さぞかし気を揉んでいるだろう。

「ロブ、交代するよ。俺はもう食べ終わったから」

夕食を終えたユウトは立ち上がって、ロブの手からアレックを受け取った。アレックはユウトの抱き方が気に入らないのか、また大きな声で泣き始めた。

「こんなに泣くなんて、どこか具合が悪いんじゃないのかな？」

ロブはトマトサラダを頬張りながら、困惑しているユウトに向かって「大丈夫」と声をかけた。

「ミルクも飲んでるし、オシッコも出てる。アレックはママがいなくて不安なだけさ」

「ならいいけど。しかし大の男が四人も揃って、赤ん坊ひとりに振り回されて情けないよな」

「ホント、母親の偉大さを実感するよね」

食事が終わって片づけも済ませてから、ユウトはディックを散歩に誘った。ディックは不思議そうな顔をしながらも頷いてくれた。

「ロブ。アレックはベビーカーでの散歩が好きだから、ディックと近所を歩いてくるよ」

「え？　そうなの？」

「ヨシュアとゆっくりしてて。三十分くらいで戻る」

ベビーカーにアレックを乗せて出かけた。アレックは外の空気が本当に好きらしく、まったく愚図らなくなった。

公園の外周道路をゆっくり歩いていたら、ディックが「説明してくれ」と言いだした。

「ロブに出かけると言った時、ヨシュアと目配せしただろ。どういう意味があったんだ？」

「ディックは目敏《めざと》いな。深い意味はないよ。ヨシュアがロブとふたりきりになりたがっているのがわかったから、気を利かせただけだ」

買い物から帰ってから、ヨシュアはずっとロブを意識していた。まるでまだ告白していない片想いの相手がそこにいるかのようで、見ていてユウトのほうが気恥ずかしくなった。きっとあらためてロブに伝えたい気持ちが胸に渦巻いていたのだろう。

車の中でヨシュアと話したことを要約して説明すると、ディックは苦笑を浮かべた。

「ヨシュアはつくづく心配性だな。あんなにロブに愛されているのに、まだ不安なのか」

「それだけロブが好きなんだよ。あのふたりは、きっといいカップルになる」

「俺たちみたいに？」

すかさず質問され、ユウトは笑いながら「そうだな」と頷いた。ディックは優しい目でユウトを見つめていたが、何かを思い出したように急に表情を曇らせた。

「何？　どうかした？」

「ベビーカーを押しているお前を見ていたら、少し申し訳ない気分になった。俺と出会っていなければ、お前はごく普通に結婚して子供にも恵まれていたはずだ。お前が父親になれる可能性を奪ったのは俺だな」

「やめてくれ、ディック。結婚して父親になれても、それだけで幸せとは言えないだろ。世の中に父親という人種はごまんといるけど、そのすべての人たちが幸せだと思うか？　俺に必要なのは妻や子供じゃない。お前だよ。お前と一緒に生きることが俺の幸せなんだ」

ディックは雄弁な眼差しでユウトを見ていた。何も言わなくてもディックの気持ちは伝わってくる。ユウトは抱きつきたい気持ちを必死で抑えつけ、ディックの背中をそっと撫でた。

「ふわぁ……っ」

見つめ合うふたりに文句を言うように、アレックが泣きだした。慌ててまた歩きだす。

「親になるのも大変だな」

「まったくだ」

ふたりは笑いながらぼやいて、夜の街をゆっくりと歩き続けた。

部屋に戻ってくると、ロブとヨシュアは身体を寄せ合うようにしてソファに座っていた。ヨシュアは言いたいことが言えたのか、どことなく満ち足りた表情をしている。

「お帰り。アレックを預かるよ。ユウトは明日、朝から仕事だろ？　もう休んでくれ」

「任せっぱなしは申し訳ないよ」

「気にしないで。今日はヨシュアと朝まで語り合いたい気分なんだ。ね？」

「はい」

微笑み合うふたりの周りにはやけに甘い空気が立ち込めていて、ユウトとディックは顔を見合わせた。邪魔者は退散したほうがいいようだ。

ロブの言葉に甘え、ユウトはシャワーを浴びて寝室に引き取った。ディックは夜中にロブと交代するから少し仮眠すると言い、ユウトと一緒にベッドに入った。

「ディック」

「ん？　どうした？」

寝返りを打ってこちらを向いたディックの頬に、ユウトはそっと手を伸ばした。

「キスしてくれないか。今、すごくお前を感じたいんだ」

ユウトのストレートな言葉にディックは少しだけ驚いた様子を見せたが、すぐに望みを叶えてくれた。優しく唇が重なってきて、ディックの舌が甘く絡みついてきた。

ユウトは普段より激しくディックの唇を求めた。なぜかわからないが、熱いキスがしたくてたまらなかった。強く舌を吸い、自分からディックの口腔に入っていく。

「……ユウト。駄目だ」

ディックがいきなりキスを中断したので、ユウトはもどかしい気持ちになった。

「どうして？　何が駄目なんだ？」

「これ以上、キスしたら我慢できなくなる。ベッドがうるさく軋《きし》んだら、ロブたちに気づかれてしまうぞ。さすがにそれはまずいだろう」

無関係なロブたちにアレックの世話を頼み、自分たちはセックスする。確かに最低だ。仮にロブたちがお好きにどうぞと言ったとしても、そこは我慢するのが礼儀だろう。

「しょうがないな。もう寝るよ」

やるせない気持ちで寝返りを打ってディックに背中を向けた。顔を見ていると、またキスがしたくなる。

後ろからディックがそっと抱き締めてきた。

「明日までの我慢だ。……お休み、ユウト。愛してる」

頭にキスされ、ユウトは「俺もだよ」と囁いた。しばらくは悶々《もんもん》としていたが、いつの間にか眠気に襲われ目を閉じていた。

うつらうつらしていると、かすかにアレックの泣き声が聞こえてきた。

「またアレックが泣いてる」

「ああ。さすがのロブも、泣く子には敵《かな》わないみたいだな」

ディックの眠そうな声に同意しようとしたら、今度は調子っぱずれな歌声が聞こえてきた。

ロブが子守歌を歌っているらしい。

「ひどいな。ロブは音痴だったのか?」

「みたいだな。ヨシュアに幻滅されないといいけど」

ディックとユウトは我慢できなくなり、身体を揺らして笑い合った。

そうだ。完璧な人間なんていやしない。ユウトもディックもロブもヨシュアも、みんなどこかしら欠点があり、駄目な部分もある。

けれどそういうところも含めて、愛してくれる相手と出会えた。それが何よりも幸運なことなのだ。

泣き続けるアレックの声を聞きながら、ユウトは幸せな気持ちでまた眠りについた。

ロブ・コナーズの人生最良の日

シャワーを浴びたあと、ロブ・コナーズはバスローブ姿で洗面台の前に立ち、鏡に映った自分の顔を眺めながら髭を剃《そ》り始めた。

それはいつもとまったく変わらない日常の光景だったが、今夜が独身最後の夜だと思えば、ある種の感慨が芽生えないわけでもなかった。しかしそこにマイナスな感情はいっさいなく、胸をかすめるのはわくわくするような期待感だけだ。

明日、ロブは八歳年下の恋人、ヨシュア・ブラッドと結婚する。とは言っても現在、カリフォルニア州では同性同士での結婚は法的に認められていないので、マリッジライセンスは取得できないが、そんなことはロブにとってどうでもいい些細《ささい》な問題だった。

アメリカ合衆国にふたりの関係を認めてもらえなくても、制度の恩恵を受けることができなくても構いはしない。

形式にこだわるつもりはいっさいないので、ベンチュラにある両親の家の庭で楽しくパーティーをやりながら、親しい人たちの前でヨシュアを人生の伴侶にすると宣誓できればそれでよかった。同性婚に理解のある牧師の知人もいるがロブは無神論者だし、ヨシュアも大人になってからはろくに教会にも足を運んでいない形式だけのクリスチャンだし、そんなふたりがあえて自分たちの愛を神さまに誓う必要性は、これっぽっちも見当たらない。

明日のロブとヨシュアの服装は、揃《そろ》いの白いTシャツとジーンズだ。最初はタキシードを着る予定だったが、わざわざ着飾らなくてもいいのではないかと思い始め、その考えにヨシュアも同意してくれた。だから招待状にも平服以外はお断りと書いておいた。みんなにはよそいきの顔ではなく、いつもどおりの飾り気のない態度で祝ってほしかった。

両親に負担をかけたくないのでケータリングを自分で手配するつもりでいたら、パーティー好きの友人のマーブが「水臭いじゃないのっ。全部、私に任せてちょうだい！」とコーディネーターの名乗りを上げてくれたので、すべて取り仕切ってもらうことになっている。

打ち合わせを繰り返すうち、マーブはロブの母親のベリンダとすっかり意気投合し、一緒にウエディングケーキまで焼くことになったそうだ。父親のトニーは「マーブはいい奴だが、お前が生涯の伴侶に選んだのがマーブでなくて、本当によかったと思う」と冗談とも本気ともつかないことを言って、ロブをおおいに笑わせた。

髭を剃り終えたロブは鼻歌を歌いながらキッチンに行き、冷蔵庫の中からよく冷えたスパークリングワインを取り出し、リビングのソファに座って独身最後の夜に乾杯した。

結婚したらヨシュアは今住んでいるアパートメントを引き払い、この家で暮らすことになっている。これからは毎日ヨシュアがそばにいてくれるのだ。わざわざデートの約束を交わさなくても、仕事が終わればヨシュアは自分のもとに帰ってきてくれる。そんな毎日を想像するだけで、今から幸せな気分に浸れてしまう。

ヨシュアが自分の人生に登場した時のことは、昨日のことのように覚えている。一見とびきりクールで、何事にも動じない氷の男のように見えた美形ボディガードが、実は不器用な性格をした、驚くほど純情な部分を持った可愛い青年だったと知り、ロブは呆気《あっけ》なく恋に落ちたのだ。言い方は悪いが、まさにいちころだった。

ヨシュアの容姿はずば抜けているが、実際のところロブにとって恋人の外見は、それほど重要ではない。もちろん惹《ひ》かれる最初のきっかけになることは多いが、どれだけ美しい姿をしていても内面に惹かれる要素がなければ、せいぜい一度か二度ベッドを共にすれば、相手への興味はなくなってしまうものだ。

ロブがヨシュアを愛おしく思う大部分は、彼の内面にあった。時として呆《あき》れるほど頑固で要領が悪く、生真面目すぎて協調性にも欠ける。そしていつもそんな自分にコンプレックスを持ち、ひそかに悩んでいる。

ヨシュアを見ていると、もっと気楽に適当に生きればいいのにとよく思うが、彼のそういった器用に立ち回れないところが愛おしくてたまらないのだ。つい手を差し伸べたくなるし、支えたくもなる。

ロブはもともと他人の世話を焼くのが好きな男だから、過去には少々、過保護すぎるくらいに接してきた恋人も何人かいた。しかし対等でない関係は歪《ひず》みができやすい。次第に相手がロブの干渉を嫌がるようになるか、逆にロブにべったり甘えて自立心を失っていくかのどちらかで、自分の愛し方が悪かったという苦い気持ちで破局を迎えることも珍しくなかった。

ヨシュアに関しても年が離れているせいか、つい保護者然とした態度を取ってしまうことが多く、同じ轍《てつ》を踏んだらどうしようという不安も少なからずあったのだが、その点については今のところ心配はないようだった。

ヨシュアはロブに悩み事を相談したり、不安を打ち明けたりはするが、決してロブにすべての判断を任せたり、方向性までおもねったりしない。いい意見だと思えば素直に取り入れるし、納得がいかない時は「そのやり方は私には向いていません」と難しい顔で答える。そういう時はこの頑固者め、と内心で呆れたりもするが、無条件に他人の意見に従おうとしないヨシュアのしっかりした態度は、ロブにとってとても安心できるものだった。

恋人には自分の意見や考えをきちんと持っていてほしいと思う。そのせいで喧嘩《けんか》になったとしても、それは決して無意味な衝突ではないし、ぶつかり合うことも互いの理解を深めていくうえでは大事なことだ。

そういう鷹揚《おうよう》な考え方ができるようになったのは、幾多の恋愛経験と年齢を重ねてきたおかげだろう。若い頃は恋人と意見が食い違えば、決まって嫌な気分になったものだ。

だからこの年になってからヨシュアと出会えて、本当によかったと思っている。今の自分だからヨシュアを丸ごと受けとめられるのだ。十年前の自分なら頑なな部分のあるヨシュアに手を焼いた末、難しすぎる相手だと判断して、早々に違う恋を探していたかもしれない。

ヨシュアと一緒にいるうち、心の底から彼と人生を共にしたいと思い、またその気持ちは日を追うごとに増していった。そこまで真剣に思える相手は、そう簡単に見つからない。

「参ったな……」

ロブは空になったグラスをテーブルに戻し、溜《た》め息《いき》と共に呟《つぶや》いた。ヨシュアのことばかり考えていたせいか、ものすごく会いたくなってきた。だがもう夜中だし、ヨシュアは今頃、亡くなった姉の夫である、義兄のティム・モーハンと一緒のはずだ。明日の結婚式に出席するため、わざわざワシントンＤＣからやってきたティムを、部屋に泊めているのだ。

同じくＤＣで暮らす母方の伯母にも結婚することは伝えたが、彼女は敬虔《けいけん》なクリスチャンだったため、結婚式には参列できないと言われたらしい。だがヨシュアが幸せになることを心から望んでいると言って、後日お祝いのメッセージカードを送ってきてくれたそうだ。

結局、ヨシュアの親族として結婚式に参列してくれるのは、血の繋《つな》がりのないティムだけだ。ティムも同性愛にまったく抵抗がないわけではないが、「複雑な気持ちだけど、ヨシュアが幸せならそれでいい。ヨシュアに家族ができるのは俺も嬉しい」と言ってふたりの結婚を認めてくれた。孤独に生きてきたヨシュアの半生を知っているからこその言葉だと、ロブには思えた。

壁掛け時計に目をやると、もう十二時を回っていた。会うのは無理でも電話なら構わないだろうか。だけど、もし寝ていたら悪いし。

携帯電話を手の中で転がしながら、そんなことをぐだぐだ考えていたら、突然、着信音が鳴りだして驚いた。電話はヨシュアからで、思わぬ以心伝心ぶりにロブはにんまりした。

「やあ、ハニー。どうしたの」

「遅くにすみません。まだ起きてましたか？」

耳をくすぐるヨシュアの魅惑的な声に、ロブはうっとりした。

「ああ、起きてた。俺もちょうど君の声が聞きたいと思っていたところだから、電話をもらえてすごく嬉しいよ。ティムはもう寝たの？」

「はい。……あの、いきなりで申し訳ありませんが、もしよかったら今から会ってもらえませんか？　すぐに帰りますから」

思いがけないヨシュアの申し出に、ロブは「もちろんだよ」と即答した。

「俺もすごく会いたい。本当に来てくれるの？」

「はい。というか、実はもう来ているんです。今、ドアの前から電話をかけています」

ロブは一瞬きょとんとしてから慌てて立ち上がった。小走りにリビングを出て、一目散に玄関へと向かう。まさかだろうと思いつつドアを開けると、本当にヨシュアが立っていた。

携帯を握り締めたヨシュアは、パジャマの上に白いカーディガンを羽織っていた。ベッドの中から抜け出してきたような格好だ。整えられていない絡まった髪が額に重く垂れ、言葉は悪いが鳥の巣みたいで可愛い。所在なげにロブを窺《うかが》うヨシュアの表情は少し不安げで、いつもより幼く見えた。

「ひどい格好だ。パパに叱《しか》られて家を飛び出してきた高校生みたいじゃないか」

笑いながらヨシュアを室内に引っ張りこみ、ドアを閉めた。

「すみません。なんだか会いたくなったら、いてもたってもいられなくなって、それで――」

最後まで言わさず強く抱き締めた。ひんやりした空気を纏《まと》ったヨシュアの身体を抱き締めながら、ロブは「君は俺を驚かせる天才だ」と囁《ささや》いた。

「褒め言葉だと思っていいんですか？」

「もちろんだよ」

ヨシュアは少しはにかんだような笑みを浮かべ、ロブの唇にキスをした。ロブは熱いキスで応酬したい欲求を抑え込み、ヨシュアの手を引いてリビングのソファに戻った。ティムを部屋に残してきている以上、そんなに長居はできないだろうと思い、ヨシュアを座らせたあと酒ではなくホットミルクをつくって持ってきた。

「少しだけブランデーが入ってるけど、大丈夫。運転には支障ない量だから」

「ありがとうございます」

ホットミルクを飲み始めたヨシュアの横顔を見つめながら、ロブは自分の恋人は本当になんて可愛いのだろうと考えた。

「……ロブ。あんまり見ないでください。緊張します」

困ったように呟くヨシュアに、「無理だよ」と真面目な顔で答えた。

「今、俺の目は君を見つめるためだけに存在しているんだから」

他愛のない戯《ざ》れ言《ごと》なのに、ヨシュアは顔を赤くして俯《うつむ》いてしまった。食べてしまいたいほど可愛いとは、まさにこのことだ。今時、十二歳の女の子だってこんなベタな台詞に照れたりしないだろう。

「ねえ、ヨシュア。さっき玄関で君を見た時、なぜか初めて会った日のことを思い出してしまったよ。ディックの後ろから現れたキリッとした君を見て、世の中にはなんてきれいな子がいるんだろうと感心したけど、おかしなことにパジャマ姿で髪はボサボサのままやってきた今夜の君のほうが、ずっと何倍も魅力的に見えた」

ヨシュアはロブの微笑《ほほえ》みにつられて笑いかけたが、気持ちの中に何か引っかかるものがあったのか、急に考え込むような表情になった。

「どうかした？　俺の言い方が気に障った？」

「いいえ、違います。そうじゃなくて……。思い出してしまったんです。私はあなたに隠していることがありました」

結婚前夜に隠し事とは穏やかではない。ロブは居住まいを正し、ヨシュアに向き直った。

「それってすごく重要なこと？」

「いいえ、たいしたことではありません。でもいつか言わなくてはと思っていました」

ヨシュアの瞳に深刻な色合いがないので、ロブは安心して「いいよ」と微笑んだ。

「なんでも言ってくれ」

「はい。私はあなたに嘘をつきました。すみません」

「そう。どんな嘘？」

ヨシュアは言いづらいのか、ロブの視線を避けるように目を泳がせた。ロブは急《せ》かしたくなる気持ちを抑えつけ、我慢強くヨシュアが口を開くのを待った。

「さっき初めて会った時のことを思い出したと言いましたよね」

「うん。言った」

「あの時、ロブは私を見て、以前にも会っていないかと聞き、私は初対面だと答えました」

「ああ、そうだったね。でもあれは俺の勘違いだった。君がお姉さんにそっくりだったから、それでどこかで見たような気がしただけで」

ヨシュアは小さく首を振った。ロブは「え？」と目を見開いた。

「もしかして、そうじゃないって言いたいの？　つまり俺と君は、本当にどこかで会っていたってこと？」

「はい。五年前にＤＣで。私はシェリーの事件に尽力してくださった、犯罪学者のロブ・コナーズという人物に深く感謝し、同時にどういう人なのか強い興味を覚えました。著書を読み漁《あさ》るだけでは我慢できなくなり、あなたのいる大学に行ってそこの学生のふりをして、勝手に講義に出席したんです」

その頃のヨシュアが、まさかそこまで自分に関心を持ってくれていたとは思ってもいなかったので、心底驚いた。

「本当にそんなことしたの？」

「はい。すみませんでした」

もう昔の話だし、今さら謝るようなことでもないのだが、ヨシュアは心から反省しているように目を伏せた。

生真面目なヨシュアがよその大学に入り込んだのだから、相当の覚悟が必要だったはずだ。強張《こわば》った顔つきで、緊張しながら自分の講義を受けている今より若いヨシュアを想像すると、微笑ましくて笑いが漏れそうになった。

「講義が終わったあと、私は思いきってあなたに近づきました。著書にサインがほしいという口実で声をかけ――」

「あっ！　思い出したっ」

思わず大声が出てしまった。驚いたヨシュアが肩をビクッと震わせる。

「あの時の学生、君だったのっ？　本当に？　黒縁のすごい分厚いレンズの眼鏡《めがね》をかけていたよね？　髪は今みたいあちこち撥《は》ねてて、すごくもっさりしてた。鳥の巣みたいにさ。本当にあれが君？」

「……私です」

ロブの形容は正しかったはずなのに、ヨシュアは少し傷ついたような目つきになった。

「よく覚えていましたね。サインを欲しがる学生は他にもたくさんいたでしょう？　あなたはとても学生に人気のある先生だった」

「まあね。でも君ほど印象的だった子はいない」

「それは私がダサすぎて、印象に残っていたということですか？」

ヨシュアが恨めしげな目で見てくる。ロブはそのとおりとは言えなくなって、「違うよ」と大袈裟《おおげさ》に首を振ってみせた。

「君が差し出した本、すごく読み込んでた。付箋《ふせん》を貼ったり、何度も読んだページには開き癖がついていたり。大抵みんなは、まったく読んでませんって感じの新品の本を持ってくるから、へえ、この子、俺の本を真剣に読んでくれたんだなって感心したんだ」

それは本当だった。若くてハンサムな教授に憧れる学生は多くいたが、彼らの興味はロブの立場や外見ばかりに注がれていた。ロブが書いた本の中身にさして関心を持っていないのは明らかだった。

「それに外見は確かに冴《さ》えない感じだったけど、可愛い子だと思った。いや、本当だって。すごく真面目そうで初々しい感じがして、印象的だったんだ。次の講義でまた会えると思って楽しみにしていたのに、それきり見かけなくなって残念に思ったものだよ」

それも事実だった。今度は自分から声をかけてみようとさえ思っていたのに、あの学生には二度と会えなかった。会えないはずだ。ヨシュアはあの大学の学生ではなかったのだから。

「すみません。まさか気にかけてもらっていたなんて思いもしませんでした。それと今まで黙っていたことも謝ります」

「いいよ。楽しくなる隠し事なら大歓迎だ。でも俺の家に初めて来た時、どうして初対面だなんて嘘をついたの？」

予想はついたがヨシュアの口から理由を言わせたかった。ロブが意地悪で質問しているとは気づかず、ヨシュアはいたたまれないような風情で「だって」と呟いた。

「あなたに会いたくて、私は大学に不法侵入したんですよ？　そんなこと恥ずかしくて、言えるはずがない」

「ふうん。そんなに会いたかったの？」

からかい口調で言ったら、ヨシュアは真面目な表情で「ええ」と頷《うなず》いた。

「すごく会いたかった。そして実際に会ったら想像していた以上に素敵な人で、またいつか会いたいと思いました。私の夢は五年もたってから叶《かな》ったんです」

ヨシュアの会いたいと思う気持ちの根底にあるのは感謝や憧れであって、決して恋ではなかったはずだ。だが自分の与《あずか》り知らぬところで、ヨシュアからそれほどまでの好意を寄せられていたと知って、ロブの胸は自然と熱くなった。

「俺は運命論者じゃないけど、今夜だけは主義を捨てるよ。——ヨシュア。俺と君は再会する運命だったんだ」

ロブが力強く断言すると、ヨシュアは少し恥ずかしそうに微笑んだ。

「実は私もそう思っています」

「よかった。じゃあ、なんの問題もないね」

ロブは笑ってヨシュアの肩を抱き寄せ、乱れた髪に頰を埋めてそっと息を吐いた。もちろんそれは幸せすぎて、勝手にこぼれてしまう甘い溜め息だった。


「本当にいいお天気ね。見て、海も真っ青ですごくきれい。こんな気持ちのいい日に結婚できるなんて、ふたりとも幸せ者だわ」

ワインカラーのワンピースに身を包んだトーニャは海に顔を向けながら、初秋の眩《まぶ》しい陽射しに目を細めた。料理の準備をしているケータリングサービスの男性スタッフが、トーニャの優美な足のラインに見とれている。

「まったくだな。天気予報では曇りだと言ってたのに、雲ひとつない快晴だ。プロフェソルの日頃の行いがいい証拠だ」

ネトに褒められたロブが「だよね」と頷くと、トーニャは「違うわよ。ヨシュアのおかげに決まってるじゃない」と意地悪を言った。

「ねえ、トーニャ！　ちょっとここの飾りつけを見てほしいんだけど！　あなたの意見を聞かせてちょうだい」

マーブに呼ばれたトーニャが行ってしまってふたりきりになると、ネトが「今日はいい日だ」とロブに微笑みかけてきた。

「ああ。本当にいい日だよ。君とも久しぶりに再会できたしね。旅は楽しかった？」

メキシコに行ったきり四か月も音信不通だったので心配していたが、ネトはまったく変わりなく元気だった。ますます精悍《せいかん》になったような気がする。

「楽しかったがあんたの手料理が懐かしくて、何度も帰りたくなった」

「アミーゴ。ちょっと見ない間にお世辞が上手くなったね。でも調子に乗せられてやるよ。いつでも俺の料理を食べに来てくれ」

「ああ。ヨシュアに嫌われない程度に、遊びに寄らせてもらう」

久々の再会が嬉しくて、くだらない会話にも心が弾む。庭の隅でネトの旅の話を聞いていたら、ユウトとディック、それにユウトの兄のパコと、パコの相棒の黒人刑事マイクが連れだって現れた。

「ネトっ？　帰ってたのか！」

ネトの姿を見た途端、ユウトは表情をパッと輝かせて駆け寄ってきた。ネトも嬉しそうに破顔し、自分の胸に飛び込んできたユウトを強く抱き締める。ディックは幾分ムッとした顔つきで再会を喜び合うふたりを見ていたが、自分をニヤニヤと見ているロブの意地の悪い視線に気づくと、決まりが悪そうにそっぽを向いた。

ネトが以前、教えてくれた。刑務所時代、ディックはユウトとネトの仲をひそかに快く思っていなかったらしい。早い話が嫉妬《しっと》していたのだ。ネトとユウトの間には、ふたりにしかわからない強い絆《きずな》があるので、妬《や》きたくなる気持ちもわからないではないが、ディックのユウトに対する独占欲は相当のものだ。

「いつ帰ってきたんだ？　知らせてくれればよかったのに」

ディックの気持ちも知らず、ユウトはとびきりの笑顔を浮かべてネトを見上げている。

「帰ってきたのは昨日の夜だ。ディック、お前も元気そうで何よりだ」

ネトが手を差し出すと、ディックも気持ちを切り替えるように口もとをゆるめ、「よく帰ってきたな」と握手してネトの肩を叩いた。

「ロブ。ヨシュアはどこにいるんだ？」

ユウトが周囲を見渡しながら尋ねてきた。

「家の中で俺の家族に捕まってる。両親も姉のカレンも、ついでに姪っ子のケイティまでヨシュアをすっかり気に入ってしまって、みんなでベッタリだよ」

父親のトニーは年甲斐《としがい》もなくヨシュアに護身術を教えてくれとせがむし、ベリンダは食べ物の好き嫌いをリサーチするのに余念がない。カレンはヨシュアの恋愛遍歴を聞き出したがっているし、ケイティに至ってはお気に入りのクマのぬいぐるみのプッカーと仲良しになってほしくて、やたらとヨシュアにプッカーと会話させたがっている。

カレンの夫のバリーだけは、ヨシュアに同情するような目を向けていた。もしかしたら将来的にバリーはヨシュアのよき相談相手になるのでは、なんてことも思ったりしたが、そうならないよう願うばかりだった。

「それにしてもすげぇ庭だな。先生の両親はお金持ちなんだな」

マイクが感心したように庭を眺め回している。よく手入れされた広々とした芝生の庭は、確かになかなかのものだ。今日の招待客はざっと三十人ほどだが、料理のテーブルやパラソルがたくさんあっても余裕で動き回れる。

「父親が会社社長だったからね。この家もリタイアメント・ライフを送るために五年前に買ったんだ。ここで楽しく暮らしている両親を見ていると、俺も長生きして何がなんでもいい老後を送りたいと心から思う」

「ヨシュアと一緒に？」

すかさずユウトが言ったので、ロブは「当然だよ」と大きく頷いた。

「ひとり寂しい老後なんてまっぴらだよ。ヨシュアと一緒にしわくちゃの可愛いおじいちゃんになっていくっていうのが、俺の人生設計の要《かなめ》なんだから」

「先生ってロマンチストなんだかリアリストなんだか、よくわかんねぇな」

「両方さ。地に足をつけて夢を見る。ネトみたいに地に足をつけないで夢を見られたら、一番いいんだろうけどね」

ロブがウインクすると、ネトは真顔で「俺は夢なんか見てないぞ」と反論した。

「いつも今だけを見てるからな。今を楽しんでいれば夢なんて必要ない」

ネトらしい言葉だと思った。キョロキョロしているパコに気づいたネトが、「トーニャならあそこにいる」と指差した。

「ああ、本当だ。……ちょっと挨拶《あいさつ》してくるよ」

そそくさと歩いていくパコの背中を見ながら、ネトはユウトに尋ねた。

「お前の兄貴は俺の弟にまだ気があるのか？」

「さあね。俺はもう干渉しないことにしたんだ。パコがどういうつもりなのか、俺にはさっぱりだよ」

マイクは腕を組み、「俺の見たところ、パコはトーニャに未練ありありだな」と頷いた。

「ずっと女っ気がねぇ。間違いない」

「でもパコはトーニャに手を出せないよ。煮え切らない態度で接近されても、トーニャだっていい迷惑だろうに」

ユウトがムスッとした顔で言う。しかしパコに話しかけられ楽しげに会話しているトーニャは、まったく迷惑そうではなかった。他人が口を挟む問題ではないようだ。

「ロブ！　そろそろ時間よ」

マーブが内股で小走りに近寄ってきて、腰に両手を当てながら「お喋《しゃべ》りはやめて打ち合わせどおり、家の中でヨシュアと待機しててちょうだいなっ」と捲《まく》し立てた。

「はいはい。わかったよ。……じゃあみんな、またあとで」

ユウトたちに見送られてロブは家の中に入った。ヨシュアはプッカーを抱いたケイティを膝《ひざ》の上に乗せ、ベリンダとカレンに挟まれる格好でソファに座っていた。父親のトニーはヨシュアの義兄のティムと娘婿のバリーに向かって、先だって大物の魚を釣り上げた時の武勇伝を語って聞かせていた。

「そしたらロブったらひどいのよ。私の顔を見るなり、お腹を抱えて笑いだして――」

「カレン。ヨシュアに俺の悪口を吹き込むのはやめてくれって言っただろ？」

カレンは心外だと言わんばかりの目つきで、近づいてくるロブを見上げた。

「悪口なんかじゃないわよ。事実しか言ってない」

「事実なら何を言ってもいいってわけじゃない。今日は俺の結婚式なんだから、俺の株が下がるようなことは言わないのが礼儀だぞ。そんなことよりもう始まるから、みんなは庭に出て」

「母さん、カメラはどこだ？」

ソファから立ち上がったトニーが、カメラを探してうろうろし始めた。

「あら、ないんですか？　さっきそこにあったのに」

「もう父さんたら、最近物忘れがひどくなったんじゃないの？」

やいのやいの言いながらなかなか出ていかないので、ロブは生徒を急き立てる教師のように「なんでもいいから早く出る！」と全員を部屋から追い払った。

「ごめんよ、ヨシュア。うちの連中、お喋りだから疲れただろう？」

「いいえ。いろんな話が聞けて楽しかったです。ロブは小さい頃、すごい癇癪《かんしゃく》持ちだったとカレンが言ってました。今では想像もつかないですね」

ロブは天井を仰ぎ見て、「カレンは余計なことばかり言うんだから」と溜め息をついた。

「ロブ。ここに座ってください」

ヨシュアが少し緊張した面持ちで言った。ロブは隣に腰を下ろし、ヨシュアの手を握った。

「どうしたの？　緊張してるの？」

「少し。みんなもう来ているんですか？」

「ああ。庭に勢揃いしてるよ。俺と君の結婚を祝福するために集まってくれたんだ」

ヨシュアはロブの目を見返し、不安そうに呟いた。

「やっぱりタキシードのほうがよかったんじゃないでしょうか？　こんな軽装で失礼になりませんか？」

「大丈夫だよ。みんな気楽な格好で来てくれてる。それに君はどんな服装でも素敵だよ。裸で出ていったって、みんな君にうっとりする。なんならいっそのこと、裸で結婚式を挙げる？」

ロブの冗談が可笑しかったのか、ヨシュアは白い歯を見せた。

「あなたの要望でも、さすがに裸は無理です。お断りします」

「よかった。いいですよって言われたら俺が困ってた」

ヨシュアの唇に軽くキスしてから、ロブは「楽しもう」と囁いた。

「今日来てくれているのは、みんな俺たちの幸せを望んでくれる人たちだ。そういう人たちと過ごせる今日という日を大切にしよう」

「はい」

ふたりが見つめ合っていると、「あらあら」と言いながらマーブが入ってきた。

「いいムードのところお邪魔して悪いけど、そろそろ玄関から出てくれるかしら?」

「わかったよ。マーブ、何から何まで本当にありがとう。心から感謝してるよ」

ロブが真面目な態度で礼を述べると、マーブは「いいのよ」と首を振った。

「昔からの友達じゃない。これくらいなんでもないわ。それに本当に嬉しいの。あんたみたいにひとりでなんでもできちゃう人は、一生孤独に過ごすんじゃないかって思ってたもの」

マーブとは若い頃から、互いの恋愛を相談し合ってきた仲だ。ロブの恋愛遍歴を一番よく知っているだけに、もしかしたら今日のよき日を一番喜んでくれているかもしれない。

「さあベイビーたち、これを持って」

マーブから小さなブーケを、それぞれ手渡された。レースで包まれた可愛い花束だ。ロブとヨシュアは思わず顔を見合わせた。

「こんなの持つって聞いてないよ」

「いいじゃないの。ブーケトスのない結婚式なんて盛り上がらないし。細かいことでガタガタ言わないの。ほら、行きましょう。みんながお待ちかねよ」

マーブに先導され、ロブとヨシュアは手を繋いで庭に出た。明るい陽射しの中にたくさんの笑顔が見える。みんな拍手でふたりを出迎えてくれた。

ウエディングマーチの代わりに、明るいリズムのレゲエが流れている。ロブとヨシュアは花で飾られたアーチをくぐり抜け、ゲストたちの間を縫って前に進み出た。普通なら参列者に背中を向けて愛を誓うが、これは人前式だからくるりと回転してみんなと向き合った。

「えー皆さま、今日はお忙しい中、私たちの結婚式にお越しくださって本当にありがとうございます。このような――」

「先生、固い挨拶はなしにしようぜっ。聞いてるほうが緊張しちまうだろ！」

マイクが野次を飛ばすと笑いが起き、賛同するようにあちこちで拍手や口笛が湧いた。ロブとヨシュアは顔を見合わせ、苦笑した。

「わかったよ、マイク。柄にもないことはやめておく。じゃあ、普段どおりの俺で話をするから、みんな聞いてくれ。――俺はヨシュア・ブラッドを愛してる。誰よりも愛おしく思っている。だからいつまでも大切にしたいし、いつまでも一緒にいたい。心の底からそう思っている。

男同士で結婚なんて馬鹿げてると思う人もいるだろうけど、生涯を共にしたいという誓いに、性別は関係ないと信じてる。俺は今日この場で、自分にとってとても大事な人たちの前で、ヨシュアを人生の伴侶にすることを誓います」

ロブの宣誓が終わると、マーブがすかさず「じゃあ、次はヨシュアの番ね」と言った。ヨシュアはいささか緊張した様子だったが、一度ロブと目を合わせてから、みんなに顔を向けた。

「ロブは私にとってかけがえのない人です。世界で一番大切な人です。だからロブと一緒に生きていきたい。苦しい時も辛《つら》い時も、いつも支え合って暮らしていきたい。それが嘘偽りのない気持ちです。だから皆さんの前で誓います。私、ヨシュア・ブラッドはロブ・コナーズを生涯、愛し続けます」

ヨシュアが唇を閉ざすと、温かい拍手が起きた。

「見つめ合ってないで、さっさと誓いのキスを済ませなさい」

マーブに急かされ、ロブとヨシュアは微笑みながら唇を重ねた。

「おめでとう！」

「お幸せにっ」

祝福の声を聞きながら交わすキスは最高だった。ロブとヨシュアは目配せしてみんなに背中を向けると、同時にブーケを放り投げた。背後でワッと歓声が上がる。

誰がキャッチしたのかと振り返ってみると、ひとつはなぜかベリンダが持っていて、もうひとつはなんとケイティが持っていた。身内の、しかも結婚の予定がないふたりがブーケを取ってしまうなんて呆れた事態だ。

「まあ、私もう一度結婚できるのかしら」

妻の冗談にトニーは「結婚式が挙げたいなら、俺ともう一度すればいいさ」と答えた。

「ああ、ケイティ！　そのブーケ、おじちゃんに返しておくれ。まだ君には早い。早すぎるんだよっ」

ロブは慌てて駆け寄って手を差し出したが、ケイティは「やだっ」と叫んでブーケを背中に隠してしまった。なんとも無邪気で愛らしい姿に、その場にいた全員が笑顔になった。


ふたりの宣誓が終わるとすぐにパーティーが始まった。ベリンダとマーブが焼いたケーキには、ゲストたちがフルーツやチョコペンなどで飾りつけを施してくれていた。

ケーキデコレーションの演出にロブとヨシュアはおおいに感激し、カットしたケーキをみんなに配って歩くのも楽しくて仕方がなかった。

海が見える庭で食べたり飲んだり踊ったり、それぞれが楽しい時間を過ごした。ゲストの笑顔を見ているだけでロブとヨシュアは幸せな気分になり、目が合うたびキスをした。

酒には強いロブなのに、その日は数杯のシャンパンだけで珍しく酔ってしまい、パーティーがお開きになる頃には、足もとが少し危うくなっていた。

ゲストたちを見送ったあと、ユウト、ディック、マーブ、ネト、トーニャ、それにパコとマイクだけが家に残った。カレンとバリーはケイティが少し風邪気味なのを心配して、嫌がる娘をなだめすかして帰っていった。

ユウトたちはダイニングのテーブルでベリンダの淹《い》れてくれたコーヒーを飲みながら、口々にいいパーティーだったと感想を述べ合った。

「ああ、本当にいい一日だった。みんなには心から感謝してるよ」

頭をふらつかせながら相槌《あいづち》を打っていたら、ネトに「大丈夫か?」と笑われた。

「プロフェソルがそんなに酔うなんて珍しいな」

「平気だよ。気分は悪くないから。ちょっと眠いだけ」

「明日からの新婚旅行、行き先はどこだっけ? カリブ海の島だって言ってたよな」

ユウトの質問にロブは目を擦りながら「プロビデンシアレス島」と答えた。英国領タークス&カイコス諸島の中にある島の名前だ。

「でもその前にマイアミで一泊して、うまいカニの爪を食べる予定」

「君、カニが好きだもんな」

ユウトがからかうように言った。そういえばユウトと一緒にDCに行った際、お気に入りのレストランに連れていってカニをたらふく食べた。あれは二年前の今頃だった。

「人生ってやつは、つくづく面白いものだよね」

ロブは頬杖《ほおづえ》をついて呟いた。あの頃、ユウトはFBI捜査官としてディックを追いかけていた。ロブはそんなユウトに惹かれ、事件解決に協力していた。当時はパコともネトともまだ親しくなかったし、トーニャに至っては知り合ってさえいなかった。

人と人が人を繋ぎ、さらにまた別の人を繋いでいく。二年前、ユウトと知り合っていなければ、きっとヨシュアと再会することもなかっただろう。ヨシュアともう一度会えたのが運命なら、ユウトたちと知り合えたのも、また運命ということになる。

「ヨシュア、見てちょうだい。このロブ、すごく可愛いでしょ？　三歳の時の写真よ」

ソファでヨシュアと並んで座りながら、ベリンダが膝の上でアルバムを広げていた。ロブの子供の頃の写真を披露しているようだ。

「はい。とても可愛いです。ケイティに似てますね」

「ええ、そうなのよ。でもケイティとは違って利かん坊でね。本当に手がかかったわ。ねえ、トニー？」

「まったくだ。カレンも初めての子だから手こずったが、ロブは輪を掛けて大変だった。それに比べて三人目のダニーは大人しくてね。兄弟なのにどうしてこんなに違うんだろうって、ベリンダと何度話したかわからんよ」

ヨシュアはアルバムを眺めながら、「この子がダニーですか？」と写真を指差した。

「ええ。……あの子が生きていれば、あなたと同じ年になってたのね」

ベリンダはしんみりした口調で言ったが、すぐにヨシュアに優しい目を向けた。

「私とトニーは大事な息子を失ってしまったけど、こうやって新しい息子を家族に迎え入れることができたんだから、とても幸せな夫婦よ。そうでしょ、トニー」

「ああ。家族が増えるほど嬉しいことはない」

頷き合うトニーとベリンダを見て、ヨシュアは感激で言葉に詰まったのか俯いてしまった。家族のいないヨシュアにとって、ふたりの優しい言葉はどれだけ胸に響いただろうか。

「ヨシュア。ロブはああ見えて本当は難しいところもあるから、多分、一緒に暮らし始めたら苦労することもあると思うの。いえ、きっと苦労するわ。おおらかに見えて実は理屈っぽいし、変なところですごく頑固だし」

ロブは口こそ挟まなかったが、どうして俺の家族は俺の欠点ばかりヨシュアに教えようとするのだろうと憮然《ぶぜん》とした。

「でも優しい子なのは私が保証するわ。あの子のこと、広い心で受けとめてあげてね」

「はい。今の私にはロブの欠点なんてまったくわかりませんが、早く欠点を見つけたいです」

ヨシュアの言葉に、ベリンダは不思議そうな表情を浮かべた。

「どうして?」

「完璧なロブより欠点のあるロブのほうが、もっと深く愛せそうな気がするからです」

ベリンダは目尻に深いしわを寄せながら「そう」と頷き、ふたりの会話を盗み聞きしていたロブに顔を向けた。

「ロブ。あなた本当にいい子を見つけてきたわね」

眠いので返事ができず、ロブは同意するように片手を上げた。——まったくもってそのとおりだよ、ママ。俺は最高の恋人を見つけたんだ。

ロブはテーブルに肘《ひじ》をついて頭を支えた。本当に眠くてしょうがない。

「無理しないでベッドで横になってきたら？」

ユウトの言葉にロブは半分目を閉じながら、「いいんだ」と答えた。

「今、すごくいい気分なんだ。だからどこにも行きたくない。みんな大好きだよ……」

そこまで言うのが精一杯だった。ロブはとうとう睡魔に降参して、テーブルに頭を置いた。

「見て。プロフェソル、笑いながら眠ってる。子供みたいね」

トーニャの声が聞こえた。

「ホントだ。誰か写真に撮っておけよ」

これはマイクの声だ。聞こえてるぞ、と言いたかったがもう目も開けられない。

「ロブ、すごく幸せそうな顔してるな」

遠くで聞こえるユウトの言葉に、ロブは心の中で「ああ」と答えていた。

——そうだよ、ユウト。俺は今、最高に幸せなんだ。

Sunset & Love light

日が暮れ始めたベンチュラ・ハイウェイを、車は東に向かって順調に走っていた。わずかに開けた窓から入ってくる涼しい風が、ユウトの頰を心地よく撫《な》でていく。

急に海を見ながらドライブがしたくなった。ついさっきまで海が見えるロブの両親の家にいて、名残惜しい気持ちでみんなと別れてきたせいかもしれない。

「ディック。できれば海沿いを通って帰りたいな」

助手席でユウトがリクエストすると、ハンドルを握ったディックは「了解」と答えた。

「PCH（パシフィック・コースト・ハイウェイ）を通ろうか」

「ごめん。遠回りになるよな」

ユウトが我《わ》が儘《まま》を謝ると、ディックはサングラスの奥の目を細め、「いいんだ」と答えた。

「実は俺も海を見ながら走りたい気分だった。今なら夕陽がきれいだろうしな」

車は右折し、しばらく南下してから海沿いを走るPCHに入った。右手に太平洋の海原が現れる。海と空は夕陽を浴びて、神秘的な色に染まっていた。

「きれいな夕陽だ」

ディックの言葉に頷いてから、ユウトは「本当にいい結婚式だったよな」と呟いた。みんなの前でキスを交わしたロブとヨシュアの幸せそうな姿が、まだ瞼《まぶた》に焼きついている。

「ああ。家族もみんな嬉しそうだった。あんな素晴らしい両親のいるロブが羨《うらや》ましいよ」

何気ない言葉だったが、ディックが孤児だったことを知っているユウトは、その言葉の裏側にある彼の孤独な想いを感じ取らずにはいられなかった。親の顔も知らず、施設で育ったから家族もいない。やっと見つけた家族同然の友と恋人は、無情なテロリストに命を奪われた。

でも今は違う。今は自分がそばにいる。自分が隣にいる限り、決してもう二度とディックに孤独な想いなどさせたりしない。

ユウトは意を決して口を開いた。

「ディック。今度、母のレティに会ってくれないか。もちろん妹のルピータにも。いきなり恋人とは言えないけど、俺の大事なルームメイトだって紹介したいんだ。ゆくゆくは俺のパートナーだってことも、きちんと打ち明けたい」

ディックは驚いた表情を浮かべ、ウインカーを出して右手の路肩に車を停車させた。しばらく雨が降っていないせいか、車の周りに乾いた砂埃《すなぼこり》が立ち上がる。

「どうして急にそんなことを？　ロブとヨシュアの結婚式がよかったから感化された？」

「そうかもね。俺もウエディングドレスが着たくなった」

冗談で返したらディックは苦笑を浮かべて、「誤魔化すなよ」とユウトの頬を軽くパンチした。ユウトはディックの拳を摑《つか》み、笑いながら「俺のドレス姿、見たくない？」と輪をかけてふざけた。

「ユウト。真面目な話だ。お前の家族に会えるのは嬉しいが、俺たちの関係まで打ち明けることはない。お前だって、ずっとそう言ってたじゃないか」

「うん。レティは責任感の強い真面目な人だから、俺に男の恋人がいると知ったら、育て方が悪かったと思って自分を責めるかもしれない。それに死んだ俺の親父に対しても、申し訳ないって思うかも。そんなふうに傷つけるくらいなら、黙っているほうが彼女のためだと思ってきた。でも今日、ロブの両親を見ていたら、なんだかレティに自分の最愛の人を紹介できないのって、すごく親不孝なことに思えてきたんだ。……ディックはどう？　母親を紹介されるのって嫌？　困る？」

ディックは「そんなわけないだろ」とすぐに首を振った。

「俺もお前の家族には会いたいと思ってた。お前の愛する家族は、俺にとっても大事な人たちだ。ぜひ会わせてくれ」

ディックの目には嘘がなかった。本当にレティやルピータに会いたいと思ってくれている。ユウトは「ありがとう」と言い、ディックの指に自分の指を絡めた。

「夕陽が沈むまで、ここにいたいな」

ディックは「もちろん」と答え、絡めた指に力を込めた。

「お前が望むなら、一晩中ここにいたって構わない」

ムードたっぷりに囁くディックが可笑しくて、ユウトは繋がっていないほうの手でハンサムな恋人の鼻先を軽く摘んだ。

「それは駄目だ。家でユウティが、お腹を空かして待ってるのに」

「あいつは俺に似て忍耐強いから、一晩くらい我慢できるさ」

カーラジオからイーグルスの『ホテル・カリフォルニア』が流れてきた。哀愁漂うドン・ヘンリーのハスキーボイスに耳を傾けながら、ユウトはディックにあることを打ち明けた。

「実はこの歌を聴くと、刑務所にいた頃のことを思い出すんだ」

「へえ。俺たちがいた『ホテル・カリフォルニア』に、ドン・ヘンリー似の男でもいたか?」

「そういうんじゃない。多分、歌詞のせいかな。……お前とあの狭い監房で暮らしていた日々が、ものすごく昔のことに思えるよ」

一時期は封印して忘れ去りたいくらい嫌な記憶だったが、最近は辛かったあの時期のことも、不思議なほど穏やかな気持ちで思い返せる。きっと今が幸せだからだろう。

「俺もだ。でもシェルガー刑務所のことは、絶対に忘れたりしない。お前と出会えた大事な場所だからな」

優しい微笑みを浮かべるディックに、ユウトはあえて顔をしかめて言ってやった。

「思い出したぞ。お前ってあの頃は俺に冷たく当たって、本当に嫌な奴だったよな。俺はお前に無視されたり、素っ気なくあしらわれたりするたび、すごく傷ついていたんだ」

「い、今さらなんだよ。あの時はいろいろと事情があったんだよ。それは前に話しただろ?」

「それはわかってるけどさ。そういえば聞いてなかったよな。出会い頭から冷たい態度を取ってたけど、実際はいつから俺のことを意識するようになっていたんだ？」

ディックはなぜかうろたえ、「忘れたな」と目を泳がせた。

「ユウト。見ろ、夕陽がすごくきれいだ」

「話をそらすなよ。忘れたなんて嘘だろ？　言えよ。いつからなんだ？」

ぐいっと顔を近づけ、ディックのサングラスを奪った。ディックは観念したように小さな溜め息をつき、「最初からだよ」と答えた。

「最初？　最初っていつ？」

「食堂で会った時だ。ＢＢに絡まれてるお前を見て、困ったと思った。お前がＦＢＩの手先だとわかっているのに、ひと目で心を奪われたからな」

知り合った当初、あれだけ冷たい顔を見せていたのに、実際は初対面から自分に惹かれていたと知り、ユウトは呆れるより感心した。

「ディックがポーカーフェイスの達人なのは知っていたけど、本当に感情を隠すのが上手いよな。全然気づかなかった」

「あの頃はガチガチに自分を戒めていたからな。……ある意味では、俺は生きてなかった。死人と同じだ」

そうかもしれないと思った。仲間達をコルブスに殺され、ディックは復讐《ふくしゅう》の鬼と化していた。

ユウトは自分の邪魔をする厄介な相手でしかなく、どれだけ惹かれてもその感情を認めることは難しかったはずだ。

「けど、お前が生き返らせてくれた。お前を散々傷つけたのに、お前は諦《あきら》めないで俺を追いかけてきてくれた。……なあ、ユウト。お前を愛するようになって、俺は自分のことも愛せるようになった気がするよ」

ディックがそっとユウトの腿《もも》に手を置いた。温かな手だ。その手を見ていたら胸が詰まってしまい、何も言い返せなかった。

ディックの復讐を止めたくて夢中で追いかけていたあの頃、ユウトはいつもディックの幸せを願っていた。仲間は死んだのに、ひとりだけ生き残ってしまったことを呪《のろ》っていたディックに、もう自分を許して未来に目を向けて生きてほしいと願っていた。

知らないうちに、あの頃の願いは叶っていたのだ。一緒に暮らし始めてからのディックは、いつも笑顔で楽しそうにしていたが、心の奥底では自分だけが幸せになることに対して、まだ罪悪感を抱いていた。でもいつの間にかディックは変わっていたのだ。自分自身を愛し、新しい人生を肯定できるようになっていた。

「いや、違うな。間違えた」

ディックが難しい顔で呟いたので、ユウトは「何が？」と尋ねた。

「俺が自分を愛せるようになったのは、お前を愛するようになったからじゃない。お前に深く愛されたからだ。お前の愛情のおかげだな」

愛したからでも愛されたからでも大差はないのに、ディックは律儀に訂正した。

「ところで俺からも質問がある。もし俺の恋人になっていなかったら、今頃はロブの恋人になっていたと思うか?」

「はあ? なんでそういうこと聞くんだよ。まだロブに嫉妬してるのか?」

「違う。純粋な好奇心だ。もしお前とロブがつき合っていたら、今日の結婚式のロブの相手は、お前だったってことになるだろう?」

「いや、それはないだろう、さすがに」

即座に否定した。仮にロブと恋人同士になっていたとしても、ユウトは絶対に男同士で結婚式なんて挙げない。そういう柄じゃない。

「確かにロブの優しさに、グラッときたことはあったよ。でも恋人にはならなかったと思う。彼のことは好きだけど、お前に感じたような焦がれる気持ちまでは感じられなかった。……女の子とも恋は何度か経験したけど、お前が初めてだったんだ。自分より相手のほうが大切で、世界を敵に回しても構わない、何もかも捨ててもいいと思えるほど好きになれたのは」

今さらこんな告白をするのは気恥ずかしくて仕方なかったが、愛情を伝える言葉は惜しんではいけない。ユウトは照れながらも、ディックに本心を打ち明けた。

「そうか。……でもどうして俺だったんだろう? 理由を教えてくれ」

ディックの青い瞳は夕陽を浴びて輝いていた。優しい眼差しの中にあふれるディックの熱い気持ちが、痛いほど伝わってくる。

「さあ、どうしてかな。わからない。でも、そういうもんだろ？　運命の恋ってさ」

キスできない代わりにディックの手を持ち上げ、指先に軽く歯を立てた。ディックは「クソ」と呟き、突然、車を発車させた。

「ユウト、急いで帰るぞ」

「……ユウティがお腹を空かせて待ってるから？」

「違う。お前を抱き締めて、めちゃくちゃにキスするためだよ」

ユウトは笑いながら窓の外に目を向けた。夕陽はいつしか海の中に落ち、最後のわずかな赤い光が水平線で燃えるように輝いていた。

Sweet moment I
ダグ＆ルイス

ダグ・コールマンはホテルのバンケット・ルームの片隅で、意味もなく周囲に視線を巡らしていた。要するにすることがなくて手持ち無沙汰《ぶさた》なのだ。

眩《まばゆ》いシャンデリアのきらめきの下で、着飾った人々が気ままに談笑している。セレブリティな人種の集まりにはまったく無縁なダグは、周囲から浮いているような気がして、どうにも落ち着かなかった。自分のことなど誰も気にしていないとわかっていても、刑事がこんなパーティーにいること自体が場違いに思えてくる。

人々の間を器用にすり抜けて動き回るウェイターは、まるで障害物を避けて泳ぐすばしっこい魚のようだ。黒い魚の動きを意味もなく目で追っていたら、大きくなったり小さくなったりするざわめきが、寄せては返す波の音に思えてきた。

けれど本当の波の音とは違って、まるで気持ちを落ち着かせてはくれない。むしろ片時も止むことのない意思を持った雑音の中に身を置いていると、頭の芯《しん》が鈍くなっていく。

慣れない華やかな人いきれに酔ったようだ。外の空気でも吸ってこようと思った時、誰かに肩を叩《たた》かれた。振り返るとスーツ姿のロブ・コナーズとヨシュア・ブラッドが立っていた。やっと見知った顔を見つけたダグは、心から安堵《あんど》した。

「こんばんは、ロブ。それにヨシュアも」

「やあ、ダグ。今夜はこんな素晴らしいパーティーに招いてくれてありがとう」

「あ、いえ。招待したのはルイスで、俺はただの客にすぎません」

ダグの真面目くさった返事が可笑《おか》しかったのか、ロブは笑いをこらえるような顔つきになった。ロブはハンサムだが、にやけすぎてちょっと損している気がする。

ふたりに会うのはこれが二度目だ。一度目はユウトとディックの家に呼ばれた時で、奇遇にもルイスとロブが同じ大学出身で顔見知りだったことがわかり、一気に打ち解けた。

ロブとヨシュアは、どちらも一見しただけでは職業を当てられないだろう。ロブは犯罪学者だが、学者然としたところがまったくない気さくな人柄だし、ヨシュアは裸のままランウェイを歩いても拍手喝采を浴びそうなほど容姿端麗なのに、どういうわけか警備会社でボディガードの職に就いている。

完全に職業選択を間違ったとしか思えないが、本人はこれほどの恵まれた容姿について思うことは何もないようで、むしろ目立つ外見を疎ましく思っている節さえあった。もったいないと思うが、美形には美形なりの苦労があるのだろう。

「ところで君の大事な人はどこ？　今日の主役にぜひとも挨拶《あいさつ》しておきたいんだけど」

「多分、あのへんで大勢に囲まれているはずです」

ダグが会場の中央付近にできている人混みを指差すと、ロブは「我らがボスコ氏には、今は挨拶できそうにないね」と肩をすくめた。

「あとにしよう。……ああ、君、飲み物をもらえるかな」

通りすがりのウェイターに声をかけ、ロブはシャンパンのグラスをふたつ手に取り、ひとつをヨシュアに渡した。

「取りあえず乾杯しようか。ルイスの新作と映画が、どちらもヒットしますように」

ロブがグラスを持ち上げたので、ダグも持っていたオレンジジュースのグラスを掲げた。今日はエドワード・ボスコの最新作『天使の撃鉄』の発売日だ。ボスコの人気作『アーヴィン＆ボウ』シリーズの三作目となるのだが、一作目も二作目も映画化されて大当たりしているので、当然、三作目にも執筆中から映画化の話が舞い込んでいた。

映画会社からの申し出により、どうせなら新作の発売と同時に映画化を大々的に発表しようという話になったらしい。つい先ほど制作総指揮を兼ねるコルヴィッチ監督や、出演俳優たちによる制作発表の記者会見が行われ、終了後に関係者を集めてのパーティーが始まった。

人前に出るのが嫌いなルイスだったが、映画のプロモーションの一環とはいえ、新作の宣伝も兼ねているパーティーなので顔を出さないわけにはいかず、渋々、今日の日を迎えることになった。

「それにしてもルイスはすごい人気だね」

「ルイスはこれまでエドワード・ボスコとして人前に出たことがなくて、今日はいわばボスコの初披露なんです」

「ああ、そういえば対面でのインタビューなんかには、いっさい応じてなかったよね。そのせいでボスコは他の有名作家の別ペンネームじゃないかとか、実はうら若き女性じゃないかとか、いろいろ噂されてたっけ。蓋《ふた》を開けてみれば、少し陰のあるセクシーなハンサムガイときたんだから、そりゃあみんな興味津々だろうな。……お、噂をすれば、人気作家さまのご登場だ」

ロブの視線の先にルイス・リデルがいた。人波をかき分けるようにしてこちらに向かってくるルイスの姿に、ダグの目は釘付けになった。

今日は前髪を後ろに撫《な》でつけているのできれいな額があらわになり、整った顔がいっそう美しく見える。光沢のあるグレーのタキシードに黒いシャツ、ネクタイはワインレッドという難しい組み合わせだが、スタイルのいいルイスは難なく着こなしていた。愁いを帯びた瞳と相まって、ヨーロッパの貴族のように品がある。

ルイスはスーツで十分だと考えていたのだが、新しい彼のエージェントであるピーター・フェデスが、パーティーには絶対にタキシードを着てくるように口を酸っぱくして言うので、仕方なくルイスが折れたのだ。フェデスは初めて衆目に晒《さら》されるルイスの容姿は、十分に話題になり得るものだと判断し、作家の外見さえも新作の宣伝材料にしようと考えたらしい。そしてその目論見《もくろみ》は成功したはずだ。

ルイスは今日、複数のテレビ局のインタビューを受けた。エドワード・ボスコが実はこんなにも若くてハンサムな作家だったということに世間は驚き、それは必然的に本の売れ行きにもいい影響を及ぼすだろう。特に女性ファンは一気に増えるに違いない。

「ダグ、ひとりにしてごめん。次から次に人が目の前に現れるもんだから、どこで切り上げていいのかわからなくて参ったよ」

ルイスは相当疲れているのか、縋《すが》るような眼差しでダグを見上げた。誰もいなかったら、今すぐ君に寄りかかりたいと言いたげな視線だ。柱の陰に連れ込んでキスしたい衝動を抑え込みながら、ダグは「いいんですよ」と微笑《ほほえ》んだ。

「俺のことは気にしないでください。有名人を探したり美味しいもの食べたりして、適当に楽しんでますから」

ルイスは「ありがとう」と控えめな笑みを返し、ロブたちと握手を交わした。

「ロブ、ヨシュア、いらっしゃい。よく来てくれたね」

「今日は誘ってくれてありがとう。それから新作の発売おめでとう。送ってくれた本、もう読んだよ。すごく面白かった。きっと今回も売れる。絶対だ。俺が保証する」

ロブの安請け合いにルイスは苦笑して、「だといいんだけどね」と答えた。

「あんなに面白いんだから売れなきゃおかしいよ。あ、そうそう。ユウトとディックなんだけどね、残念ながら今日は来られないんだ。ユウトが風邪でダウンしちゃってさ。熱はもう下がったみたいだけど、ぶり返すといけないから今日は大人しく家で寝てるって。ディックは恋人至上主義の男だから、当然、家でユウトの看病に励んでる。ふたりとも行けなくて申し訳ないって謝ってた」

　ユウトたちに会えないのは残念だが、病気なら仕方がない。ちなみにユウトの兄でダグの同僚でもあるパコは、珍しく休暇を取って旅行中だ。ネトは高級ホテルに着ていく服がないという彼らしい理由で、前もって不参加を表明していた。

「いいんだ。無理して来るほどのパーティーじゃない。俺も許されるなら早く帰りたいよ」

　ルイスが小声でぼやくと、ロブは「主役が何言ってるの」と笑い飛ばした。

「ねえ、ルイス。ひとつお願いがあるんだけど。いつか俺をモデルにした小説を書いてくれないかな？　クールでタフガイなハンサム教授が凶悪な連続殺人鬼に立ち向かい、複雑怪奇な謎の数々を鮮やかに解き明かし、最後はトム・クルーズばりのアクションを披露して悪人をぶっ倒すって話。犯罪の専門家だからネタならたくさん持ってる。協力は惜しまないから、どう？」

「断る。君をモデルにしたらコメディになりそうだ」

　ルイスが冷たく即答したら、ロブは「コメディは駄目だよ」と不満そうに言い返した。冗談だと思いたいが顔がわりと真剣なので、もしかしたら少しは本気なのかもしれない。

「あ、もうひとつお願いがあるんだ。俺、コルヴィッチ監督の大ファンなんだよね。監督に紹介してもらえないかな？　握手してもらえたら今日は絶対に手は洗わない。ね、頼むよ、お願いっ」

ロブに頼み込まれたルイスは、しょうがないといった表情で了承した。

「さっきあっちのほうにいたから探しに行こう」

「やった。ありがとう。ヨシュア、君はどうする？」

「私はここにいます。ルイスとふたりで行ってきてください」

そう言われると必然的にダグも残るしかない。ダグはヨシュアの隣で、歩いていくルイスとロブの後ろ姿を見送った。

「えっと、ヨシュア。何か食べ物でも取ってこようか？」

「お気づかいなく。食べたい時は自分で取りに行きます」

「そ、そう」

事務的な口調で断られてしまった。前からひそかに思っていたのだが、自分はもしかしてヨシュアに嫌われているのではないだろうか。そうとしか思えない愛想のなさだ。

「……あの、今の言い方、きつかったですか？」

「え？　あ、いや全然」

内心を読まれた気がしたので焦って否定したが、ヨシュアは「すみません」と伏し目で謝ってきた。

「私はいつも言葉が率直すぎて、他人を不愉快な気分にさせてしまうようです。悪気はまったくないんです」

「それを聞いて安心した。もしかして嫌われているんじゃないかって不安に思っていたけど、そういうわけじゃなかったんだね」

本音を冗談に包んで明るく言ったら、ヨシュアは「まさか」と笑ってくれた。笑うと一気に可愛くなる。固く閉じていた薔薇《ばら》のつぼみが、不意にふわっと綻《ほころ》んだみたいだ。

「ルイスもダグもいい人だから、知り合いになれて嬉しく思っています」

ぎこちない笑みを浮かべるヨシュアを見て、愛想が悪いのは単に不器用なせいだとわかった。親しくなるまで相手に自分をさらけ出せないタイプなのかもしれない。

「俺も同じだよ。みんな気持ちのいい人ばかりで、知り合えて本当によかったと思ってる。ところでロブとはつき合い始めて、どれくらいになるの？」

「七か月ほどです」

思いがけない返事に驚き、「本当にっ？」と大声で聞き返してしまった。

「あ、ごめん。いや、でも驚いたな。てっきりもう何年もつき合っているんだと思い込んでいたよ。そんな短い期間でよく決心できたね」

ロブとヨシュアは結婚している。現在、カリフォルニア州では同性婚が認められていないので法的には婚姻関係にないが、少し前に家族や友人たちの前で生涯の愛を誓ったと聞いていた。同性のルイスに惹《ひ》かれて右往左往した挙げ句、やっと覚悟を決めてつき合い始めたばかりのダグからすれば、ロブとヨシュアの選択はすごいとしか言いようがない。

「決心なんて必要ありません。私にはロブが必要で、ロブもこんな私を心から必要としてくれている。だから結婚は自然なことでした」

ヨシュアは人混みの中にロブを見つけたのか、わずかに唇をゆるませた。

「でもロブは私のために、あえて結婚という形を選んでくれたのかもしれません」

「どういう意味？」

ヨシュアは少しためらうように口を閉ざし、手に持ったグラスに視線を落とした。

「答えたくないなら無理に答えなくて構わないよ」

「いえ、そういうわけではないんです。どう説明すればいいのか迷っただけで。……ロブの気持ちを疑っているわけでもないのに、私は自分に自信がなくていつも不安がっていました。ロブはそんな私を安心させたくて、自分の大切な人たちの前で私を単なる恋人ではなく、家族として生涯を共にする相手だと紹介してくれたんだと思います。あの人は本当に優しい人ですから」

実感のこもった言い方に、ヨシュアの深い気持ちが感じられた。ダグの目にはロブのほうがヨシュアにぞっこんのように映っていたが、実際はヨシュアも負けないほどロブに惚《ほ》れているのが今わかった。

「私は家族もなく、親しい友人もいない孤独な人間でした。人を愛することも苦手なら、愛されることも苦手だった。そんな不器用な私を、ロブは丸ごと受け入れてくれた」

口ぶりから察するに、ヨシュアは人が羨《うらや》むほどの容姿を持っていても、幸せとは言えない人生を送ってきたようだ。でもロブに出会って彼の人生はいい方向に変わった。そのことはロブの姿を目で追うヨシュアの穏やかな表情を見ていれば、自然と伝わってくる。

「君はロブのことが本当に大好きなんだね」

冷やかすつもりで言ったのではないが、ヨシュアは急に我に返ったみたいに表情を引き締め、喋《しゃべ》り過ぎたことを後悔するように黙り込んでしまった。ほんのり頬が赤いところを見ると怒ったのではなく、どうやら照れているようだ。

「ごめん、からかったんじゃないよ。素直にそう思っただけ。ユウトとディックもそうだけど、君とロブもすごくいいカップルだ。お互いを信頼し合っているのがすごくわかる」

「ありがとうございます」

ヨシュアはダグと目を合わさず、照れ臭そうに礼を言った。ロブとのことを言われるのは恥ずかしいのだろうが、あまりにシャイなので笑いそうになった。こんな純情な男だとは思いもしなかった。人は見た目だけではわからないものだ。

「ダグとルイスもお似合いですよ」

「本当にそう思う?」

「ええ、もちろんです。心からそう思っています」

きっぱり言い切ってくれたヨシュアに感謝したくなった。普段はルイスが素晴らしい作家だと思うだけで、尊敬はしても引け目を感じることはないのだが、今日は駄目だった。たくさんの人間に囲まれてサインや握手をせがまれているルイスは、自分の知らない有名人のようで、やけに距離を感じてしまった。遠い人に思えて無性に寂しくなった。

自分のようなしがない警察官がルイスの恋人なのは、もしかして間違っているのではないか。ルイスにはもっと相応《ふさわ》しい相手がいるのかもしれない。そんなくだらないことを考えてしまい、少々落ち込んでいたのだが、お世辞など言いそうにないヨシュアが褒めてくれたおかげで、やっと気分が軽くなった。

「ヨシュア。よければ俺ののろけ話も聞いてもらえるかな？」

礼儀正しいヨシュアは、「私でよければいくらでも」と大きく頷《うなず》いてくれた。

「――ルイス。着きましたよ」

ダグは車を止め、助手席で眠っているルイスに声をかけた。ルイスは何度か瞬《まばた》きしてから、そこがマリブにある自宅前だと気づくと、絞り出すような溜《た》め息《いき》を吐き、両手で顔を撫でた。

「ごめん、ダグ。すっかり眠っちゃった」

「いいんですよ。相当疲れたみたいですね」

「うん。普段、家に引きこもって誰にも会わないで仕事している人間には、今日みたいなパーティーはきついよ。フルマラソンに出場したランナーみたいにへとへとだ」

ルイスは社交性が必要な場面ではちゃんと社交的になれる人間だが、それは大人になるにつれて身につけた処世術でしかないらしい。本人曰《いわ》く、そういう振る舞いをすると翌日は反動で寝込んでしまうくらい、本当は大勢の人間と会うのが苦手なのだそうだ。

車を降りて家に入ると、スモーキーがダグの足に擦り寄ってきた。スモーキーは真っ白なふさふさの毛を持った雄猫だ。飼い主に似て、とびきり美しい。

「スモーキー、ひとりぼっちで寂しかっただろ」

しゃがみ込んで頭を撫でて話しかける。スモーキーは当然だと言うようにミャーミャー鳴いて、ダグの手に顔をぐいぐいと押しつけてきた。

「お前は一体誰に飼われているんだ？」

ルイスに嫌みを言われてもどこ吹く風で、スモーキーはダグに甘えている。ルイスは「恩知らずの浮気猫め」と捨て台詞を吐き、浴室に足を向けた。冗談っぽい言い方だったが、あれは本気でムッとしている。大人げないルイスが可笑しくて、ダグは笑いをこらえながら、お腹を空かせたスモーキーに餌《えさ》を与えた。

しばらくしてルイスがシャワーを浴びて出てきたので、ダグも入れ替わりで入ることにした。昼間は海が見える広々とした浴室で、熱いシャワーを浴びながら考える。

ルイスとつき合い始めて、もうすぐひと月になる。仕事が早く終わった日はルイスの家に立ち寄り、週末になれば当然のように泊まっているせいもあって、あっという間の一か月だった。足繁く通いすぎだと思うのだが、どれだけ一緒にいてもまだ足りないと感じている。少し前まで、恋愛に夢中になれないという悩みを持っていたのが嘘みたいだ。

単に自分はゲイだったという事実の証明に他ならないのか、それとも相手がルイスだからこその心境の変化なのか、今のダグにはわからない。わからないが、そんなことはどっちでもいいというのが本音だった。

ルイスという心から愛せる相手と出会えたことを、素直に幸運だと思っている。ルイスを愛して世界が変わったように感じているが、実際は自分自身が変わったのだろう。本気の恋愛にこれほどの威力があるなんて知らなかった。

Tシャツとスウェットのズボンを着てリビングルームに戻ったら、バスローブ姿のルイスがソファで眠っていた。スモーキーもルイスの膝《ひざ》の上で気持ち良さそうに寝ている。いつまでも眺めていたくなるような微笑ましい光景だ。

ソファの背もたれに頭を預けて眠るルイスは、無防備で可愛かった。顔のつくりだけで比較するならヨシュアのほうが美形だが、ダグはルイスの顔により惹かれる。ルイスの顔は横から見ると鼻の形が少し曲がっているし、顔をしかめる癖があるせいか右の眉毛がいつも下がり気味だ。そのくせ唇は右端が上がっているので笑っていない時は、ちょっと意地悪そうにも見える。

そういう欠点ともいえる部分でさえ、ダグの目にはたまらなく魅力的に映るのだ。もちろん惚れた欲目もあるだろうが、見ていて飽きないからいつでも自然と目を奪われる。笑顔も寂しそうな顔も、怒った顔もセクシーな顔も、何もかもが好きだ。

ダグは隣にそっと腰を下ろし、ルイスの額にキスをした。ルイスは眩しそうに目を開けて、「また寝ちゃった」と呟《つぶや》き、ダグの唇にキスを返した。

「ベッドに行きますか？」

「うーん。眠いけどまだ寝たくない気分」

重い瞼を手でこすって、ルイスが欠伸《あくび》を噛《か》み殺す。パーティーでの気取った顔が嘘のような、気の抜けた姿だ。それが嬉しくて自然と目尻が下がってくる。

「やっと俺だけのルイスに戻ったみたいだ」

「どういう意味？」

不思議そうに聞かれ、ダグはパーティーで感じた気持ちを素直に打ち明けた。

「今日のルイスを見ていたら、なんだかすごく遠い人に思えて少し寂しくなったんです。くだらない感傷ですけど」

「本当にくだらないよ。ボスコは俺の一部でしかない。俺のすべてを知っている人間は君だけだ。君しかいないんだから、そんなこと言われたら俺のほうが寂しくなる」

ルイスの手が誘うように頰を撫でてくる。身を乗り出してキスしようとしたら、ルイスが急に「あ」と言って、手のひらでダグの口を押し返した。

「そうそう。聞きたいことがあったんだ。パーティーでヨシュアと楽しそうに話していたけど、なんの話題で盛り上がっていたの?」

にっこりと笑いながらも、その目はどこか冷ややかだ。ここにもう一匹、浮気な猫がいるのを思い出したと言わんばかりの眼差しに、冷や汗をかきそうになった。やましいことは何もないのだが、ルイスにそういう目で見られるのは久しぶりだから、すごく心臓に悪い。出会った頃の怖いルイスが頭に蘇《よみがえ》ってくる。

「な、なんの話題って、別にたいした話じゃありませんよ。のろけ話を言い合ってただけですから」

「へー。そうだったんだ。俺もぜひ聞かせてほしいな。どんなふうにヨシュアにのろけたわけ?」

ルイスはダグの肩に両腕を回し、挑発的に顎を突き出した。

「恥ずかしいから内緒です。知りたければ、この次ヨシュアに会った時に直接聞いてください」

「まったく、上手いこと逃げたな」

本気で疑っていたわけではないらしく、ルイスは笑ってダグの首に両腕を回して抱きついてきた。安堵してダグもルイスを抱き締めた。おちおち寝ていられなくなったスモーキーがソファから飛び降りて、尻尾を振りながらいなくなる。

浮気なんてとんでもない話だ。ヨシュアがどれだけ美形でも、ダグが本気で愛おしいと思える男はルイスしかいない。ルイスしか欲しくないのだ。

ルイスの湿った髪を唇でかき分け、形のいい耳にキスをした。熱い吐息を流し込み、柔らかな耳朶《じだ》を愛撫《あいぶ》する。ルイスの身体が小さく震えた。ルイスは耳が感じやすい。耳のつけ根をきつく吸い上げるとルイスの唇から甘い息が漏れて、ダグの欲情はいっそう刺激された。

可愛い耳を散々味わってルイスをとろけさせてから、ようやく本気のキスを開始する。求め合う気持ちのまま、ふたりのキスはどんどん激しさを増していき、静かな部屋には乱れた呼吸の音だけが響いた。絡み合う舌は貪欲《どんよく》に互いを奪いたがっている。

我慢できなくなり、ルイスの身体をソファに押し倒した。首筋や肩を愛撫しながらバスローブの中に手を差し込む。胸も腰も脇もすべて触れなければ気が済まないというように、激しく全身をまさぐっていると、ルイスが息を弾ませて呟いた。

「ダグ……、ベッドに行こう」

「今は無理です。やめたくない。もう少し触れさせてください」

ルイスは困った奴だと言うような目でダグを見つめたが、それ以上は何も言わず好きにさせてくれた。バスローブの前を開いて胸から腰、そしてもっと深い場所まで唇を落としていく。

ルイスのペニスはダグの愛撫を受け、いっそう硬く張り詰めた。口に含んで扱《しご》くたび、ルイスが切羽詰まった声を漏らす。その淫《みだ》らな声をもっと聞きたくて、いっそう激しく責め立てた。

「ああ、ダグ。そんなの駄目だ……っ。駄目、我慢できない……っ、あ、ん……っ」

最高に甘い声を聞きながら追い込むと、ルイスはダグの短い髪を指で摑《つか》み、白い喉を仰《の》け反《ぞ》らせながらダグの口腔に白濁を放った。いつもはルイスがそうしろと言うので、口に溜めたあとでティッシュに吐き出すのだが、なぜか今夜はごく自然に飲んでしまった。

だが粘液質のものをきれいに飲み干すのは難しく、変な具合に喉に引っかかった。慌ててキッチンに行って水を飲んでいると、バスローブを羽織ったルイスがやって来た。

「まさか飲んだの？　そんなことしなくてもいいのに」

ルイスの少し悲しそうな顔を見て、ダグは自分がどういう間違いを犯したのだろうと不安になった。飲んだのがいけなかったのか、それともきれいに飲めなかったのがいけなかったのか、そのどちらでもないのかまるでわからない。

「俺、いけないことをしましたか？」

「違う。そうじゃないよ。ただ――」

言葉を切ったルイスは腕を組んでしばらく黙っていたが、小さな溜め息をつくとダグの目を深く見つめた。

「ねえ、ダグ。お願いだから無理はしないでほしいんだ。どんな関係も頑張りすぎると疲れてしまって、結局は長続きしなくなる」

「さっきのは無理したわけじゃないんです。ただ自然とやってみたくなっただけで。本当なんです。信じてください」

こんな些細《ささい》なことで、どうしてルイスがナーバスになるのかまったく理解できなかったが、ルイスの言う無理とはもっと大きなことだった。

「俺とつき合いだしてから君、少し無理してない？」

「どういう意味ですか？」

「いつも来てくれるのは嬉しいけど、ここは仕事帰りに寄るにはちょっと遠すぎる。運転時間も長くなるし、家に帰るのも遅くなる。当然、睡眠時間だって短くなる。君は若いし体力もあるだろうけど、こういう生活がずっと続くとそのうち疲れが出てしまう。ただでさえ危険な仕事をしているのに、すごく心配だよ」

ダグは「平気です」と答え、ルイスを抱き寄せた。

「全然疲れてなんかいません。むしろ疲れている時ほど、あなたに会うことで元気になれるんです。だからお願いです。会いに来るなだなんて悲しいことは言わないでください」

「そんなこと言うわけないだろ。……ダグ。前にここで一緒に暮らすって話をしたのを覚えてる？」

ルイスがそっと身体を離して切り出した。

「ええ、もちろん」

ダグとしてはルイスがいいと言うなら、いつでも越してくる気でいるのだが、あの話はあれきりになっていた。ルイスが誘ってくれないのに勝手に押しかけるわけにもいかず、いつまた切り出してくれるのだろうと、誘われるのを待っていたのだ。

「俺はルイスさえいいなら、一緒に暮らしたいと思ってます」

「ありがとう。そう言ってくれるのは嬉しいんだけど、やっぱり無理だ」

「え……」

ショックのあまり息が止まりそうになった。いや、実際に五秒ほど止まった。ふたりの恋は上手くいっていると思っていたのは、自分だけだったのだろうか。ルイスはもうこの関係に飽きてしまったのだろうか。そんな嫌な想像がもくもくと湧いてくる。

「あ、あの、もしかして、俺が頻繁に来るのは迷惑でしたか？　だとしたら謝ります。ルイスがいつも快く迎えてくれるものだから、迷惑がられていることに全然気づけなかった。鈍感な男ですみません」

「違う違うっ。早とちりするなよ。迷惑なわけないだろっ。……本当にもう」

ルイスは呆れ顔で青ざめているダグの頬を軽く叩いた。

「そうじゃなくて、この家じゃ無理だって話。通勤できないことはないだろうけど、毎日のこととなるとマリブは遠いよ。ダグが一緒に暮らしてくれるっていうなら、新しい家を探そうと思っている。……ただ俺はずっと家で仕事をするから、立地や建物にはこだわりを持ちたい。

自分が落ち着ける家でなきゃ嫌なんだ」

「ええ、それは当然だと思います。ルイスが執筆に専念できる環境を最優先してください」

なぜかルイスは気がかりそうな顔で、「それでいいの？」と尋ねてきた。何が問題なのかダグにはさっぱりわからない。

「いいに決まってます。ルイスは何を気にしているんですか？」

「だってふたりで暮らす家だけど、俺が決めるとなると、多分そこそこ高級な家になってしまうと思う。実は知り合いに頼んで物件を探してもらっていたんだ。まだ見学はしてないけど、よさそうな家がふたつ見つかった。ひとつはサンタモニカで、ひとつはベルエアなんだ」

サンタモニカにベルエア。どちらも屈指の高級住宅街だ。

「あ……。そうか。そうなると俺の安月給じゃ、家賃の半分を払うのは厳しいですよね。んー。参ったな」

これは大問題だと思ったが、ルイスは「それはいいんだ」とあっさり言った。

「別に豪邸ってわけじゃないから、ここの家賃よりは安くなりそうだし、俺が全部払うのは全然構わない。というか、そうさせてほしい。でも、そういうのは君が嫌じゃないかと思って……」

「嫌ってことはありませんよ。ただすごく申し訳ないとは思いますが」

ルイスはパッと顔を輝かせて、「本当に？」とダグを見上げた。

「ええ。ルイスがそれでいいのなら、俺は全然構いません」

「よかった……」

安堵するルイスを見て、彼が何を気にしていたのかようやくわかった。

「もしかして、俺のプライドを傷つけるんじゃないかって心配していたんですか？」

「うん、まあそんなところ。前にちょっといい感じになった相手がいたんだけど、俺のほうが稼いでいるのが嫌だったみたいで、つき合う前に駄目になってしまったんだ。男ってそういうところ、どうしても気にしちゃうだろ？」

ダグは「そいつ、大馬鹿ですよ」と答え、ルイスの額にキスを落とした。

「つまらないことにこだわって、こんな素敵な人を手に入れ損なったんだから」

「でもダグはまったく気にしないでいられる？」

ルイスはまだ心配なのか、ダグの腰に腕を回して甘えるように見上げてきた。

「……そうですね。まったく気にしないと言えば嘘になるかもしれません。でもルイスが人気作家なのは最初からわかっていたことですから、今さら収入差を気にしたってしょうがないですよ。俺にとって一番大事なのはあなただ。自分のちっぽけなプライドを守るために、あなたを失うなんて絶対に嫌です。あ、でも今住んでる部屋の家賃くらいの金額は、俺にも払わせてくださいね」

頷くルイスの表情はとても嬉しそうだった。その顔を見て無性に切ない気持ちになった。

ダグの負担を考えて引っ越しを考えていたのに、ダグのプライドを傷つけるんじゃないかと不安になって、今まで切り出せずにいたのだ。

ルイスは気が強いけれど、傷つきやすい繊細な心を持っている。平気な顔をしていても深く悩んでいることもある。恋愛沙汰には鈍い自分だが、ルイスに対しては鈍感になりたくないと思った。些細なことにも気づける恋人でありたい。

「ルイス、俺は――」

言いかけて、大きなくしゃみが出た。ルイスがクスクス笑って肩に頭を押し当ててきた。

「ごめん。何も裸の時にするような話じゃなかったね。風邪を引くといけない。ベッドに行こう」

その言葉で行為の途中だったことを思い出した。

「ベッドでちゃんと抱いてもいいですか？」

念のために尋ねたら、ルイスは何を当然のことを、と言うように目を細め、うっすらと微笑んだ。はにかむような、それでいて誘うような、あまりに艶っぽい表情だった。

「どうしたの、ダグ？」

動かなくなったダグに、ルイスが怪訝《けげん》そうな眼差しを向けてくる。本気で見とれていたと答えるのが恥ずかしくて、ダグは誤魔化すようにルイスを強く抱き締めた。

Sweet moment Ⅱ
ロブ&ヨシュア

「ここのレストラン、初めて来たけどすごく美味しかったね。また来よう」

食後のコーヒーを飲みながらロブ・コナーズがそう言うと、ヨシュア・ブラッドはほとんど表情を変えずに「はい」と頷いた。

面白いもので一緒に暮らすようになってから、表情の微妙な変化でヨシュアの内心を推し量れるようになってきた。ちなみに今のヨシュアは笑ってはいないが、表情がリラックスして口角がわずかに上がっている。食事にもロブとのデートにも満足している証拠だ。

約二週間前、大学時代の知り合いのルイス・リデルと思わぬ形で再会した。ルイスが人気作家のエドワード・ボスコだったことには驚いたが、彼の恋人がパコの同僚刑事だという事実もまた驚きだった。

ルイスがある殺人事件に巻き込まれて、捜査を担当したのがダグだったことから、ふたりの間に恋が芽生えたらしい。事件というものは往々にして、その渦中にいる者同士を親密にさせる効果がある。ユウトとディック然り、ロブとヨシュア然り。もちろん親密になったあとで関係を継続させていくのは、相性と努力と相手への愛情次第だが。

今日の様子を見た限り、ふたりは順調に交際を続けているようで安心した。パーティーが終わってからルイスとダグと別れ、ロブたちはホテルの最上階にあるレストランに移動した。

どうせ立食のパーティーではろくに食事もできないだろうから、前もって予約を入れておいたのだ。外でのちゃんとしたディナーは久しぶりだったが、料理は素晴らしかったし、どのウエイターもきちんとしていたし、ヨシュアは今日も最高に美しいし、文句のつけようのない素敵な夜になった。

「明日の仕事、遅番だって言ってたよね」

「はい。午後からの出勤で大丈夫です」

「じゃあ、朝食もここで食べていこう。このレストランは夜景がきれいだけど、朝もきっと素晴らしい眺望だと思うよ」

ロブはカードマジックを披露するマジシャンのような気取った手つきで、背広の胸ポケットからカードキーを取り出し、指先でくるくると回して見せた。ヨシュアが驚きの眼差しを浮かべる。

「部屋を取ったんですか？　いつの間に？」

「パーティーの途中にちょっとだけ抜け出してね。フロントデスクで、恋人を最高にロマンチックな気分にさせられる部屋にしてくれって頼んだから、きっとそう悪くない部屋だと思うんだ。だからヨシュア、今夜は俺と一緒に泊まってくれる？」

大袈裟《おおげさ》な口調で茶目っ気たっぷりに懇願すると、ヨシュアは笑いもせず大真面目な顔で「もちろんです」と答えた。

「じゃあさっそく部屋に行こうか。パーティーは楽しかったけど、ふたりきりでゆっくり過ごせる時間のほうが、俺にとってははるかに大切だ」

ロブを見つめるヨシュアの目は、自分も同じ気持ちであることを熱く語りかけていた。若い頃は「愛している」と言えば即座に「愛している」と言い返してくれる相手でなければ物足りなく感じたものだが、こういうヨシュアを見ていると、言葉なんてなくても構わないという気分にさせられる。見つめ合うだけで幸せを感じられるのに、それ以上に何を望むことがあるというのだろうか。

結婚して二か月近くが過ぎたが、ロブの毎日は満ち足りていた。夜は同じベッドで眠り、朝はロブが先に起きて、ヨシュアのために熱いコーヒーを淹《い》れて待っている。ヨシュアは恐ろしく寝起きが悪い。どれくらいかと聞かれたら、もう致命的にとしか答えようがないほどだ。

大抵、夢遊病者のようにふらふらと一階に下りてきて、ロブにおはようのキスもしないでリビングルームのソファに直行すると、波打ち際に打ち上げられた魚のように横になる。その際のヨシュアは目の焦点が合ってないし、話しかけても無反応だし、瞼は重く腫《は》れているし、寝乱れた髪は艶を失いぼさぼさだし、普段の貴公子然とした彼とはまるで別人だ。

しかしロブにとって、そういう隙だらけのヨシュアを眺められる朝は、至福のひとときだった。不細工であれば不細工であるほど胸が躍る。なんて可愛い奴なんだろうと思いながら、雛《ひな》に餌を運ぶ親鳥さながらの気持ちで、濃いめのコーヒーを運んでやるのだ。

ロブに何度か声をかけられたヨシュアは、頭をふらふらさせながら起き上がる。この時点ではまだ半分しか目が覚めていない。コーヒーカップを手に持たせてやると、機械的に口に運び始める。

五分ほどかけてコーヒーを飲み終えたヨシュアは、隣に座っているロブに今初めて気づいたというような表情で「おはようございます」と言い、やっとキスをしてくれるのだ。その瞬間がたまらなく好きで、たまにヨシュアがしゃきっとした顔で起きてくると、楽しみを奪われたようで残念に感じるほどだ。

「ところでクリスマスは休暇が取れそう?」

レストランを出てから尋ねたら、ヨシュアは「多分、大丈夫です」と頷いた。

「今のところ警護の予定は入っていないし、もし急な依頼があってもディックが替わってくれることになっています」

「ディックが? へえ、それはまたどうして。彼、クリスマスに仕事するのが好きなの?」

ロブの冗談に笑うどころか、ヨシュアはなぜか恥ずかしそうな表情になった。

「それは、その、私のためです。ロブと迎える初めてのクリスマスだから、休暇を楽しめと言ってくれて」

「そうか。気をつかってくれたんだね。じゃあディックの親切に甘えて、ぜひ休暇を取ってほしいな。うちの両親がとびきりのご馳走《ちそう》とプレゼントを用意して、ふたりの息子が遊びに来るのを楽しみに待っているはずだから」

ロブの両親はヨシュアをとても気に入っている。ヨシュアを連れて遊びに行くと、いつだって本当に嬉しそうな顔で出迎えてくれるのだ。そんな両親の顔を見るたび、ロブはあらためて彼らを尊敬し、そして限りない感謝の気持ちを抱く。それはこの人たちの息子でよかったと心から思う瞬間でもあった。

「私もトニーとベリンダにプレゼントを渡したい。構いませんか？」

「もちろんさ。ふたりとも喜ぶ。あのふたりは君にぞっこんだからね」

ヨシュアは目を細めて微笑んだ。ヨシュアもトニーたちが大好きらしく、彼らの話をすると自然と表情が柔らかくなる。不幸なことにヨシュアは、亡くなった自分の両親とはいい関係を築けなかった。父親はエリートだったが家庭内で頻繁に暴力を振るう男だったし、母親はそんな夫を恐れて幼い我が子を守れなかった。

愛されるべき相手に愛されないで育った心の傷は深く、ヨシュアは他人と上手くつき合えない不器用な人間に成長した。その代わりと言ってはなんだが、ヨシュアには時々、ロブを本気で感動させるほど純粋で実直な部分がある。欠点を補って余りある素晴らしい美質に恵まれているのだ。ロブはヨシュアの外見も大好きだが、内面のほうをより深く愛していた。

「おや。向こうから来るのはコルヴィッチ監督じゃないか。これは嬉しい再会だな」

パーティーでルイスに紹介してもらったジャン・コルヴィッチが、こっちに向かって歩いてくる姿が見えた。ハンカチで手を拭《ふ》いているところを見ると、レストランでの食事中にトイレに行った帰りのようだ。

コルヴィッチは恰幅《かっぷく》のいい体格をした老人で、気難しそうに見える仏頂面とは裏腹に、誰とも気さくに話す面白い男だった。ロブは長年、彼の作品のファンだったが、実際に会ってみて彼自身のファンにもなった。

「コルヴィッチ監督、ロブ・コナーズです。先ほどのパーティーでルイスに紹介してもらった。覚えてます？」

「ああ、君か。忘れるわけがないだろ。若くてハンサムでお世辞が上手い犯罪学者には、滅多にお目にかかれんからな。専門家の意見を聞きたい時は、真っ先に君に電話するよ。その時はよろしく頼む」

「もちろんです。監督のお役に立てるなら喜んで協力します」

コルヴィッチはヨシュアに視線を移し、「君の友達かな？」と尋ねた。

「彼は俺の大事なパートナーです」

「ヨシュア・ブラッドといいます。お会いできて光栄です」

最近ではパートナーとして紹介されるのにも慣れたようで、ヨシュアは落ち着き払った態度でコルヴィッチに挨拶をした。

「ほう。彼は君のパートナーなのか」

ヨシュアの美貌《びぼう》に感心したのか、コルヴィッチは眼鏡《めがね》の奥の小さな目を丸くした。コルヴィッチはゲイに偏見のない男だ。彼の作品にはゲイのキャラクターがよく登場するが、何かのインタビューで身内にゲイがいて、彼らとの交流は日常的なものだから、自分の作品にも自然と反映されているのだろうと語っていた。

「職業はモデルかな?」

「いいえ。警備会社で働いています。ボディガードが主な職務です」

コルヴィッチは「ふむ。ボディガードか」と呟き、ヨシュアの姿を注視した。頭のてっぺんから爪先まで見て、まだ足りないのかヨシュアの周りを歩き始める。珍獣でも発見したかのような尋常ではない見つめ方だ。

ヨシュアが助け船を求めるように、ロブに視線を投げかけてくる。

「コルヴィッチ監督。私のパートナーに興味津々のようですね。よければ理由を教えていただけますか?」

「あ、いや、じろじろ見てすまない。……うん。彼はいい。実にいいよ」

コルヴィッチは大きく頷いた。その表情にはある種の興奮が見られる。一瞬、コルヴィッチもゲイで、ヨシュアによからぬ感情を持ったのかと疑いそうになったが、それはロブの思い過ごしだった。

「ええと、君、ヨシュアといったか。君は映画に出てみる気はないか?」

「ええっ？」

コルヴィッチの誘いに驚いたのはロブのほうだった。ヨシュアはわずかに眉根を寄せているだけだ。表情の変化だけで言うなら、道を歩いていたら小雨が降ってきて困ったという程度の驚きにしか見えない。

「私が次に撮る映画なんだが、君はある役柄のイメージにぴったりなんだ。何人かの俳優をオーディションしたが、どうもピンとくる役者がいなくてね。クランクインもどんどん近づいてくるし困っていたんだが、君はすごくいい」

コルヴィッチは目を輝かせながら、断りもなくヨシュアの肩や腕や胸を手のひらで叩き始めた。少しでもいやらしい触り方に感じていたら注意していただろうが、リサイクルショップで見つけた中古の家具が、しっかりした品かどうか確かめるような手つきだったので、どうにか我慢した。

「ああ、いいな。さすがボディガードだけあって、身体もよく引き締まっている。そのきれいな顔に鍛え上げられた肉体。まさに私が思い描くミコワイそのものだよっ」

コルヴィッチは満面の笑みを浮かべ、ヨシュアの腕をまた叩いた。

「ミコワイ……？」

どこかで聞いた名前だった。ロブはしばらく考え、それがルイスの小説に出てくる登場人物の名前であることを思い出した。

「ミコワイってまさか、『天使の撃鉄』に出てくる、あのミコワイですか?」

「ああ、そうだよ。ヨシュアは彼のイメージにすごく合ってるだろう?」

ヨシュアはまだ小説を読んでいないので、戸惑い気味に「そうなんですか?」とロブの感想を求めてきた。

「……確かに外見の雰囲気は似ているかもしれないな。ミコワイは金髪の美しい男で、冷徹な殺し屋なんだ。アーヴィンとボウの暗殺を請け負い、執拗《しつよう》につけ狙《ねら》う悪役だ」

「殺し屋ですか」

人を護る仕事に就いているのに、殺し屋が似合うと言われるのはあまり面白くないのか、ヨシュアは不本意そうな顔つきだった。しかしミコワイはボスに裏切られて、最後はアーヴィンたちを守って死んでいくので、出番はそれほど多くないが印象的なキャラクターだ。

「コルヴィッチさん。申し訳ありませんが、そのお話はお断りします。私は演技経験もないですし、役者などできません」

ヨシュアはコルヴィッチの誘いをあっさりと固辞した。ハリウッド映画界の重鎮にして、数々のヒット作を生み出してきた有名監督にスカウトされても、まったく心が動かないヨシュアを見て、ロブは妙な感動を覚えた。ヨシュアはやはりヨシュアだ。

「演技のことなら心配しなくていい。ミコワイは喋れない青年なんだ。台詞を言うシーンはないし、いつも無表情な設定だから大袈裟な演技も必要ない。君はただそこに立っているだけで、ミコワイになれる。他のスタッフにも君を見せたい。お願いだから、カメラテストを受けに来てくれないか？」

「お断りします。他の人を探してください」

コルヴィッチに懇願されてもヨシュアは自分の気持ちを変えなかった。この場面がもしテレビで放送でもされたら、世界中の役者たちがヨシュアを呪《のろ》うだろう。こんなビッグチャンスを棒に振るなんてどうかしていると、地団駄を踏んで悔しがるに違いない。だが仕方ない。ヨシュアは役者ではないし、役者への憧れもないのだから。

「ロブ。行きましょう」

ヨシュアはロブを置いて先に歩きだした。一見すると冷淡にも映る態度だが、ヨシュアは冷たい性格の持ち主ではない。この場に留まって話をすることで、コルヴィッチに期待を抱かせてはいけないと思い、早々の退散を決めたのだろう。

「申し訳ありません。彼、内向的な性格なんです。人の注目を浴びるのも嫌いだし、映画に出るのはどう考えても無理そうです」

ロブが代わりに謝った。コルヴィッチはロブの言葉など耳に届いていないかのように、ヨシュアの背中を見送りながら「うん、いい。後ろ姿も理想どおりだ」と頷いている。

「ロブ。どうにかして彼を説得してくれないか。せめてカメラテストだけでも受けてほしい。映像の中に映る彼を、ぜひとも見てみたいんだ。頼む！」

相当ヨシュアに惚れ込んだのか、コルヴィッチは必死の形相だった。キャスティングに強いこだわりを持つ監督なのは知っている。今この場で諦《あきら》めさせるのは無理そうだ。

「……わかりました。話はしてみます。でもヨシュアは頑固なところがあるので、期待しないでください」

コルヴィッチの名刺を受け取り、ロブはヨシュアのあとを追いかけた。

「映画に出るのはそんなに嫌？」

「嫌です。俳優なんて私の柄ではありません。ロブだってそう思うでしょう？」

ヨシュアはベッドの端に腰を下ろし、拗《す》ねたような表情でロブを見上げた。ふたりきりの時にしか見せない顔だ。ロブはにんまり笑い、手に持っていたミネラルウォーターのペットボトルをヨシュアに手渡した。

「確かに愛想笑いも上手にできない君に、お芝居をさせるのは酷だ。でもミコワイ役ならできないことはないと思うな。君もルイスの本を読んでみるといい。読んだら考えが変わるかもしれないし」

隣に座り、ヨシュアの髪を指先で弄《もてあそ》ぶ。ヨシュアは「変わりませんよ」と言い返し、一気に水を飲んだ。嚥下に合わせて上下に動く喉仏のラインがセクシーで、唇を寄せてそこにキスしたくなる。でも今はまだ話の途中だからキスは我慢だ。話し合いはセックスの前がいいに決まってる。情事のあとは、愛の言葉だけを口にしたい。

「ロブは私が映画に出たほうがいいと思っているんですか？」

「そういうわけじゃないよ。ただ君は頭ごなしに無理だって決めつけているから、それがちょっと残念なんだ。断る前に少し検討してみたって損はしないと思うな」

「確かに私は何かにつけて消極的です。でも変化より安定を望むのはいけないことですか？私は今とても幸せです。十分すぎるほど幸せなんです。新しいことに挑戦したり、刺激を求めたりする必要性を感じていない。そういう考え方は間違っていますか？」

ヨシュアは少しむきになっているようだった。こういう時のヨシュアは追い詰めるとますます意固地になる。ロブはいったん引くことにした。

「一緒にお風呂に入ろうか」

突然の提案にヨシュアは黙り込んだ。ロブが「嫌？」と尋ねると首を振った。

「よし。じゃあ一緒に入ろう。ここ、ジャグジーつきなんだって。ゆっくり入ろう」

ジャグジーしか期待していなかったが、思った以上に素敵なバスルームだった。バスタブの向こうが大きな窓になっていて、夜景が眺められるのだ。

バスタブの中にブルーのライトがついていたので、身体を洗ったあと明かりを消して湯船に入った。向かい合って座ると、ヨシュアは窓からの夜景を眺め始めた。ロブは夜景よりヨシュアが見たかった。水の中で揺れる青い光が、ヨシュアのきれいな顔を幻想的に照らしている。

「……ロブは私が映画に出たら嬉しいですか？」

ヨシュアの声は沈んでいた。さっきの態度を反省しているのかもしれない。ロブはヨシュアの膝頭に手を置き、「そりゃ、嬉しいだろうね」と呟いた。

「俺は子供の頃、映画監督になりたいという夢を持っていた。だから今でも映画を見るのは大好きだ。コルヴィッチ作品に自分の恋人が出演するなんてことがあったら、最高に嬉しいだろうな。でもね、俺が君に望んでいるのは映画の出演そのものじゃない」

ヨシュアは不思議そうにロブを見た。

「じゃあ、何を望んでいるんですか？」

「君の世界が広がること、かな。君が新しいことに挑戦すると決めて、新しい体験に飛び込んでいく。君はそこでいろんなものを得るだろう。人との出会いだったり、初めて知る感情だったり、喜びだったり興奮だったり、時には挫折や悔しさだったりするかもしれない。俺はそういったものすべてが、君の宝になると思っている」

ヨシュアは考え込むような難しい表情になった。感情を乱されることが嫌いなヨシュアには、上手く呑み込めない内容なのかもしれない。

「まあ、これは俺の勝手な考えだから、君に押しつける気はないんだ。でもコルヴィッチ監督の誘いを断るにしても、自分の気持ちとじっくり向き合ってから答えを出すのは、君のためにもいいことだと思ってる。表面的な部分で反射的に物事を判断していると、そういう癖が身についてしまうから、たまには自分の気持ちや、自分という人間を掘り下げて深く考えていくのも、なかなか面白いものだよ」

「いつも思うんですが、あなたは本当に強い人ですね。大抵の人は、自分の弱い部分や嫌な部分からは目をそらしたいと思っている。でもあなたは違う。自分の欠点さえ冷静に観察することで、そこから何かを得ようとしている。そういうことができるのは、学者だからですか？」

「性格だろうね。俺は人生の醍醐味《だいごみ》は感じることだと思ってる。嬉しいこと、わくわくすること、悲しいこと、辛《つら》いこと。もちろんマイナスの感情は積極的に求めたりはしないけど、そういったものがあるからこそ、些細な喜びも幸せに感じられると思うんだ。そういう意味では、あらゆる感情を愛している。ちなみに俺が一番愛している感情は、君を愛しているという感情だ」

ロブは頭を下げてヨシュアの膝にキスをした。ヨシュアは照れ臭そうに薄く笑い、ロブの手を握った。控えめに指を絡めてくるヨシュアが可愛くて、ロブはその手を持ち上げて今度は手の甲にキスをした。

「……ロブ。私に失望しないでください」

顔を上げるとヨシュアの悲しそうな瞳がそこにあった。

「どうしたの？　なぜ急にそんなことを言うんだい。俺が君に失望したようなそぶりでも見せた？」

「いいえ、いいえ。ロブは何も悪くありません。私が勝手に不安になっているだけです」

何がそうさせたのか、ヨシュアは今にも泣きそうな顔で俯《うつむ》いてしまった。ロブは「おいで」と優しくヨシュアの身体を引き寄せた。回転させて背中から抱き締める。

「ダーリン。もしかして俺の言い方が悪かった？　否定されたように感じたなら謝るよ。すまなかった」

「違うんです。ロブの言うことは間違っていない。あなたの気持ちに応えられない自分が嫌になるだけで……」

ヨシュアはたまにこんなふうになる。心の底に自分は無価値な人間だと思う気持ちがしつこくこびりついていて、それが何かの拍子に頭をもたげてくるのだろう。こんなに愛しているのにまだ不安だなんて、本当に可愛い頑固者だ。

「君は十分に応えてくれているよ。ねえ、ハニー。俺がいろいろ提案するのは、俺の勝手なお節介だと思ってくれないか。喩《たと》えるなら朝、出かける支度をしている君を見て、俺は今日のネクタイは赤じゃなくて青いのがいいよって言うとする。だけど選択権は君にある。青が嫌な時は聞き流せばいいいし、青がいいと思った時はネクタイを取り替えればいい。そんなふうに気軽に考えてほしいんだ」

ヨシュアのなめらかな頬に、自分の頬をすり寄せて囁《ささや》いた。

「誓うよ、ヨシュア。君が赤いネクタイで出かけたって愛してる。絶対に根に持ったりしない」

真面目な口調で誓ったのが可笑しかったのか、ヨシュアは笑いながら振り返った。

「あなたは私を笑わせる天才です」

「そりゃあそうだよ。俺ほど君の笑顔を愛している人間はいないんだから。……本当にお節介な男でごめんよ。君が嫌がることまで言ってしまう自分が、たまに憎らしくなる」

「謝ったりしないでください」

ヨシュアは静かに身体を返した。正面からロブと見つめ合い、ゆっくりと顔を近づけてキスをする。柔らかくて、とびきり甘いキスだった。

「耳に痛い言葉も、あなたの愛情だとわかっています。わかっていても、つい拗ねたり怒ったりしてしまうのは、私が未熟だからです。あなたに甘えてしまっている」

「それでいいんだよ。この世界にはたくさんの人がいるけど、君が甘えられる相手は俺ひとりじゃないか。甘えたい時はいくらでも甘えてほしい」

ヨシュアの濡《ぬ》れた前髪をかき上げ、額を押し当てる。ヨシュアは瞼を伏せ、絞り出すような声で「ええ」と答えた。長い睫毛《まつげ》がかすかに震えている。

「そのとおりです。愛してくれるのも本気で叱《しか》ってくれるのも、あなただけです。私にはあなたしかいない……。ロブ、愛しています」

湧き上がる愛おしさが胸の中で膨れあがり、息もできないほど苦しくなった。熱くなる心のままにヨシュアの頰を両手で包み、情熱のままに激しく口づける。

「ああ、ヨシュア……。俺も愛しているよ。君は俺の宝だ。大事な大事な宝物だ……」

キスは止まらなくなり、ふたりは上になったり下になったりしながら唇を重ね続けた。ジャグジーを止めると静かになり、わずかな水音とふたりの乱れた息だけがバスルームに残された。

ヨシュアが嫌がるようならやめるつもりだったが、むしろ乗り気に見えたのでそのまま行為を続けた。ヨシュアを立たせて全身を愛撫する。どこに触れても甘い声を漏らしてくれるので、ロブの指先と唇はいくらでも貪欲になった。

「ロブ、早く来てください……」

焦《じ》れたようにヨシュアが誘う。最近のヨシュアはセックスに積極的だ。愛し合う行為の素晴らしさに目覚めたかのように、興奮が増すと素直にロブを求めてくる。普段、ちょっとした甘い言葉にも顔を赤くする純情さが嘘のようで、ヨシュアのコケティッシュな姿を見るたび、歓びのあまり目眩《めまい》がする。

「駄目だよ、ヨシュア。ラバーとローションがない。今日は我慢して」

「嫌です。我慢なんてできない……。ロブが欲しい、今すぐ欲しいんです……っ」

切なげな声で求められ、かろうじて残っていた理性が焼き切れる。

「いけない子だな。そんなふうに誘われたら、俺だって我慢できないよ」

はなから我慢する気などなかったロブは、指先で石鹸《せっけん》の表面を軽く撫で、わずかな泡を自分のものに塗りつけた。粘膜に石鹸はよくないのだが、背に腹はかえられない。

ヨシュアは窓枠に腕をついて、ロブに背中を向けて待っている。完璧なまでに美しい背中だ。うっとりと眺めながらヨシュアの窄《すぼ》まりに、自分のものを押し当てた。ゆっくりとインサートし、次第にピッチを上げていく。ロブの動きに合わせて、ヨシュアの腰も揺れ始める。

「ん、あ……はぁ、ロブ……っ」

ヨシュアの甘い声がますます興奮を誘う。

「ああ、ヨシュア……。君はなんて素敵なんだ」

肩に顎を乗せて囁くと、ヨシュアは腕を上げてロブの頭を情熱的に撫でた。もう言葉が出ないほど追い詰められている。それはロブも同じだった。

ヨシュアの肩の向こうにＬＡの夜景が広がっている。

「ロブ、もう……っ」

ヨシュアが限界の声を上げた。それはロブの限界でもあった。ふたりして達する瞬間、ロブは眼下に広がる眩い光の渦の中に、真っ逆さまに落ちていく錯覚に包まれた。

その墜落は身震いするほど恐ろしかったが、同時に泣きたくなるほど幸福な体験だった。

Sweet moment Ⅲ
ディック＆ユウト

ずっと目をつけていたドラッグディーラーを逮捕できたのはよかったが、同僚が大怪我を負った。負傷したのはベン・マーカスという麻薬捜査課に十七年勤務するベテランの捜査員で、ユウト・レニックスがチームの中で最も尊敬する先輩だった。

ウィロ一ブルックにある容疑者の自宅に、チームが突入した時のことだ。他の捜査員が各部屋を確認している間に、ユウトとマーカスは打ち合わせどおり一直線に寝室へと向かった。マーカスがドアを蹴破《けやぶ》ると、下着姿の容疑者が強張《こわば》った顔でベッドに座り、両手を挙げていた。白人のまだ若い男だ。

マーカスは銃口を向けて容疑者に近づいた。ユウトも警戒しながらマーカスに続いて寝室に入った。俯せになれと指示された容疑者が素直に床に腹ばいになり、マーカスが手錠をかけようと跪《ひざまず》いた時だった。

ベッドの下に別の男が隠れていて、突然発砲してきた。マーカスは上腿《じょうたい》を撃たれ、その場に崩れ落ちた。男が何か叫びながらベッドの下から這《は》い出てきたので、ユウトは迷わず発砲して男の右肩を撃った。

運悪くマーカスは大腿《だいたい》動脈を損傷したせいで、瞬く間にショック状態に陥った。すぐさま止血の処置をしたが、誰もが最悪の事態を考えてしまうほどの出血量だった。しかしマーカスは運の強い男だった。搬送先の病院で四時間に及ぶ手術の末、どうにか一命を取り留めた。

ギャングとドラッグディーラーを取り締まるユウトたちの部署は、他の部署より危険性が高い。ユウトもひと月ほど前、容疑者を確保する際、ナイフで腕を刺されたばかりだ。腕のいい医師のおかげで完治したが、神経に達するほど深い傷だったので、一歩間違えれば重大な後遺症が残るところだった。

マーカスが危険な状態を脱したという知らせを受けてから、安心して帰路についたユウトだったが、車を運転しながら今日の出来事をディックに話すべきかどうか迷い始めた。ディックは普段、大抵のことには動じない男なのだが、ユウトのこととなると別だった。些細なことでも過剰に心配し、いつもの冷静さを欠く行動に出る。

腕を刺された時も、クライアントを警護中だったにもかかわらず、ユウトが運ばれた病院に駆けつけてきた。病院にディックが現れた時は呆れたが、今にも死にそうな顔で息を切らして病室に飛び込んできた恋人の顔を見たら、何も言えなくなった。

ディックはこれまでの人生の中で、たくさんの喪失を体験してきた男だ。そのディックが今、一番恐れているのはユウトを失うことだった。自分の人生からユウトが消えてしまうことを病的なまでに恐れている。

今日、マーカスが死にかけたことを伝えたら、ディックはまた心配するのではないだろうか。ディックの心に余計な負担をかけたくないなら、マーカスのことは話さないほうがいいのかもしれない。

そんなことを考えながら、ふたりが暮らすアパートメントに到着した。玄関のドアを開けると、いつものようにユウティが出てきて嬉しそうに飛びついてきた。続いてディックが現れ、玄関先で「お帰り」と言ってキスしてくれる。この瞬間をいつも心から幸せだと思う。

「夕食はまだだろう？」

「ああ。もう腹ぺこで倒れそうだよ。何かある？」

ディックは「ビーフシチューをつくっておいた」と得意げに答えた。

「やった。腹を空かせて帰ってきてよかった」

「それだけか？」

手のかかる煮込み料理をつくったんだから、特別な報酬をくれないと困ると言いたげな顔つきだった。ユウトは笑ってディックの頭を引き寄せ、キスの代わりに自分の鼻の先を頬にぶつけてやった。するとディックは不満げに、「お礼のキスはあとでしっかり回収させてもらうぞ」と文句を言った。

「先に風呂にするか？」

「いや。シャワーを浴びてきたから、すぐ食べるよ」

ディックが「珍しいな」と言った。確かにユウトは市警本部でシャワーを使って帰ることはあまりない。泊まり込みの任務で家に戻れない時か、捜査でひどく身体が汚れた時くらいのものだ。

「そういえば朝の服と違うな。汚したのか」

「証拠探しのために、ゴミ置き場でゴミまみれになってさ。参ったよ。それより早くうまいビーフシチューを食べさせてくれ」

さりげなく話題を切り上げ、キッチンに向かった。ディックはすぐに温めたビーフシチューを出してくれた。最高に美味しかったが心が晴れない。ディックに嘘をつくことなどないので、どうしても気が重くなった。

ゴミまみれで証拠を探すこともあるが、今日はしていない。身体にも服にもマーカスの血がこびりついたため、本部のシャワールームで身体を洗い、ロッカーに置いてあった予備の服に着替えたのだ。服もコインランドリーで洗濯済みだ。

マーカスのことを話すかどうか迷っていたが、咄嗟《とっさ》に嘘をついてしまった以上、もう話さずにいようと決めた。この幸せな食卓の上に暗い影を落としたくない。

ユウトは気持ちを切り替え、ディックと夕食のひとときを楽しむことにした。

「明後日のパーティー、何を着ていけばいいかな」

「普通のスーツで十分だろう。ドレスアップしてくるのは一部の人間だけさ」

ディックのいう一部の人間とは、映画に出演する男優や女優のことだろう。明後日の日曜日、高級ホテルでルイスの新作発売と映画化を記念してパーティーが開催される。映画会社のプロモーションの一環だそうで、ルイス自身は公の場に引っ張り出されるのを嫌がっていたが、気が向いたらふたりで来てくれと招待状を送ってくれた。

「俺はダークスーツはやめたほうがいいな」

ディックが呟いた。ユウトはビールを飲む手を止め、「なぜ？」と尋ねた。

「お前のボディガードに間違われてしまう」

真顔で言うから一瞬、冗談だとわからなかった。ユウトは「間違われるわけないだろ」と苦笑した。

「俺はどう見てもセレブでもハイソな人種でもないのに」

「そんなことはない。お前のことをアジアのプリンスだと紹介すれば、みんな信用するぞ。お前は口を開けて寝ていたって、子供みたいにほっぺにシチューをつけていたって品があるんだから」

ディックの手が伸びてきて、指先で唇の横あたりを拭《ぬぐ》われた。目が楽しそうに笑っている。

「シチューをつけたプリンスなんているかよ」

悔し紛れにテーブルの下でディックの足を軽く蹴飛ばしたら、ディックは肩を揺らして笑いだした。腹が立つのでもう一回蹴っ飛ばしたのに、ディックは笑うのをやめない。

何か文句を言ってやろうかと思ったが、ディックの笑顔を見ているうちに段々と自分まで可笑しくなってきて、結局は一緒に笑う羽目になった。

楽しい夕食になるはずだったのに、途中から急に強い寒気を感じだした。頭も痛くなり、身体の節々は刺すように痛む。ディックに熱が出る前触れだと言われ、食事が終わるとビタミン剤を飲まされ、すぐベッドに押し込まれた。

少し寝れば治ると思っていたが、震えるほどの寒気が去ると今度は身体が熱くなってきた。これはどうやら本格的な風邪だ。

身体が熱い。頭が痛い。全身が痛い。

久しぶりに熱が出たせいか、やけに辛く感じて絶望的な気分になった。たかが熱ごときに情けないと思ったが、弱っていく心を止められない。

「ユウト。大丈夫か？」

「……大丈夫じゃない。今にも死にそうだ」

本気で弱音を吐いたのに、なぜかディックは微笑んだ。

「お前は一〇一度くらいの熱で死ぬような、そんな柔な男じゃないだろ」

ユウトは「買い被るな」と言い返し、目を閉じた。ディックの手が額や頬を撫でてくる。火《ほ》照《て》った肌に冷たい感触が気持ちいい。

「……もっと触ってくれ」

「誘うな。自覚がないようだから言ってやるが、熱がある時のお前は妙に色っぽいんだ」

ユウトは熱い吐息を漏らし、「よく言うよ」と力なく笑った。

「いや、本当だ。ムショの中でも熱のあるお前に誘惑された時は、我慢するのが大変だった」

「……？　誘惑なんかした覚えはないぞ」

「懲罰房から出てきた夜、口移しで水を飲ませただろ。あの時、お前に唇を舐《な》められた。あれはたまらなかったな」

ディックは内緒話をするように小声で言った。いくら頭の中をさらってもそんな記憶は出てこない。第一、あの頃はまだディックのことを、そういう対象として見ていなかったはずだ。唇なんか舐めるはずがない。

「人が熱で朦朧《もうろう》としているからって、適当なこと言うなよ」

「事実だ。お前は熱で朦朧としていたから覚えていないだけだ」

きっぱり言い切られると自信がなくなってきた。ディックから与えられた水が美味しかったのはよく覚えているが、細かい部分について記憶が曖昧《あいまい》なのは確かだ。

「……本当に？」

「本当に。俺はあの時、お前が可愛い悪魔に見えたぞ。……昔話は楽しいが、今は眠ったほうがいい」

ディックはユウトの額にキスをして立ち上がり、寝室の明かりを落として出ていった。

本当にディックの唇を舐めたのだろうか？　事実なら恥ずかしい話だ。

しかしあの頃のディックは、本当に内心の読めない男だった。もちろん本人が読ませまいとしていたからだが、何を考えているのかわからなくて、よく不安になったものだ。

あの頃に戻りたいとはこれっぽっちも思わないが、出会った頃のディックを思い出すと、胸が締めつけられるほど懐かしい気分になる。変な言い方かもしれないが、今の自分のまま過去に戻ることができたなら、あの頃の扱いにくいディックでさえ上手に愛してやれそうな気がした。

昔のことを思い出しながら眠ったせいか、久しぶりにシェルガー刑務所の夢を見た。刑務所の夢を見ている時は、大抵、寝ながらでも憂鬱になるのだが、不思議とその夜の夢は嫌な感じがしなかった。

ユウトはデニムの囚人服を着て、グラウンドのベンチに座っていた。いい天気で空は青く澄み渡っている。ユウトは誰かを待っていた。誰なのか思い出せないが、とにかく誰かを待っていた。なんとなくディックだと思っていたが、向こうから歩いてきたのはネイサンだった。ユウトはネイサンと待ち合わせしていたことを思い出した。

「やあ、ユウト。久しぶりだね」

「ああ。すごく久しぶりだ」

本を小脇に抱えたネイサンは、ユウトの隣に腰を下ろした。

「コロンビアで別れて以来だな」

言いながら自分でも変だとわかっていたが、整合性を欠いた夢の中ではなんでもあり得る。彼はコロンビアで亡くなったはずだが、今は懐かしいシェルガー刑務所で元気に暮らしている。みんなから好かれて頼りにされる模範囚、ネイサン・クラークとして。

「もう二度と会えないと思っていたよ。それにしても、どうして俺はここにいるんだろう？ 俺はまた囚人に戻ったのかな？」

バスケに興じる囚人たちを眺めながら、ネイサンは「君は囚人じゃないよ」と微笑んだ。

「だって君は警察官じゃないか。ロス市警で働いていて、ディックと一緒に暮らしている。ペットの名前はユウティ。ディックが寂しいひとり暮らしを紛らわすために、もらった子犬に君の名前をつけた。そうだろ？」

ネイサンが悪戯《いたずら》な目つきで笑った。

「君がここにいるのは、俺が呼んだからだよ。君にどうしても聞きたいことがあったんだ。――ユウト。今、幸せかい？」

「ああ。すごく幸せだ。こんなに幸せでいいのかって、たまに怖くなるほどだよ」

迷いもなく答えたユウトを見て、ネイサンは満足そうに頷いた。

「そうか。それはよかった。俺もここに戻ってこられて幸せだ。まあ、問題の絶えない厄介な場所ではあるけどね。それでもここは俺にとって大事な場所なんだ」

優しく微笑むネイサンの顔を見ていたら、突然悲しくなってきた。本当はもう死んでいる。この世界のどこを探したってネイサンはいやしない。彼は夢でしか会えない男なのだ。

「……全部、俺の夢だ。君はもう死んだ」

「ああ。死んだよ。でもこうやって君と話をしている。君がつくりだした幻かもしれないけど、君がいると思ってくれれば、俺は君の心の中に存在できるんだ」

ネイサンはユウトの肩を軽く叩くと立ち上がった。

「そろそろ点呼の時間だ。戻らないと」

ネイサンが右手を差し出してきたので、その手を握った。死んでいるのが嘘みたいな温かい手だった。

「久しぶりに話ができて嬉しかった。……そうそう。ひとつアドバイスさせてもらうなら、ディックに秘密は持たないほうがいい。彼は鋭いから君が隠し事をしたって、すぐに気づく。気づいても無理に暴こうとはせず、君が自分から話してくれるのを待ってるはずだ。内心ではいろいろ心配しながらね」

ユウトが何か言う前に、ネイサンは背中を向けて歩きだした。監房に戻っていく他の囚人たちの姿に紛れて、後ろ姿が見えなくなる。

グラウンドに残っているのはユウトひとりになった。急に自分も監房に戻らないといけないような気持ちになってきた。ここにいると刑罰を受けてしまう。また懲罰房送りになるのは嫌だ。早く戻らないと――。

恐怖心に背中を押されたユウトが、みんなのあとを追って歩きだそうとした時だった。誰かに手首を摑まれた。驚いて振り返るとディックが立っていた。ディックは囚人服を着ていなかった。

「ユウト。どこに行くんだ。俺と一緒に帰ろう」

ディックが微笑んだ。その優しい瞳を見た途端、深い安堵感に包まれて、ユウトは泣きそうになった。

「ディック……。よかった。迎えにきてくれたのか」

「そうだ。ビーフシチューのお礼のキスが、まだ回収できていないからな」

強欲な借金取りみたいなことを言う。可笑しくて笑ってしまった。キスなんていくらでもしてやると思い、ディックに抱きつこうとしたところで目が覚めた。

額に冷たい手の感触を感じて目を開けると、ディックが心配そうに顔を覗《のぞ》き込んでいた。

「夢を見ていたのか？」

「ああ。どうしてわかったんだ」

「寝ながら笑ってた。相当いい夢を見ていたようだな」

ユウトは「そうだな」と微笑んだ。熱はまだ下がっていないが、悪くない気分だった。

「強欲な借金取りになったお前に、追いかけ回される夢だ」

「……それのどこがいい夢なんだ？」

呆れた顔つきでディックが言った。


口に入れた体温計がピピピと鳴った。取り出して見ていたら、ディックに素早く奪われた。ディックの顔が険しくなる。

「……まだ完全には下がりきってないな」

「それくらいなら、もう平気だよ」

平熱より少し高いが、微熱の範囲内だ。ユウトは天井を見上げ、「退屈だ……」とぼそっと呟いた。ベッドで寝るのに飽きて、リビングのソファに移動して横になっているのだが、ずっと寝っぱなしなので場所が変わってもまったく気分は晴れない。

「パーティー、ちょっとくらいなら顔を出してもいいんじゃないか？」

「駄目だ。今日まで安静にしていろ」

わかってる。ディックの言葉が正しい。なんとなく言ってみただけだ。

「ごめん。俺のせいでせっかくの休日が台無しだ」

「気にするな。俺は全然退屈していない」

ディックはソファの端に腰を下ろし、ユウトの頬を撫でた。

「ずっと忙しかったから疲れが溜まっていたんだろう。お前は少し働き過ぎだ。一昨日も帰ってきた時、すごく疲れた顔をしていた。身体もそうだが精神的に参ってるように見えた。何かあったのかと心配していたら、案の定、熱が出た」

どきりとした。夢の中でネイサンが言ったとおりだ。ディックはユウトの些細な変化も見逃さない。

「……ディック」

ディックの手を握り、ユウトは迷いながら切り出した。

「お前に内緒にしていたことがある。言ったら心配すると思って、どうしても言えなかった」

ディックは黙って聞いている。ユウトが言い終えるまで口を挟む気はないようだ。

「一昨日、容疑者の自宅にチームで踏み込んだ時、同僚のマーカスが撃たれた。腿の動脈を損傷して、ものすごく出血した。俺はマーカスのすぐそばにいたから、すぐに止血を試みた。そのせいで全身が血まみれになって、シャワーを浴びてきたんだ」

「マーカスはどうなった？」

「助かった。医者は奇跡的な幸運だと言ったそうだ」

「だろうな。大腿動脈を撃たれて助かったんだ。お前の応急処置がよかったんだろう。……マーカスは助かったのに、どうしてそんな辛そうな顔をしているんだ？」

ユウトを見下ろすディックの目は、辛そうなお前を見ていると自分まで辛いと物語るように曇っていた。

「俺が撃たれていてもおかしくない場面だった。お前に話せばきっと心配するから、言わないでおこうと思った。でも黙っていることで、お前に余計な心配を与えたような気がして、それで落ち込んでる。熱が出たのはお前に隠し事をした罰かもしれないな」

「お前は馬鹿正直な奴だな」

ディックの手が頭の上で乱暴に動いて、髪がくしゃくしゃになった。

「マーカスのことを黙っていたのも、黙っていられなくなったのも、俺のためか。そんなふうに言われたら、浮気されたとしても怒れないな」

「なんだって？　俺が浮気なんてするわけないだろ」

その暴言は看過できない。ユウトはディックの厚い胸板に拳をぶつけた。ディックは痛がりもせず笑っている。結構な力を込めたのに、びくともしないのが腹立たしい。

「俺がいつも心配しすぎるのがいけないんだ」

急に真顔になったディックが、強く反省するような口調で言った。

「俺がお前を心配する。お前は心配をかけまいとして無理をする。すると俺はもっと心配になる。悪循環だな」

「そんなことない。お互いを大事に思う気持ちがそうさせているんだ。……お前にまったく心配されなくなったら、きっとすごく寂しいよ。想像すると泣きそうになる」

冗談ではなかった。女々しいとわかっているが、本当にそう思うのだ。ディックが自分に対して無関心になる。お前なんてどうでもいいと言いたげな冷たい視線を向けられたら、目の前が真っ暗になるだろう。

「お前の泣き顔は可愛くて好きだが、そういう想像は無意味だ」

お返しだというように胸にパンチされた。もちろん、ごく軽い力でだ。

「前に約束しただろ？　お前を百年愛するって」

「あの約束、覚えていたんだ」

ウィルミントンの浜辺を歩いていた時、ユウトが冗談で「俺だけを百年愛してくれ」と言ったのだ。

「忘れるわけがない。あの時、俺は百三十歳まで生きると決めたんだ。目眩がするほど先の長い人生だ。当然、お前にも長生きしてもらわないといけないがな」

「ゲイの長寿カップルとしてギネスに認定されるな。間違いなく。でもその壮大な計画について相談する前に、まずは風呂に入りたい」

寝汗をかいたので身体をさっぱりさせたかった。

「じゃあ俺が一緒に入って身体を洗ってやるよ」

「いいよ。洗うだけですまなくなりそうだし」

「よくわかってるじゃないか」

澄ました顔で言うようなことかと思った。

「病み上がりの俺に何をする気だ？」

軽くにらんでやったら、ディックは急に弱気になって「冗談だ」と言い訳してきた。

「変な真似はしない。純粋に身体を洗うだけだ」

「そんなこと言って、我慢できたためしがないんだから」

「いや、今日は我慢する。本当だ。だから頼む。一緒に入らせてくれ」

床に跪いて懇願してくるディックの姿が最高に可愛くて、ユウトは大笑いした。笑いすぎて腹が痛くなった。

本当になんて愛おしい男なんだろう。百三十歳まで愛し抜いても、まだ足りやしない。

Wonder of love

ユウト・レニックスは、隣で眠っている恋人のディックを起こさないように、そっとベッドを抜け出した。

ジーンズとロサンゼルス・レイカーズのロゴ入りパーカに着替えて寝室を出る。眠い目を擦《こす》って歯を磨いていると、ユウティが尻尾を振って近づいてきた。

「散歩だろ？　わかってるよ。すぐ連れていってやるから待ってろ」

散歩という言葉に反応して、ユウティは玄関に走っていった。

ユウティは黒い毛並みを持った大きな犬だ。雑種だがとても頭がよく、性格も穏やかなので飼いやすい。

身支度を調えてユウティと一緒に外に出た。ダウンタウン周辺の朝は曇ることのほうが多いが、今日はよく晴れていて気持ちがいい。ただ思いのほか寒かった。中にもう一枚着てくればよかったと後悔したが、軽く走っているうち、ほどよく身体が温まってきた。

三十分ほど散歩してアパートメントに帰り、ユウティに餌《えさ》を与えた。それからキッチンで朝食を作り始める。休日の朝に早起きするのは久しぶりだ。

ユウトは去年の九月から、ロサンゼルス市警察の麻薬捜査課に勤務している。一年と三か月が過ぎたが、新入りにしては上手くやっているほうだと我ながら思っていた。ＤＥＡ（麻薬取締局）で培った経験があるせいだろう。

両者の仕事の内容に大きな違いはない。ドラッグディーラーを取り締まるため、張り込みなどの内偵を根気強く繰り返し、取り引き現場や売人の家に踏み込んで逮捕する。相手は危険なギャングが多いので、常に命の危険がつきまとうのも同じだ。

緊張の続く激務のせいか、休みの日はぐったりして寝坊することが多く、ベッドの中からディックに行ってらっしゃいのキスをすることも珍しくなかった。

ディックは必ずユウトの分まで朝食を用意して出かけていく。平日の夜も大抵はディックのほうが早く帰宅するので、夕食もほとんどつくってもらっている。家事の多くをディックが担当することは、今では普通になっていた。

ディックはまったく気にしていないが、ユウトのほうはそういうわけにもいかない。恋人の優しさに甘えてばかりの自分を、いつも反省していた。だから今日は絶対に早起きして、ディックのために朝食をつくろうと決めていたのだ。

今日は十二月二十日だ。ユウトは二十四日から二十六日までクリスマス休暇を取る予定だが、ディックはクリスマス当日だけ午後から半休で、二十八日から新年の一日まで休暇を取る予定らしい。

今年のクリスマスはアリゾナに行って、母と妹にディックを大事な友人として紹介しようと思っていたのに、休みが合わず残念ながらまたの機会になった。この調子では、カミングアウトは当分先になりそうだ。

食事の準備が整ったので寝室に行き、ディックを起こした。

「ディック、そろそろ起きろよ。仕事に遅れるぞ」

後頭部をこちらに向けて寝ているディックの身体に覆い被さり、耳もとで話しかける。ディックは眠そうに顔をしかめ、首をひねってユウトを見上げた。

「まだ早い」

「そんなことはない。もう起きないと、俺がつくった朝ご飯をゆっくり味わえない」

そう言って頬にキスすると、ディックは嬉しそうに目尻を下げた。

「休みなのに、わざわざ早起きしてつくってくれたのか?」

「最近、家事をずっとお前に任せっぱなしだったから、たまには朝飯くらいつくらないとな。愛想を尽かされて捨てられたら困る」

ディックはますます目尻を下げ、「恐ろしく無駄な心配だな」と言い返した。

「いつも言ってるが、俺がお前に捨てられることはあっても、その逆はあり得ない」

「その言い方、嫌いだって言ってるだろ」

ディックにそのつもりはないとわかっているが、自分の愛情を疑われているようで腹が立つ。

しかし今朝は大目に見ることにした。喧嘩《けんか》なんてしたら、せっかくの朝食が台無しになってしまう。

先に戻ってコーヒーを注いでいると、顔を洗ったディックがリビングに入ってきた。

「エッグス・ベネディクトか」

テーブルの上に用意された朝食を見て、ディックは感激したようだった。

「久しぶりにつくったから味は保証しないよ」

「大丈夫。見ればうまいのがわかる」

ディックは旺盛な食欲でエッグス・ベネディクトはもちろん、つけ合わせのフライドポテトもサラダもぺろりと平らげた。それでもまだ食べ足りなさそうだったので、ユウトの分をひとつ分けてやった。

「美味しかった。お前のつくるエッグス・ベネディクトは世界一だ」

「お世辞はいいよ」

「お世辞なんかじゃない。前にウィルミントンのビーチハウスでつくってもらった時も思った」

そう言われて思い出した。ディックはあの時も確か「これは俺が今まで食べた中で、最高のエッグス・ベネディクトだ」と言ってくれた。

あれは去年の六月。ノースカロライナ州のウィルミントンでディックとの再会を果たし、互いの気持ちを確認し合ったユウトは、しばらくビーチハウスに滞在することにした。その幸せの最中でつくった朝食が、このエッグス・ベネディクトだった。

「あれから一年半しかたってないのに、すごく昔のことみたいに感じるな」

「お互い、いろんな変化があったからな」

コーヒーを飲みながら、ふたりはどういう変化があったのか話し合った。ユウトはロス市警に転職したことが最大の変化で、ディックはＬＡに移り住んだのが一番の変化だと言った。

「ビーエムズ・セキュリティに就職したことは？」

ディックが働いている警備会社は、主に有名人やセレブにボディガードを派遣している。容姿端麗なボディガードを揃《そろ》えていることが売りで、クライアントはほぼ女性といういっぷう変わった会社だ。

「それも大きな変化だな。あの会社でヨシュアとも出会ったわけだし」

「そのヨシュアは、俺の友人のロブと出会って結婚までしちゃったんだから、人生ってわからないよな。俺たちが引き合わせたようなものだけど」

ユウトの年上の友人で犯罪学者のロブ・コナーズは、年下の恋人のヨシュア・ブラッドに首ったけで、出会って半年で結婚式まで挙げてしまった。

「この街に来てから大事な友人が増えた。お前のおかげだよ。俺ひとりなら、今でもまだ会社の同僚以外、話す相手もいなかっただろうな」

ディックは自分から積極的に他人にかかわっていく性格ではない。でも本当は愛情深い男だ。だから一度懐に入れた相手のことは、とことん大事にする。

孤独に生きてきたディックに、大事にしたいと思える友人たちが増えていくのは、ユウトにとっても嬉しいことだった。

食事が終わってユウトが後片づけをしていると、出勤のためにスーツに着替えたディックがリビングに戻ってきた。

「今日はヨシュアと現場に出るから、少し遅くなる。でも八時頃には帰れると思う」

ディックの仕事は基本的に社員の教育係で、ボディガードとして現場に出ることはあまりない。人手不足の時か、何か特殊な事情がある時だけだ。

「ビーエムズ・セキュリティのツートップが組むのか。危険な仕事?」

心配になって尋ねたが、ディックはユウトを抱き寄せ「心配ない」と耳もとで囁《ささや》いた。

「大物女優の直々の指名で、パーティーの警備をするだけだ。彼女にとって俺とヨシュアは、自分を引き立てる壁の花みたいなものだな」

「そうか。だったら安心だ。でも口説かれないように気をつけて」

ディックは薄く笑って、ユウトの額にキスをした。

「困ったな。仕事に行きたくなくなった。お前がうますぎるエッグス・ベネディクトなんかつくったりするからだ」

「なんだよ、それ。変な理屈だな」

「要するに幸せすぎて、お前のそばから離れたくないってことだ。……本当に行きたくない。

休んでもいいか?」

冗談なのはわかっているが、かなり本気の口調だったので笑ってしまった。

「駄目に決まってるだろう」

「そうだよな。わかってる。わかってるんだが、お前と離れがたい。今すぐベッドに連れていきたいよ」

言いながらユウトの身体を両手でまさぐってくる。駄々っ子みたいなディックが可愛くて、胸が甘く疼《うず》いた。

ユウトだって許されるものならベッドに戻り、ディックと愛し合いたい。だがディックを遅刻させるわけにはいかないので、心を鬼にして「早く行けよ」とたくましい胸を叩《たた》いた。

ディックはやるせない顔つきで仕事に出かけていった。


午前中に掃除や洗濯を終え、午後からは買い物に出かけた。

クリスマスを目前に控え、街はバーゲンシーズン真っ最中だ。混み合うショッピングモールに辟易《へきえき》しながらどうにか買い物を済ませ、三時頃に帰宅した。

母親のレティと妹のルピータへのクリスマスプレゼントは、買った店で宅配を頼んだ。持ち帰ったディックへのプレゼントは、見つからないようにクローゼットの奥に隠しておく。

ひと息ついてから夕食の準備に取りかかった。今夜のメインディッシュは、骨つきチキンのビール煮込み。昼間の間につくっておけば、味がしみてより美味しくなる。

鶏肉の骨つきもも肉、ベーコン、玉ねぎ、じゃが芋、マッシュルームなどをよく炒めてから、ビールで煮込むだけの簡単な料理だ。

味つけは塩胡椒、マスタード、ブラウンシュガーで、香りづけにローリエも入れておく。玉ねぎがトロトロに溶けて甘くなるまで、しっかり煮詰めるのがポイントだ。

ディックの喜ぶ顔を想像しながら料理をする時間は楽しい。鼻歌を歌いながら鍋を覗き込んでいると、玄関のチャイムが鳴った。

出てみると訪問者はダグとルイスだった。

「突然すみません。今日は日曜だから家にいるかもと思って来てみたんです」

ダグが申し訳なさそうに謝る隣で、ルイスが「ちょっと問題が起きた」と言い足した。

「俺とダグでは解決できそうにない問題だったから、ユウトの意見を聞いてみようってことになったんだ。ちょうどこの近くを車で走っていてね」

何がなんだかさっぱりわからないが、ふたりを部屋に招き入れた。ダイニングテーブルに座らせ、コーヒーを用意する。

ダグ・コールマンはユウトと同じ三十歳で、ロス市警に勤務する殺人強盗課の刑事だ。ユウトの兄のパコと同じチームで働いてる。真面目な好青年でそのうえ努力家だから、パコのお気に入りだ。

ダグの恋人のルイス・リデルは売れっ子のミステリ作家で、ダグより六歳年上だ。金髪の美形だが、顔に似合わぬ毒舌家なところがある。少々気難しいが、それは繊細さの裏返しであって、決して嫌な人間ではない。

とある殺人事件の捜査でダグとルイスは出会い、ふたりは恋に落ちた。交際は順調に続いているようだ。

「で、問題って何？」

ダグはむっつりした顔でコーヒーを飲んでいるルイスをちらっと見てから、「それなんですが」と切り出した。

「クリスマスにはルイスも俺の実家に行くことになっているんです。両親には、ルームシェアしている友人を連れて帰ると言ってあるんですが、俺はこの際だから恋人だと紹介したいんです」

「ダグの両親は、息子に男の恋人がいるなんて想像もしたことがないんだ。いきなり打ち明けるのは気の毒だから、俺は反対してる。絶対にやめたほうがいい」

ルイスは断固とした口調で反論した。

「でも俺は両親に知ってもらいたいんです。ルイスはただの友人じゃなく、俺の大事な人だってことを。うちの親は差別主義者じゃない。きっとわかってくれます」

ルイスは「わかってないのは君だ」とダグをにらんだ。

「他人がゲイなのと自分の息子がゲイなのとは、まったく別問題だ。両親はショックを受けて嘆き悲しむ。自分たちを責めるかもしれない。最悪のクリスマスになる。……なあ、ユウト。君はどう思う？　君も親には男の恋人がいるって話してないんだろう？」

ようやく話が呑み込めた。ドライブ中にカミングアウトするかしないかで言い争いになったのだ。平行線のまま答えが出ないから、ユウトの意見を聞きに来たのだろう。

「俺は話してないけど、いつかは話すつもりでいるよ。……ダグの気持ちもよくわかる。俺もディックを大事な人だって紹介したいと思ってるから。だけど焦ることはないんじゃないかな。何事にも適切なタイミングがある。ルイスの気持ちも考えてあげなきゃ。ダグが家族と仲違《なかたが》いしたら、ルイスはきっと自分を責めるよ。ルイスが苦しむようなことになっても構わないのか？」

ダグはハッとしたような表情でルイスを見た。ルイスは「俺のことはいいんだ」と気まずそうに首を振った。

「君と家族の関係に亀裂を入れたくないだけだ。俺のせいで誰も傷ついてほしくない」

「ルイス……」

家族に嘘をつきたくないダグの気持ちもわかる。きっと彼は温かい家庭で育ったのだろう。両親も素晴らしい人たちに違いない。だから隠し事をしたくない。胸を張って愛する人を紹介したい。その気持ちは痛いほど理解できた。

同時にルイスの気持ちもよくわかる。ルイスのほうが年上だし、もともとゲイではなかったダグを恋人にしたことで負い目もある。ダグの家族も傷つけたくないし、自分も傷つきたくない。怯《おび》えているのだ。

「わかりました。今回、カミングアウトはしません。ルイスを大切な友人だと紹介して、楽しく過ごすことにします」

ダグが微笑《ほほえ》むと、ルイスもようやく微笑んだ。ユウトには見えないが、きっとテーブルの下でふたりは手を繋《つな》ぎ合っている。

帰り際、玄関でダグが「少し早いですけど、よいクリスマスを」と言った。

「ありがとう。ふたりも楽しい休暇を」

お騒がせなふたりが帰ったあと、やれやれと思って鍋の前に立って料理を再開したら、またチャイムが鳴った。次の訪問者はロブだった。ジーンズとコーデュロイのジャケットを羽織ったロブは、「やあ、ユウト」と言って玄関に入ってきた。

「いきなりどうしたんだ？」

「君を迎えに来た。今すぐ一緒に俺と来るんだ」

いつもにやけているロブなのに、やけに真面目な顔をしている。てっきり新手のジョークだと思い、「無理だよ。料理中なんだ」と冷たく断った。

「料理なんてどうでもいいから、早く出かける支度をするんだ」

ロブの深刻な態度がポーズではないとわかり、急に不安になった。

「何かあったのか？」

ロブはいったん黙り込み、いつもより低い声でゆっくりと言った。

「落ち着いて聞くんだ。ディックが仕事中に怪我《けが》をした。今、病院にいて、ヨシュアがつき添っている」

「え……」

心臓がドクンと大きく高鳴り、そのあと絞られるように胸が痛くなった。呼吸が自然と速くなる。

「怪我ってどんな？　ひどいのか？」

「クライアントに襲いかかった暴漢がいて、取り押さえようと揉み合っているうち、その暴漢と一緒に階段を転げ落ちたらしい。全身打撲だが骨折もしていないし、命に別状はないそうだ」

それを聞いて安堵《あんど》のあまり、へなへなと床に座り込みそうになった。

「よかった。驚かすなよ。怖い顔をしているから、てっきり重傷かと思っただろ」

「いや、ある意味では重傷なんだ。だから君に運転をさせたくなくて、俺が迎えに来た」

持って回った言い方だ。打撲だけだと言いながら重傷だと言う。一体なんなんだ？

「ロブ、はっきり言ってくれ。ディックは大丈夫なのか？」

ロブは眉間《みけん》にしわを刻み、「じゃあ言うよ」と頷《うなず》いた。

「ディックは頭も強く打っている。そのせいで、どうも記憶がなくなっているようなんだ。いわゆる記憶喪失ってやつだな」

記憶喪失――。思いも寄らない事態に、ユウトはあんぐり口を開けた。

「ディックが記憶喪失……？　じゃあ、自分が誰かわからないのか？」

「そういうわけじゃない。彼は自分が誰かはちゃんとわかっている。名前を聞かれてリック・エヴァーソンと名乗った」

「だったら何を忘れているんだ？」

ロブは一瞬言い淀《よど》んでから、「それなんだけどね」と溜《た》め息《いき》をついた。

「とても困った状態なんだ。ディックは自分の年齢が二十七歳で、職業は軍人だと言ってるらしい。……意味、わかる？」

ディックは今、三十二歳だ。考えられることは、ただひとつ。

「まさか、それってまさか、ここ五年間の記憶がないってことなのか？」

ロブは同情するような目でユウトを見ながら、大きく頷いた。

「そうなんだ。彼は二十七歳だった頃の自分に戻っている。だからヨシュアのこともわからないし、なぜ自分がＬＡにいるのかもわかっていない。当然、君のことも覚えていないだろう」

「そんな……」

立っていられなくなり壁にもたれかかった。ディックが自分のことを忘れたなんて信じられない。ロブが「大丈夫？」と腕を摑《つか》んで支えてくれた。

「でも記憶障害は一時的なことかもしれない。君の顔を見れば思い出す可能性もあるから、とにかく一緒に病院に行こう。ね？」

頷いたものの足に力が入らず、すぐには動けなかった。


ディックはベッドの上に座っていた。

頭に包帯を巻かれているが、険しい表情は病人という雰囲気ではなく、その顔には強い苛立《いらだ》ちが透けて見えた。

「……ディック。話は聞いたよ。身体は大丈夫か？」

ユウトが話しかけると、ディックはちらっと顔を見てすぐに目をそらした。見知らぬ他人を見る目つきだった。胃のあたりが重くなる。

「俺のことも覚えていない？」

「覚えてない。というより知らないな。あんたもビーエムズ・セキュリティとかいう会社の人間なのか？」

とりつく島のない態度に、心が折れそうになる。本当に記憶がないのだ。

「ディック。ユウトはあなたのルームメイトです。一緒に暮らしている相手なんですよ」

ヨシュアが説明してもディックは反応しない。ヨシュアは困り果てたようにロブを見た。ロブは「仕方ない」と首を振った。

「ディックにすれば、突然、五年後の世界にタイムワープしたような状況なんだ。俺たちは会ったことのない他人でしかない。警戒心が強いのも当然だ。ねえ、ディック？」

理解を示されてもディックは表情をゆるめない。むしろ不快そうにロブを見上げた。

「俺はリックだ。どうしてみんなディックと呼ぶんだ？」

「それには深いわけがあるんだけど、今話しても多分、理解できないと思う。嫌かもしれないけど、ディックで我慢してくれ。俺たちにとって君はディックなんだ」

ディックは納得がいかないような顔つきで黙り込んだ。

「それから一番大事なことを教えておくよ。ユウトは君の単なるルームメイトじゃない。君がこの世で一番大事に思っている人だ」

「どういう意味だ……？」

怪訝《けげん》な表情でディックが聞き返す。

「恋人だと言ってるんだ。君はユウトを深く愛している。ユウトも同じだ」

「嘘だっ。俺には恋人がいる。ノエルという同僚だ。ノースカロライナ州のフォート・ブラッグにいるはずだから、彼に連絡してくれ。陸軍の特殊部隊所属だ」

自分を否定されたことも悲しかったが、それ以上にディックの記憶がノエルを失う前まででしかないことを知り、ユウトは強いショックを受けた。

今のディックにとってノエルは死んだ恋人ではなく、生きているはずの恋人なのだ。

「ヨシュアから聞いたと思うけど、君の記憶は五年前に戻っている。この五年の間に、君にはいろんなことが起きたんだ。君の人生をねじ曲げてしまうほどの出来事だ。そのうちのひとつが、仲間と恋人を失ったことだ」

「ロブ、待ってくれ」

咄嗟《とっさ》にロブの腕を掴んでいた。

「今、話さなくてもいいんじゃないか？」

「一種のショック療法だと思ってくれ。ディックの記憶は脳の中から消えてしまったわけじゃない。脳挫傷で脳器官を損傷しているならどうしようもないが、記憶は存在しているのに回路が途切れて、そこにアクセスできないだけなんだ。現実を知ることで回路がまた繋がる場合もある。それに事実を知らないでいると、彼はフォート・ブラッグに戻ってしまうかもしれない」

仲間と恋人のもとに帰ろうとして、ディックがＬＡからいなくなったら――。それは恐ろしい想像だった。ディックを永遠に見失ってしまうかもしれない。

「ディックの帰る場所は君のそばしかないってことを、きちんと理解してもらわないとすごく危険だ。だから言うよ？　いいね？」

ロブの言うことはあまりにももっともだったので、頷くしかなかった。

「失ったってどういうことだ？　何があったっていうんだ？」

「いいかい、ディック。隠しても仕方がないからはっきり言うけど、君がチームを組んでいた同僚の三人は、任務中の爆発に巻き込まれて亡くなった。全員だ。だからノエルももういない」

ディックは顔色を変えてベッドから飛び降りた。だがあちこちが痛むのか、顔を歪《ゆが》めて呻《うめ》いた。思わず支えようとして腕を伸ばしたら、「触るな」と振り払われた。

「でたらめを言うな！　あいつらが死ぬはずない。タフで有能なあの三人は、そんな簡単に死んだりしない……っ」

「信じたくないだろうけど現実だ。君は仲間を失って軍を辞めた。その後、いろいろあったけど、今はユウトと暮らしながら警備会社で働いている」

ディックは青ざめて立ち尽くしている。現実を受け入れられないでいるのは、誰の目にも明らかだった。

「あんたの言うことなんて信じない。俺はこれからフォート・ブラッグに帰る」

ディックがどうしても信じようとしないので、ロブは「だったら当時の君たちをよく知っている人物を、俺に教えてくれ」と言いだした。

「その人に連絡を取ってみる」

ディックは上司のガーナンド少佐の名前を挙げた。ロブはいったん病室を出て軍関係者の知人を頼り、ガーナンドという人物を探し出した。ガーナンドは中佐になっていたが、今も陸軍に在籍していた。

ディックは電話でガーナンドと話をして、同じチームだったノエル、フランク、ジョナサンの死亡が事実であることを確認した。ロブやユウトの言葉は疑えても、相手が元上司となると信じるしかない。

「……ひとりにしてくれ」

電話を切ったあと、ディックはそう呟《つぶや》いた。


廊下のベンチに座っていると、ヨシュアが隣にやって来た。

「ユウト、大丈夫ですか?」

「正直言うと、全然大丈夫じゃない。ディックはどうなるんだろう? 治る見込みはあるのかな?」

「医師は一時的な障害ですぐ戻る可能性もあれば、このまま戻らない可能性もあると言ってました。ケースバイケースだから、一概にどうということは言えないみたいです。MRI検査の結果では、脳に異常は見られないそうなので、帰宅しても構わないということです。うちの社長は出張で東海岸にいて、すぐには戻れないのですが、とても心配していました。治療費は心配しなくていいから、専門医のいるところに移ってもいいと」

記憶喪失の専門医なんているのだろうか。仮にいたとしても、簡単に治せるわけではないだろう。

「こんなこと言っていいのかわかりませんが、ディックは必ず思い出すはずです」

「どうしてそう言い切れるの？」

「だって、ユウトをあんなにも愛していた人です。忘れたままで平気なはずがない。ディックの心は、きっとユウトを恋しがるはずです。私はそう信じています」

ヨシュアの美しいエメラルドグリーンの瞳には、強い光が宿っていた。口先だけではなく本気で言っているのがわかり、胸が熱くなった。

「ありがとう。俺もそう思う。ディックはきっと思い出してくれる」

「ええ。だからあまり悲しまないでください。ユウトの辛《つら》そうな顔は見ていられない」

膝《ひざ》に置いた手を上から握られた。ヨシュアは自分の気持ちを言葉にするのが苦手だ。それなのに精一杯の言葉でユウトを励まそうとしている。ロブの影響を受けてヨシュアは変わってきた。以前より強くなった。

自分も強くならなければと思った。何もディックを失ったわけじゃない。失われたのは一部の記憶にすぎないのだ。

誰よりも大変なのはディック自身だ。ディックを支えるために、まず自分がしっかりしなければ。だったらいたずらに悲しんでいる場合じゃない。ユウトはしっかりしろと自分に言い聞かせた。

病院にいても記憶喪失に関する治療を受けられないので、ユウトはロブの運転する車でディックを家に連れて帰った。ヨシュアは会社に戻らないといけなかったので、病院前で別れた。

ディックはノエルたちの死がこたえているのか、車中でまったく喋《しゃべ》らなかった。窓の外に顔を向けているが、その目には何も映っておらず、自分だけの世界に深く沈み込んでいるように見える。

絶望の中にいる恋人を励ましてやりたいが、今のディックにとってユウトは見知らぬ他人だ。下手に慰めても反感を買うだけのような気がして、どう接していいのかわからない。そんな自分が情けなかった。

「ここが君とユウトの家だ。俺とヨシュアもよく遊びにきている。……あの子はユウティ。君の犬だ」

ユウティが廊下の奥から現れ、ディックに飛びついた。けれどいつもは名前を呼んで頭を撫《な》でてくれるディックが無反応なので、ユウティは少し戸惑っている。

「俺は昔から犬が好きだったが、まさか自分で飼っているなんてな。……でもなぜユウティなんだ？」

ユウトと同じ名前なので変に思ったらしい。ユウトはどう答えていいのかわからず、目でロブに助けを求めた。

「君が名付けたんだよ。その頃、君はウィルミントンのビーチハウスにひとりで暮らしていたから、遠く離れているユウトが恋しかったんだろうね」

信じがたい気持ちなのか、ディックは小さく首を振った。今のディックの心の中にはノエルがいる。ユウトを好きな自分が信じられないのだろう。

ディックは自分の部屋に入ると、しげしげと眺め始めた。

机の上。引きだしの中。クローゼットの服。ひとつひとつ確かめているが、どれも五年前の持ち物とは違うのか、「他人の部屋みたいだ」と呟いた。

ひとりになりたそうだったので、ユウトとロブは気を利かせてリビングに引き上げた。

ダイニングテーブルでコーヒーを飲みながら、明日は仕事を休むつもりだと言ったら、ロブに「その必要はない」と反対された。

「心配なのはわかるけど、どうやら君がそばにいたらすぐ治るっていう状況でもなさそうだ。

だったら仕事には行ったほうがいい。明日は俺が朝からここに来て、ディックを見ている。君が帰宅するまでつき添うから安心して」

「そんなの悪いよ。君だって仕事があるだろう？」

「俺は今、本の原稿を執筆中だから時間の融通は利くんだ。それにノートパソコンを持ってくれば、ここで仕事もできる。だから気にしないで」

記憶を失うのは大変なことだが、命にかかわる話ではない。一刻を争う深刻な状態でもないのに、クリスマス休暇の前に休むのはユウトとしても気が引ける。悩んだ末、ロブの言葉に甘えることにした。

「ロブ、本当にありがとう」

「これくらいなんでもないさ」

ロブには助けられてばかりだ。ユウトは昔から他人に甘えるのが苦手な性格だが、不思議とロブにだけは大丈夫だった。それだけロブを強く信頼しているのだろう。彼との出会いはユウトの人生における宝だ。

「俺はこれからどうすればいい？　ディックのために、何をしてやれる？　何をしてやればいい？　教えてくれないか、ロブ」

切実な気持ちで尋ねたのに、なぜかロブに笑われた。

「何が可笑しいんだ？」

「ごめんごめん。馬鹿にしたんじゃない。ただ君は本当に変わらないと思ってさ。普通なら自分の今の生活が壊れる不安とか、恋人を失う恐怖とか、忘れられた自分を憐れむとか、そういうことに気を取られてもおかしくないのに、何よりもディックのことを心配している。ディックを必死で追いかけていた頃とまったく変わらない気持ちで、今も彼を愛しているんだね」

冷やかしではなく、愛情のこもった言い方だった。

「君の強い心にはいつも頭が下がる。でも無理はするなよ。ディックも苦しいだろうが、君だって同じくらい苦しいんだ。いや、ある意味では君のほうが辛い。最愛の人に忘れ去られて、他人を見るような目を向けられるんだ。普通だったら心が挫《くじ》ける。君は強いから挫けたり逃げたりすることを、きっと自分に許さないだろうね。だから心配だ」

「大丈夫だよ。耐えきれなくなったら君に相談するから」

「ああ、そうしてくれ。今、君がディックにしてやれることは、五年間の空白を埋める手助けじゃないかな。ディックも強い男だ。気持ちが落ち着いてくれれば、自分の失われた時間を取り戻したいと思うはずだ。それができるのはユウト、君だけだ」

ロブの言葉に励まされる気がした。そうだ。ディックの求めるものを与えられるのは、自分だけだ。自分しかいない。

「ありがとう、ロブ。頑張るよ」

「ああ、でもほどほどにね。脳震盪の後遺症としての記憶障害は、わりと早い段階で回復することが多い。でも最悪の場合は、一生思い出せないこともある。希望を忘れず、でも期待しすぎず、できるだけのんびりいこう。俺とヨシュアがついてる」

ロブは社交的で頭が良く、人を愛している。一方、ヨシュアはものすごい美形なのに内向的で、人づき合いが苦手なタイプ。ある意味正反対だが、そこが上手くマッチングしたのかもしれない。

不器用なヨシュアをロブは包み込むように愛しているし、ヨシュアも大人で自分を引っ張ってくれるロブを尊敬している。一見すると教師と生徒のような関係にも思えるが、ロブだってヨシュアの存在に助けられているのは明らかだった。

ロブは誰かを深く愛することで、心の安寧を得るタイプだからだ。ひとりでも問題なく生きていける男だが、本当は絶対的に愛せる存在を飢えるように求めていた。

同時に相手にも同じだけの愛情を求める傾向があるから、一途《いちず》で生真面目なヨシュアは人生のパートナーとして、これ以上ないほどぴったりだ。

「君がいてくれてよかった。ヨシュアにも感謝してる。君らは最高のカップルだよ」

「その言葉、そっくりそのまま返すよ。ヨシュアは君とディックの関係こそが理想だと思ってる。あの子のためにも、早くもとのふたりに戻ってもらわないとね」

ロブが帰ってしまうと家の中はしんと静まり返った。ディックはいっこうに部屋から出てこない。心配になって様子を見に行くと、ベッドに座って写真のアルバムを開いていた。本棚の中から見つけたのだろう。

「……俺とお前は本当に恋人同士なんだな」

近づいてアルバムを覗《のぞ》き込んだ。ロブの家でのホームパーティーで撮った写真もあれば、海で撮った仲睦《なかむつ》まじそうな写真もある。ひと目のあるところでいちゃつくふたりではないので、せいぜい肩を抱いているとか腰に腕を回しているとか、その程度の接触だが、雰囲気から心を許しきった仲であることがわかる。

「教えてくれないか。俺はこの五年間、どんなふうに生きてきた？　どうしてお前とつき合うようになった？」

幾分、態度が柔らかくなっている。現実を受け入れなければと、思い始めているのかもしれない。

「いいよ。なんでも話してやる。お前が知りたいことは、多分、すべて俺が知っているはずだから」

「じゃあ、まず教えてくれ。お前もロブもヨシュアも、どうして俺をディックと呼ぶんだ？　俺はリックだ。これまで誰からもディックと呼ばれたことはない」

自分の名前と違う呼び名が引っかかっているらしい。当然といえば当然の話だが、そこは順を追って話すしかない。

「隣に座ってもいいか？」

ディックが頷いたのでベッドに腰を下ろし、ユウトは意味なく天井を見上げた。

どこから話せばいいのだろう。シェルガー刑務所での出会いから？

しばらく考えて、シェルガー刑務所の中で暴動が起きた夜に、ディックが話してくれた内容から始めることにした。

サウスカロライナ州で起きた、あの悲劇から。


自分のことならともかく、人の過去を語るという作業はなかなか難しいものだった。ユウトだってディックのすべてを知っているわけではない。本人が語ってくれた断片的な情報をつなぎ合わせていくしかなく、それは思ったより骨の折れる仕事だった。

五年前、正確には四年前の二月、ディックたちのチームは、テロリストのコルブスが立てこもっていたサウスカロライナ州の山荘に急行した。そしてコルブスが仕掛けた爆弾で、ディック以外の三人は殺されてしまった。

ディックは仲間の復讐《ふくしゅう》を誓いＣＩＡの契約エージェントになり、コルブスが潜伏しているカリフォルニア州の州立刑務所に囚人として潜入することになった。ＣＩＡは移送途中に亡くなったディック・バーンフォードという犯罪者の死体を秘密裏に処理し、その名前と立場をディックに与えた。偽者のディック・バーンフォードの誕生だ。

「お前は完璧に囚人になりきっていた。コルブスも欺されて、お前を味方に引き入れようとしたほどだ。だけど最終的には刑務所内で暴動が起きて、コルブスに逃げられた。お前は脱獄してコルブスを追った」

話しているうち、当時の辛い気持ちが蘇《よみがえ》ってきてたまらなくなった。ディックはコルブスを追い、ユウトもFBIに入ってコルブスを探した。

復讐を遂げたらディックは生きる理由を失う。コルブスの死ぬ時がディックの命の終わりのような気がして、そのことが一番恐ろしかった。だからディックより先にコルブスを見つけて逮捕すると決めたのだ。

「お前とはどこで知り合ったんだ?」

「俺? 俺とも刑務所の中だ」

ディックは「本当に?」と疑わしそうにユウトを見た。

「お前はどう見ても、ムショに入るようなタイプじゃない」

「俺は冤罪《えんざい》で逮捕され、殺人で有罪判決を受けた。当時、FBIもコルブスを追っていて、DEAの捜査官だった俺に目をつけた。潜伏先と見られるシェルガー刑務所に入り、コルブスを見つけ出せ、それができたら自由にしてやると持ちかけてきたんだ。俺はその話に乗った。乗る以外、助かる道はなかったからな。そしてシェルガー刑務所に送られ、お前と同じ監房になった。それが俺たちの出会いだ」

あまりにも荒唐無稽《こうとうむけい》すぎて信じがたいのか、ディックは難しい顔で黙り込んだ。気持ちはわかる。自分で話していても、なんて無茶苦茶な内容だろうと思うくらいだ。

ユウトは気を取り直して、そこから始まったふたりの関係を話した。それはひどくやるせない体験だった。ふたりで共有してきた刑務所での日々。あの日々があったから、今のふたりがあるはずなのに、ディックは覚えていない。

過去にふたりがどれだけ強く愛し合っていたかを話すほど、ユウトの心は沈み込んでいく。まるで自分がノエルからディックを奪おうとしている嫌な奴のように思えてきて、段々と辛くなり、ディックがＬＡにやって来たあたりで話をいったん終了した。

「続きはまたあとにしよう。お腹が空いただろう？　夕食にしないか」

逃げるようにキッチンに行き、鍋に火をつけた。ディックもやって来て、ダイニングテーブルに腰を下ろした。ユウトはそれを見て、ハッとなった。

「なぜその椅子を選んだんだ？」

「え？　いや、なんとなくだけど。ここに座っちゃいけなかったのか？」

「違う。そこはお前の椅子だ。だから自然に座ったのを見て驚いた」

ディックは少し決まりが悪そうに、「別に思い出したわけじゃないぞ」と言い訳した。

そんな態度を見て気づいた。ディックにすれば思い出せないことで、ユウトに責められているような気持ちになるのかもしれない。できるだけプレッシャーをかけないように注意しようと心に刻んだ。記憶をなくしたのはディックの責任じゃない。

骨つきチキンのビール煮込みとアボカドのサラダ、ブリオッシュをテーブルに並べる。ディックは無言で食べ始めたが、ユウトの顔をちらっと見て「うまい」と短く感想を述べた。ぶっきらぼうなところが、刑務所時代のディックを思い出させる。

「年を聞いてなかった。いくつだ?」

一緒に暮らしている恋人に年齢を聞かれるのは、ものすごく変な感じがした。

ユウトが「三十歳だ」と答えるとディックは驚いて、「俺より年上?」と言った。

「実際はお前のほうが年上だけどな」

「ああ、そうか。俺はもう三十二歳になっているんだな。知らない間に自分が老けててショックだ」

ディックが初めて冗談を口にした。だが言ってから気まずくなったのか、照れ臭そうな顔でまた食事を再開させる。そんなディックを見て、そうか、彼は今、二十七歳なんだな、と初めて実感した。

ここにいるのはユウトと知り合う前の、まだ二十七歳の若いディック。そう思うとなんだか可愛い。もしかしたら年上として接したほうが、ふたりの関係性は上手くいくのかもしれない。

「ディック。お前にとって俺は見ず知らずの他人かもしれないが、俺にとってお前は誰よりも大事な存在だ。今朝もふたりで一緒に朝食を食べて、仕事に行くお前を見送った。だからなんて言うか、その、これだけは覚えていてほしいんだ。俺はお前の味方だ。何があってもお前を守る。恋人だと思えないなら、取りあえず家族のように思ってくれ」

ディックは目を伏せ、「寛容なんだな」と答えた。

「自分を忘れた恋人に腹が立たないのか?」

「立たない。お前のせいじゃないんだし。不幸な事故だ」

「それでも嫌だろう? 俺はお前を覚えていないし、ノエルを愛している。もう死んでいるとしても、俺の心はノエルのものだ」

わかっている。ディックは正直な気持ちを言っただけだ。悪気はない。

だが頭ではそう思っていても感情は正直だ。ディックの真面目すぎる言葉に心を切り刻まれる。それでも傷ついた顔は見せたくない。ディックは悪くないのだから。

想像してみる。ある日、突然、五年後の世界に自分が存在していて、ディックはもうとっくの昔に死んだんだ、今は俺がお前の恋人だと見知らぬ男に告げられたら? その男を愛おしいと思うか?

——思えない。どんなに愛していると言われても、思えるはずがない。そんな男のことより、ディックが恋しくてたまらないだろう。

だからディックを責めてはいけない。仕方がないのだ。

「わかっているよ。お前の気持ちは理解できるし、ノエルを忘れろだなんて言わない。ただこれから生きていくために、辛いだろうけど、できるだけ今に目を向けてほしい。お前にはもう過去に捕らわれて苦しんでほしくない」

ディックは何も言ってくれなかった。自分の苦しみもわからず、勝手なことを言うなと思ったのかもしれない。

食事を終えると、ディックはまた自分の部屋に閉じこもってしまった。

「おかえり。食事は俺がつくっておいたよ」

翌日、仕事から帰ってくると、ロブがエプロン姿で出迎えてくれた。自分のエプロンを持参しているところが、いかにもロブらしくて笑ってしまった。

「ディックはどうしてる？」

「ずっと自分の部屋に閉じこもってる。インターネットでいろいろ調べてるみたいだ。過去のニュースや世界の出来事なんか、知りたいことがたくさんあるんだろう。五年の隙間を埋めようとしているんだから、それ自体はいい傾向だけどね」

「そう。じゃあ……」

ユウトの聞きたいことを察して、ロブは首を振った。

「残念だけど記憶は何も戻ってない。ところでディックのこと、パコには話したの？」

「まだだ。パコは今朝からメキシコに行ってしまったんだ。向こうで拘束された逃亡犯の取り調べがあるんだって。だから帰ってきたら話すよ」

「そう。そのほうがいいね。すぐ治る可能性もあるわけだし」

ロブの言葉が虚《むな》しく聞こえた。悲観はしたくないが、どうしてもマイナス思考に流れていきそうになる。このまま記憶が戻らなかったらどうしようという不安は消え去らない。

仕事中もディックのことばかり考えて、何度もつまらないミスをした。本当につまらない──コーヒーをこぼすとか、人とぶつかるとか、サインなしの書類を提出してしまったとか、そういう些細《ささい》なことばかりだが、そんな自分にうんざりした。

「君が帰ってくる少し前に、ブライアンと電話で話したんだ」

「ブライアン・ヒルと？　彼はなんて言ってた？」

ブライアンはビーエムズ・セキュリティの社長だ。

「万が一、すぐに記憶が戻らなくても、軍人としてのキャリアは同じだから、仕事は続けてほしいと言ってた。ディックが落ち着いたら、ゆっくり話し合いたいってさ」

「それは助かるよ。先行きへの不安はあるだろうから、仕事があるってだけでもディックの精神的負担を減らせるかもしれない」

「俺は君のほうが心配だよ。昨日は眠れなかっただろう？　目の下に隈《くま》ができてる。幽霊みたいな顔だぞ」

ロブに指摘され、ユウトは「参ったな」と笑って顔を撫でた。

「そんなひどい顔になってる？　ちゃんと寝たんだけどな」

「あんまり思い詰めるなよ。きっとどうにかなるさ。ディックは生きてるんだ。生きてさえいれば未来はある。そして未来は自分たち次第だ」

ロブは断言してユウトの腕を叩いた。胸に抱えた不安を全部、見透かされている。

「そうだな」

力強く励まされて少し気持ちが楽になった。ロブはディックを呼びに行き、三人での夕食が始まった。ロブがつくってくれたのは生地から手作りのピザと、フェットチーネのカルボナーラだった。どちらも絶品だった。

「やっぱり君の料理は最高だよ」

「そう言ってくれると思った。遠慮せずもっと褒めていいよ。ディックはどう？　美味しい？」

ディックもロブの料理の腕を褒めたが食欲がないのか、いつもの半分ほどしか食べなかった。昨日より落ち着いて見えたが内心はわからない。

ロブは帰り際、明日も来ると言ったが、ディックが「大丈夫だ」と言って断った。

「記憶の一部はなくても子供じゃない。ひとりでも平気だ」

「だけどまだ――」

ロブの言葉を遮り、ディックは「聞いてくれ」と言い募った。

「俺が勝手にいなくなると思っているなら、その心配は無用だ。五年前の暮らしに戻れないとわかった以上、俺はここで自分と向き合っていくしかないと思ってる。だからどこにも行ったりしない」

嘘をついているようには思えなかったし、ディックがそう言うなら気持ちを尊重してやりたかった。ユウトの顔を見て気持ちを見抜いたのだろう。ロブは「君がそう言うならわかったよ」と頷いて帰っていった。

ふたりきりになるとディックは酒が飲みたいと言いだした。

「一日中、パソコンを見ていたせいか神経が高ぶっている。酒でも飲まないと眠れそうにない」

「いいよ。一緒に飲もう」

ビールはさっき飲んだし、ワインという気分でもない。テキーラをジンジャーエールで割ったものにした。ディックはストレートでテキーラを飲んだ。

「ロブは面白い男だな。お喋りすぎるのが少しあれだけど。お前とは長いつき合いなのか？」

「まだ二年ほどだ。俺がFBIに入ってすぐの頃、捜査を手伝ってもらって知り合いになった」

「そうなのか。十年来の親友同士みたいな感じがしたから意外だな」

ディックの態度は少しずつ柔らかくなっている。徐々に打ち解けているのがわかる。だけどまだよそよそしい。仕方がない。ディックにすれば出会って二日目の相手だ。

距離を縮めたい。でもできない。ディックに嫌われるのが怖くて、踏み込んでいけない。もどかしさを感じながらディックの質問に答えていたら、つい飲み過ぎた。睡眠不足もあって瞼《まぶた》がどんどん重くなってくる。

「ユウト、眠いならベッドに行け」

ディックの言葉に「悪いけど、そうさせてもらうよ」と答えて立ち上がったが、思いのほか酔っていて足がふらついた。ディックがすかさず支えてくれたが、恥ずかしくて「いいよ」と胸を押しやってしまった。

「よくない。転んだらどうするんだ」

叱《しか》るように言われると逆らえなくなった。仕方なく寝室まで支えられて歩いた。ディックの腕に腰を抱かれている。酔いのせいでドキドキするのか、ディックの温もりに触れてドキドキしているのか自分でもわからなくなった。

ベッドに倒れ込んでほっとする。ひとまずドキドキから解放されたからだ。

「ありがとう。もう大丈夫だから」

ディックはなぜか立ったまま、ユウトを見下ろしている。何か考え込んでいるような難しい顔つきだ。

「何……？」

「俺とお前は恋人同士なのに、別々に寝ていたのか？」

別に照れるような質問でもないのに、なぜか顔が熱くなった。

「だ、大体は一緒に寝てたよ。俺のベッドで」

「ここでか」

そう言ってディックはベッドの端に腰を下ろした。ベッドの軋《きし》む音がやけに大きく聞こえる。

「そのせいかな。自分の部屋より、この部屋のほうが落ち着く」

「覚えてないのに、落ち着くのか？」

「ああ。自分の部屋のほうが、他人の部屋みたいな気がする」

――だったら、ここで一緒に寝る？

喉もとまで出かかった言葉をどうにか呑み込んだ。そんなことを言ったら、ディックを誘惑しているみたいだ。

だけど、と思う。恋人なんだから、いいんじゃないのか？　ディックだって気持ちでは認められなくても、事実は事実として受け入れている。ふたりがつき合っていたことは、ちゃんと理解しているのだ。

だったら少しくらい恋人らしいことを言っても許されるんじゃないだろうか。そうだ。言うだけ言ってもいいはずだ。

ユウトは勇気を振り絞って口を開いた。

「一緒に――」

「邪魔したな。自分の部屋に戻るよ。おやすみ」

ディックは立ち上がって出ていった。ひとりになってからユウトは両手で顔を押さえた。茹《ゆ》で上がったじゃが芋みたいに顔が熱かった。


事故から四日が過ぎたが、ディックの記憶はいっこうに戻る様子はなかった。

ふたりの関係は微妙なままだ。ユウトと一緒に生活することにはディックも慣れつつあったが、恋人という関係が逆に足枷《あしかせ》になっているのか、ぎくしゃくした感じがどうしても消えない。

時々、ユウティの可愛さを見て笑い合ったりするのだが、ふと目が合った瞬間に気まずさが芽生えて、どちらともなく目をそらすようなことが何度もあった。

嫌われているわけではないが、好かれてもいない。それがわかるからたまに寂しくなって、以前のディックが死ぬほど恋しくなる。だけど態度には出せない。ディックにすれば、それは自己否定されるのと同じだろう。

だから口が裂けても、今のディックと以前のディックを比較するようなことは言えなかった。その代わりひとりきりの時に、何度も溜め息をついた。

記憶が戻るのか戻らないのか、それがわからないから気持ちも定まらない。記憶が戻るのをひたすら待つのが正しいのか、それとももう戻らないものと考え、あらたな関係を築く努力をしていくべきなのか。

期待は捨てて、後者を選ぶべきなのだろう。頭ではわかっているが、ユウトにすればそれは以前のディックを過去の存在にして、心のクローゼットに押し込むようなものだ。簡単にはできない。

仮にそうしたところで、今のディックと恋人になれるとは限らないのだ。ディックがまたユウトを愛するようになってくれればいいが、恋愛感情はタイミングや状況に左右されることが多い。一度愛してくれたからといって、また愛されるという保証はどこにもなかった。

ノエルを忘れられないのはまだいい。だがこれから先、他に好きな人ができたら？　新しい恋人をつくったディックを、自分は許せるだろうか？　それでも彼の幸せを願えるだろうか？

考えれば考えるほど、嫌な未来を想像しては八方ふさがりになっていく。やっと休暇に入れたというのに、心は沈む一方だった。

だが、その日はロブとヨシュアが来てくれて、少しだけ明るい気分になれた。

ふたりはこのあとベンチュラにあるロブの両親の家に行き、向こうで二泊してクリスマスを過ごす予定らしい。

「うちの親はヨシュアにぞっこんで困るよ。親だけじゃなくて、最近はケイティもロブおじさんより、ヨシュアお兄ちゃんに懐いてるし」

姪《めい》っ子のケイティを猫可愛がりしているロブは、本気で悲しそうだった。

「じゃあ、プレゼントをたくさん用意して人気取りに励まなきゃ」

「当然さ。四つも買った」

隣でヨシュアは笑いをこらえるような顔つきだ。その時、ディックの携帯が鳴った。ディックは「ガーナンドからだ」と伝え、自分の部屋に移動した。

「ディックは見たところ、かなり落ち着いてきたね。仲よくやれてる?」

「どうかな。喧嘩はしてないけど。っていうか、喧嘩できるほどまだ親しくなれてない」

ロブは「焦らないでいこう」とユウトを慰めた。焦っているつもりはない。ただ不安なだけだ。

「そういえば、パコはここに来たのかい?」

「実はまだ話してないんだ。メキシコから帰ってきて、パコはすぐ休暇に入ったものだから。昨日からアリゾナに行ってる。せっかくの休みを邪魔したくないし、こっちに帰ってきてから話すよ」

「……記憶はまったく戻っていないんですか?」

ヨシュアが気づかうような視線で尋ねてきた。

「ああ。でも本人の自覚していないところで、覚えていることはあるようなんだ。たとえば、教えていないのにそこの自分の椅子に自然に座ったり、ユウティの散歩もいつものコースを選んで歩いていたり。他にもいろいろあるけど、習慣的なことは身体が覚えてるって感じがする」

「じゃあ、そのうちきっと君を抱き締めて、おはようのキスをするね」

ロブの口調はおどけていたが、ただの冗談ではなく心からの励ましだとわかった。ヨシュアが真顔で「私もそう思います」と頷く。

「ありがとう。俺も信じてる」

ふたりを安心させたくて微笑んだが、内心ではまた溜め息をついていた。楽観的な気分はとうに消え失せている。本当は弱音を吐いてしまいたいのに、今から楽しいクリスマスホリデーを迎えるふたりに、余計な心配をかけたくなかった。

ロブとヨシュアは一時間ほどの滞在で帰っていった。ディックは部屋から出てこない。電話は終わっているはずだから、ひとりでいたいのだろうと考え、様子を見に行くことはしなかった。

今日はクリスマス・イブだ。店によっては早く閉店してしまうところもある。ユウトはひとりで食材の買い出しに出かけた。普段はひとりで買い物をしても何も感じないのに、家族連れで賑《にぎ》わうスーパーマーケットをひとりで歩いていると、無性に寂しくなって感傷的な気分に襲われた。

ふと去年のクリスマスを思い出した。ディックと一緒に暮らしだして初めてのクリスマス。ふたりで一緒に買い物に行き、ふたりでディナーをつくった。楽しかった記憶しかない。

その前の年も思い出してみる。ディックとはコロンビアで別れたきりで、行方はまるでわからない。ユウトは負傷した足が治らず、松葉杖で不自由していた。あれは最悪のクリスマスだった。

あの時に比べれば、ずっとましじゃないかと言い聞かせた。ディックが生きているのか死んでいるのかもわからなかった、あの辛かった時期に比べれば。

気を取り直して家に帰り、夕食をつくり始めた。ディックは部屋に閉じこもったまま出てこない。ガーナンドと話したせいで、いろいろ思い出して辛くなったのかもしれない。クリスマスにはどうしたって大事な人たちに会いたくなる。

可哀想なディック。そして可哀想な俺。

いつになったら、またふたりで笑い合える日が来るのだろうか。

「すごいな」

夜になってようやく部屋から出てきたディックは、ユウトの用意した夕食を見て感嘆した。

「完璧なクリスマス・ディナーだ」

「というより典型的なクリスマス・ディナーだね。一応、イブだから頑張ってみた。口に合えばいいんだけど」

骨つきのままスモークされたスパイラルハムの塊は、ブラウンシュガーをまぶし、切れ込みにクローブを挟み、全体をアルミホイールで巻いてオーブンで二時間じっくり焼き上げた。時々、出してパイナップルジュースをかけたので、いっそう美味しくなったはずだ。

ディナーロール、マッシュポテト、グリーンビーンズのキャセロール、フルーツサラダ、デザートのアップルパイ。そして牛乳、砂糖、黄身でつくった甘い飲み物、エッグノッグ。

「エッグノッグにブランデーを入れる?」

「ああ。頼む」

ハムを切り分けサーブしていると、ディックが「俺はきっと幸せな男だったんだろうな」と呟いた。

「料理が上手な恋人に毎日うまいものをつくってもらう人生なんて、恵まれすぎている」

楽しげな口調ならよかった。そうではなくディックの声には、どこか苦い響きがあった。仲間や恋人は死んだのに、自分だけのうのうと幸せに生きていたことが許せないのだ。ディックはそういう男だ。だから復讐に命を賭《か》けようとした。

「そうでもない。料理は普段ディックの担当だったから、むしろ幸せなのは俺のほうだった」

軽い調子で言い返したら、ディックは「なんだ、そうだったのか」と表情をゆるめた。だがまたすぐに視線を落としてしまう。

「俺は家族同然の仲間を失ったのに、楽しく生きていたんだな」

「そんなふうに言うな。お前はひとり生き残ったことに苦しんで、孤独と絶望にのたうち回り、そこから時間をかけて這《は》い上がってきたんだ。今のお前が幸せなのは、必死で苦しみを乗り越えて、亡くなった仲間の分まで生きようと決意できるようになったからだ」

祈るような気持ちで言い募った。ディックには、もう同じ場所で躓《つまず》いてほしくない。血反吐《ちへど》を吐くような気持ちで乗り越えてきたのに、また同じ地点に戻ってしまうことだけはさせたくなかった。

「頭ではわかるんだ。お前の言うように、きっと俺は時間をかけて自分の人生を取り戻してきたんだろうな。でも心が納得しない。これぱっかりはしょうがない。……すまない。せっかくの食事が台無しだな。話はあとにして食べよう。腹ぺこだ」

ディックは無理やりのように笑みを浮かべた。

最高に楽しいディナーとまではいかなかったが、今までで一番リラックスできる夕食になった。多分、ディックが気づかってくれたせいだ。

食事を終えてワインを飲んでいる時、ディックが妙なことを言いだした。

「俺たちが入っていた刑務所に行ってみたいんだ」

「シェルガー刑務所に？」

「ああ。場所を教えてくれないか。明日、行ってくる」

　ユウトは慌てた。今のディックをひとりで遠出させるわけにはいかない。

「シェルガー刑務所は遠い。サンフランシスコにあるんだぞ。車で行けば片道五、六時間はかかる」

「構わない。自分の車で行ってくる」

「行ったって中には入れないし、何か思い出せるっていう保証もないのに？」

「それでもいいんだ。俺はどうしてもそこに行きたい。行かなきゃならないって気がしてしょうがないんだ」

　ディックは言い出したら聞かない性格だ。ユウトは説得を諦めた。

「わかったよ。だったら俺も一緒に行く」

「ひとりで大丈夫だ。この五年の間に、交通規則や標識がびっくりするほど変わったわけじゃないだろう？」

「そうだけど心配だ。家でやきもきしているより、一緒にいたほうが安心できる」

「クリスマスなのにいいのか？　家族に会いに行けよ」

「家族はアリゾナだし、今年はお前とふたりで過ごす予定だった。だから問題はない」

　ディックはユウトの意志が固いことを知り、最後は同行を渋々認めた。

　早朝に出発することを約束して、その夜は早々にベッドに入った。クリスマス・イブの夜に、これほど早く寝たのは初めてかもしれない。

ベッドに入ったものの、寝つけず何度も寝返りを打つ。シェルガー刑務所に行きたがるディックの気持ちが、いまひとつ理解できない。ふたりの出会いの場所ではあるが、あそこには辛い思い出のほうが多い。正直、行きたくない気持ちのほうが強かった。

ディックにとって、あそこはどんな場所だったのだろうか。コルブスを監視し、近づき、必要な情報を引き出しながら、自分の手で殺す瞬間を夢見ていたはずだが、あの日々は彼に何をもたらしたのだろう。

わかっていることは、ただひとつ。ふたりにとっての出発点はあそこだ。ある意味、振り出しに戻るには、一番、相応《ふさわ》しい場所なのかもしれない。


ディックがハンドルを握りたがったので、運転を任せることにした。乗り慣れないはずの車でも、問題なく運転している姿を見て安心した。

ロサンゼルスからサンフランシスコまでは、州間道五号線をひたすら北上していくだけだ。クリスマスでどこの店も閉まっているだろうから、サンドイッチをつくって持ってきた。

途中でそれを食べたり、トイレ休憩したりする以外は走りっぱなしで、五時間半ほどでサンフランシスコに到着した。

観光気分ではないので、海岸近くにあるシェルガー刑務所にそのまま向かう。広大な敷地に建つ刑務所だ。かなり手前の道路にゲートがあるせいで、中に入らない限り建物などはまったく見えない。

ユウトは丘の上に続く道をディックに教えた。この上からだと刑務所の全容が見えるはずだ。山頂付近で路肩に車を止めて外に出る。斜面を歩いて上っていくと、開けた場所に出た。眼下に青い海が広がっている。サンフランシスコ湾だ。ＬＡより気温が低いので、風の冷たさが身に染みる。

「思ったとおりだ。ここからならよく見える。あれがシェルガー刑務所だ」

「大きいな」

ディックが隣に立ち感想をもらした。

海沿いの広大な敷地。いろんな建物が見えるが、中でも監房棟がひときわ目を引く。周囲にはグラウンド、バスケットコート、駐車場、作業棟などが確認できた。

今もあそこでは大勢の受刑者が暮らし、息の詰まるような生活を送っているのだと思ったら、急に胸苦しさを覚えた。

男たちの汗の臭いや体臭。地鳴りのようなざわめき。監房の扉の開閉時に鳴り響く、けたたましいベルの音。そういったものが一緒くたに合わさって、ユウトに襲いかかってくる。

「……大丈夫か？　顔色が悪い」

ディックの言葉で我に返る。まるで魂だけが過去をさまよっていたみたいだ。

「昔のことを思い出しただけだ。俺にとってあそこでの暮らしは、少しハード過ぎた」

「だろうな。お前のような男がムショに入るのは危険だ」

もっともらしい顔で言うから、少し苛《いじ》めてやりたくなった。

「そういえば、入所初日にお前に押し倒されたよ」

「……俺に？」

ディックは明らかに動揺していた。そのうろたえぶりが可笑しくて、ユウトは噴き出した。

「安心しろよ。押し倒しただけで何もしてない。お前にとって俺は目障りなＦＢＩ野郎だったから、脅しのつもりだったんだ。お前にはよく意地悪されたよ」

複雑そうな顔。苛めすぎてはいけないと反省し、ユウトは慌ててつけ足した。

「それでもだんだんと打ち解けて、お前には何度も助けられた。俺があそこでの生活に耐えられたのは、お前がいたからだ」

遠いのではっきりとは見えないが、囚人たちがバスケットに興じているのがわかる。

「お前はあそこのバスケットコート脇のベンチに、よく座っていた。参加せず、ただ見てたよ。お前のことをみんなが一目置いていた。プリズンギャングもな。俺にはいつだってお前が謎の男に見えていた」

ディックは目を細めて囚人たちを見ている。かつての自分の姿をそこに探すかのように。

「俺はあそこでお前と出会い、そして惹《ひ》かれたんだな。自分の邪魔をする存在だとわかっていながら」

復讐のために囚人にまでなったのに、ＦＢＩの手先に心を奪われた。そんな過去の自分を愚かだと思っているのかどうかは、口ぶりだけではわからなかった。

ディックはいろんな質問を投げかけてきた。朝は何時に起きるのか。一日のタイムスケジュールはどうなっているのか。自分と仲のいい囚人はいたのか。食事はどんなものを食べていたのか。

何もかもが気になるのか、細かい質問が多かった。ユウトはひとつひとつに答えていった。陽気なミッキーの話をすると、ディックの口もとには時々、自然な笑みが浮かんだ。まるで懐かしい友の話を聞いているような表情だった。

一時間近くその場にいただろうか。ディックは満足したのか、「来てよかった」と言い、車に引き返した。

後ろを歩きながら、あることに気づいた。たくさん聞かれたが、その中にコルブスに対する質問はひとつもなかったのだ。

ディックの性格を考えればあって当然のものというか、一番気になる部分のはずなのに、なぜだろう。ノエルたちを殺した相手を自分がどう追い詰めていったのか、気にならないのだろうか？

「ディック、帰りは俺が運転するよ」

「いや、俺にさせてくれ。運転していると気持ちが落ち着くんだ」

そう言われると従うしかない。ユウトは助手席に乗り込んだ。

コルブスのことをなぜ知りたがらないのか、そのわけを聞いてみたかったが、寝た子を起こす愚行のような気がしてためらわれた。

ユウトなりにいろいろ考えた結果、この何年かの間でディックが得た教訓が、本人にもわからないところで生きているのではないかという結論に達した。ディックは復讐にすべてを捧げたが、最終的にはそれが虚しい行為だったと気づいたはずだ。

不自然なほどコルブスに関心を示さないのは、一種の自衛ではないだろうか。心の深い部分が、触れてはいけないという指令を出している可能性はある。

あくまでも想像だから、まるっきり間違っているかもしれないが、ディックがコルブスに固執せずに済むのなら、それに越したことはなかった。

帰りの車の中でディックはほとんど喋らなかった。運転しながら、物思いに沈んでいるように見える。

寝てはいけないと思ったが、昨夜の寝不足がたたって途中で眠ってしまった。ふと目が覚めたら、空が赤く染まっていたのでびっくりした。

「ごめん。すっかり寝てしまった。……あれ？　どこを走っているんだ？」

進行方向の右手には、どこまでも広がる太平洋が見えている。ナビで現在地を確認したらマリブだった。

「もしかして道を間違えた？」

「そうじゃない。無性に海が見たくなって、わざと遠回りしたんだ。勝手に決めて悪かった。早く帰りたいだろう？」

ユウトは「構わないよ」と答え、海を眺めた。

「この道は好きだ。実は二か月ほど前にも、この道をふたりで走ったんだ。あの時も夕陽がきれいだったな」

ロブとヨシュアの結婚式の帰り道だった。あの時はユウトが海沿いを通りたがった。友人たちの幸せな姿を見て、ユウトもディックも満ち足りていた。

途中で路肩に車を止めて、夕焼けを見ながら話をした。あの時に聞いたディックの言葉が忘れられない。

――なあ、ユウト。お前を愛するようになって、俺は自分のことも愛せるようになった気がするよ。

その言葉だけで十分だったのに、ディックはすぐに訂正したのだ。

――いや、違うな。間違えた。俺が自分を愛せるようになったのは、お前を愛するようになったからじゃない。お前に深く愛されたからだ。お前の愛情のおかげだな。

包み込むようなディックの優しい眼差し。膝に置かれた手の温もり。

唐突にあの時の記憶が蘇ってきて、どうしようもないほどたまらなくなった。

言葉にできないほど幸せだった。ディックさえいれば、ほかに必要なものはないとさえ思っていた。

でも今はどうだろう？　ディックは隣にいるのに、心から幸せだとは言えない。愛している相手に忘れられて、迷子の子供みたいに途方に暮れている。

このままだと悲しみに押し潰《つぶ》されてしまいそうだ。どうしても持ちこたえられない。

「……ユウト？」

涙を浮かべて海を見ているユウトに気づき、ディックが心配そうに声をかけてきた。

「どうかしたのか？」

「なんでもない。気にしないでくれ。ちょっと感傷的になってるだけだ」

必死でこらえても涙があふれてくる。泣き顔を見せたくなくて顔をずっと背けていると、ディックが車を路肩に停車させた。

「俺のせいだな。俺がお前を泣かせている」

「違う。ディックのせいじゃない。お前は悪くないんだ。だから気にしないでくれ」

「いいんだ、ユウト」

肩を掴まれて身体を返される。至近距離で向き合う体勢になった。

「俺を庇《かば》うことなんてない。大事な恋人を忘れる男なんて最低だ。俺だって自分自身に腹が立っている。なのにお前は一度も俺を責めていない。責めていいんだ。怒っていい。お前には、そうする権利があるんだから」

ユウトを苦しめている事実に、ディック自身も苦しんでいる。それを見て、またユウトも辛くなる。苦しみの連鎖が止まらない。

どうにかして断ち切りたいが、ユウトももう限界だった。こんなに悲しいのに、何も感じていないふりはできない。

「お前を責めたくないんだ。責めても自分が苦しくなるだけだし、何も解決しない。……でも、今だけ泣かせてくれないか。悲しくてしょうがないんだ。お前はここにいるのに、俺の隣にいてくれるのに、だけど二か月前に一緒に夕陽を見たディックじゃない。それが悲しい。俺をあんなに愛してくれたディックは、どこに行ってしまったんだろう？　俺の、俺だけのディックは、どこに……？」

駄目だと思ったが我慢できず、手を上げてそっとディックの頬に触れた。ディックは苦しそうな瞳でユウトを見つめている。

「愛してる、ディック。こんなに愛してるのに、どうして……」

言いたいことはたくさんあるが、どの言葉もディックを傷つけてしまいそうで、結局怖くて口にできなくなる。呑み込む言葉が増えていくほど、ユウトの心は切なさで今にも破裂してしまいそうだ。

言葉にできない数多《あまた》の想いを伝えたくて、ディックの手を握り、口もとに引き寄せた。

迷った挙げ句、指先にキスをする。

ノエルを愛しているディックにできることは、それが精一杯だった。


ＬＡに戻った頃にはすっかり日も暮れていた。クリスマスの飾りつけで街は華やいで見えるが、店はどこも閉まっていて、行き交う人の姿もまばらだった。

アパートメントに辿《たど》り着き、残り物で簡単な夕食を済ませた。

「今日は俺の我《わ》が儘《まま》につき合わせて悪かったな」

「いいんだ。ディックこそ、行きも帰りも運転したから疲れただろう。ゆっくり休んでくれ」

ふたりの間に漂う気まずい空気。自分のせいだと反省した。たとえ手でも、キスなんてするんじゃなかった。

後片づけをしてから、ユウティを散歩に連れ出した。家々のクリスマスのイルミネーションを眺めながら歩いてると、自分が惨めなくらい孤独に思えてきて落ち込んだ。

ロブに電話をしてみようかと思ったが、今頃は実家で楽しい時間を過ごしているはずだ。陰気な声を聞かせて邪魔するのも申し訳ない。

なんの気晴らしにもならなかった散歩から戻ってくると、ディックはシャワーを浴びていた。浴室から聞こえる水音を聞きながら、ユウトはソファに座ってビールを飲み始めた。

シャワーを終えて出てきたディックを見て、ドキッとした。裸だったのだ。もちろん腰にバスタオルは巻いているが、たくましい裸体は今のユウトには目の毒だ。

「俺もビールをもらっていいか？」

「いちいち聞かなくてもいいよ。ここはお前の家なんだから」

優しく言おうとしたが素っ気ない、いや、冷たい口調になってしまった。ディックは気にしなかったようだが、ユウトはそんな自分を恥ずかしく感じた。何に腹を立てているのか、自分でわかっているからだ。

恋人同士だけど、今は違う関係。ユウトはディックが好きだが、ディックはノエルを想っている。

そういう状況なのに、自分の前を裸でうろうろするディックの無神経さに苛立ったのだ。普通に考えれば、相手を刺激しないように行動するのが、せめてもの思いやりなのに——。

そう思った自分が恥ずかしい。ディックにすればシャワーで火照《ほて》った身体をクールダウンさせているだけで、他意はないのだ。八つ当たりもいいところだ。

そのまま自分の部屋に行ってくれればいいのに、あろうことかディックはユウトの隣に腰を下ろしてビールを飲み始めた。湯上がりの熱気と石鹸《せっけん》の香りが、空気越しに生々しく伝わってくる。

あっちに行けとは言えないし、いきなり立つのもあからさまな気がしてできない。

意識してはいけないと言い聞かすほど、全身の神経がディックに集中して緊張した。ビールを飲み干す際の、嚥下の音までやけに大きく響いている気がして落ち着かない。

意味もなくつけっぱなしのテレビは、運悪くラブロマンスのドラマだった。ヒロインが別れた恋人とよりを戻すかどうかで悩んでいる。煮え切らないヒロインに焦《じ》れた男が、強引に彼女を抱き寄せキスをする。最初は嫌がっていたヒロインも次第に気持ちが昂ぶり、キスは情熱的になり、ついにはもつれ合ってベッドに倒れ込む。

チャンネルを変えたかったが、ディックはビールを飲みながら見ている。人が見ている番組を変えるのは無礼だ。できない。どうしよう。

「恋愛ドラマが好きなのか？」

ディックにぼそっと聞かれて「え、別に好きじゃないけど？」と答えた。いいきっかけだと思い、リモコンを摑んでテレビを消した。

「なんとなくつけていただけだ。普段はバスケの試合とかよく見てる」

「そうか」

テレビを消したせいで、部屋はしんと静まり返った。しまった。チャンネルを変えるだけでよかったのに。

もう一度、テレビをつけようかと思ったその時、ジーンズのポケットで携帯が鳴った。

「……ロブからだ。きっと今頃、酔っ払って——あ」

出ようとしたらディックに携帯を奪われた。ディックは勝手に電話に出て、「ユウトはもう寝てる。明日かけ直してくれ」と一方的に告げて切ってしまった。

「な、なんで勝手に出るんだよ。しかも嘘までついて」

「俺と話している途中だったからだ。ロブに邪魔されたくない」

ディックはむっつりしながら答えた。まるで意味がわからない。別に深刻な話をしていたわけでもないのに、何を怒っているのだろう？

「……ユウト。俺たちは恋人同士だったんだよな？」

あらためて聞くようなことかと思いつつ、ぶっきらぼうに「そうだよ」と答える。

「じゃあ、やっぱりセックスしていたんだよな？」

「……っ」

飲みかけのビールで咽《む》せた。ユウトは咳《せ》き込みながら、「な、なんなんだよっ？」とディックをにらみつけた。

「どうしてそんな当たり前のことを聞くんだ？」

「すまん。なんて言うか、その、お前とそういう関係だったことが、上手く想像できないっていうか。正直、お前がマスターベーションしている姿さえ想像できない」

「マ――」

唖然《あぜん》としてから、次に顔がカーッと熱くなった。ディックは何を言い出すんだ。そんなもの、想像する必要もないだろう。

「くだらない話はいいよ。それより服を着てこいよ。裸でいたら風邪を引くぞ」

「くだらない話じゃない。俺はお前の恋人なんだろう？　俺はこれから恋人としての役割を果たしていきたいんだ。完璧には無理だろうけど努力したい。お前を支えたいし、お前を守りたい。それに、その、お前が望むならセックスだって……」

言ってからディックは慌てて目をそらした。ユウトはぽかんと口を開けて、ディックの整った横顔を凝視した。

今、なんて言った？　お前が望むならセックスしてもいい？　そう言ったのか？

身体の奥底から怒りが湧いてきて、手が震えた。抑えつけても怒りは収まらず、ユウトは持っていた缶ビールを叩きつけるようにテーブルに置いた。弾みで雫《しずく》が四方に飛び散った。

「ユ、ユウト……？」

「ふざけるなっ！　誰がいつ抱いてくれって頼んだっ？　義務感や同情でセックスされて、俺が喜ぶと思ってるなら大間違いだ。俺は俺を愛していないお前と、セックスする気はいっさいないからな。それくらいのプライドは持ってるつもりだっ」

突然、激昂されて驚いたのだろう。ディックは自分をにらみつけているユウトを、呆気《あっけ》にとられたように見返している。

途端にエキサイトしすぎた自分が恥ずかしくなり、ユウトはいたたまれなくなった。別にそこまで怒るようなことではなかったのに。

過剰反応してしまったのは、自分の隠した欲望をディックに見透かされたような気がしたからではないか。だとしたら、これも立派な八つ当たりだ。

「……怒鳴ってごめん」

逃げるように自分の部屋に行き、ベッドに倒れ込んだ。

もう嫌だ。自己嫌悪でどうにかなってしまいそうだ。このままだと自分が嫌いになる。

しばらくしてドアをノックする音が聞こえた。なんで追いかけてくるんだよと思いながら無視していると、そっとドアが開いてディックが入ってきた。Tシャツとスウェットのズボンを穿《は》いている。

「ユウト。すまなかった。無神経なことを言った」

ベッドの端に腰を下ろし、ディックが謝った。神妙な顔をしている。親に叱られた子供みたいな雰囲気だ。

「俺のほうこそごめん。お前は歩み寄ろうとしてくれたのに、ついカッとなった」

「いや、俺が考えなしだった。お前の気持ちを考えれば、あんなこと言えないよな」

うなだれるディックの背中が、いつもより小さく見えた。どうにかして雰囲気を変えたくなり、ユウトは「そうだ」と明るい声を出して起き上がった。

「渡したいものがあるんだ」

クローゼットの扉を開けて、用意しておいたクリスマスプレゼントを出してくる。

「メリークリスマス、ディック。プレゼントを受け取ってくれ」

「俺に？　だけど、今の俺に受け取る資格があるんだろうか？」

戸惑ったように聞いてくるディックに胸が詰まった。そんなことを言うのは、ユウトが車の中で以前のディックを恋しがったせいかもしれない。

きっとあれがあったから、ディックは恋人としての役割を果たさなくては、と急に思ったのだ。それなのに怒ったりして可哀想なことをした。

「あるに決まってる。俺の大事なディックは世界中を探したって、お前しかいないんだ。記憶を失ってもディックはディックだ。他にはいない」

「ありがとう。お前がそう言ってくれるなら、喜んで受け取るよ。開けてもいいか？」

ユウトが頷くとディックは包装紙を派手に破いた。わざと音を立てて破くのは、喜びの証し。プレゼントはふたつ用意してあった。ひとつは腕時計。ひとつはスニーカー。どちらもディックが欲しがっていたものだ。

「どっちもいいデザインだ。すごく俺好みだ」

「当然さ。ショッピングモールに行くたび、ディックが欲しそうに眺めていたものなんだから。腕時計、つけてみて」

ディックは手首に腕時計を巻いて、「似合うか？」と尋ねた。

「すごく似合うよ。完璧だ」

「ありがとう。大事にする。……俺はお前に渡すものがない。もしかしたら買っていたんじゃないかと思って、自分の部屋を隅から隅まで探したんだけど、それらしきものは見つからなかった。すまない」

「いいんだ。こうやって生きているだけでいい。俺の目の前にいてくれるだけで十分だ」

たとえ記憶をなくしていても——。

そうだ。失うよりずっといい。前に進みたければ、もう一度、最初から始めればいいんだ。シェルガー刑務所の中で出会った頃より、ふたりとも全然ましな状況だ。

「でも俺も何かプレゼントがしたい。何か望むものがあれば言ってくれ」

望むもの——。

欲しいものは、いつだってひとつしかない。

俺だけのディック。でもそれは無理だから、せめてディックの温もりが欲しかった。

「ハグしてくれないか。その、変な意味じゃなくて、お前の温もりに触れたいんだ」

ついさっき、えらそうにディックを拒絶したくせに、その舌の根の乾かぬうちにこんなことを言いだす自分が恥ずかしかった。

でもどうしても欲しい。ディックの温もりに包まれたい。

「そんなことでいいのか？　……来いよ」

苦笑を浮かべたディックに抱き寄せられた。広い胸に包み込まれる。背中に回された腕は、しっかりとユウトを抱き締めている。

温かい。すごく温かい。ディックの腕の中にいる。それだけで満たされて泣きそうになる。

ディックの手がためらいがちに動き、ユウトの髪を撫でた。

目を閉じて身を任せながら、不思議で仕方がなかった。こうしていると、なんの違和感も覚えない。記憶を失う前のディックに抱き締められているようだ。

「これだけでいいのか？　他にはないのか？　なんでも言ってくれ。お前の望みどおりにしてやりたい」

耳もとで優しく囁く声が、ユウトを誘惑してくる。駄目だと思っても、抱き締めながら望みを叶《かな》えてやると言われたら、どうしたってもっと触れ合いたくなる。

顔を上げると目が合った。澄んだ湖のような青い瞳。魂ごと吸い込まれていくようで、理性が麻痺《まひ》してしまう。

「……キス、したい。お前とキスがしたい」

いけないとわかっているのに言ってしまった。ディックが無理だと言ってくれることを願ったが、あっさり頷かれた。

近づいてくる唇。咄嗟に逃げようとしたが、両手で顔を挟まれて動けなくなる。

「ディック、駄目だ。やっぱりこんなの――んっ」

唇が強く重なり、激しく奪われた。

軽いキスを想像したのに、いきなり濃厚な口づけが始まったせいで、ユウトの頭の中は真っ白になった。

熱い舌が入り込んできて、奥まで占領される。絡みついてくるディックの舌。その甘い感触に、全身が総毛立った。

恥ずかしいほど感じていた。キスだけなのに、まるでセックスの最中のように、どんどん息が乱れてくる。

「ディック、待って、ん……はぁ、ま――」

ユウトが望んだキスなのに、ディックのほうが夢中になっていた。飢えた人間のように執拗《しつよう》に貪《むさぼ》ってくる。

キスは激しさを増し、とうとうベッドに押し倒されてしまった。

「ディック、もう止めてくれ。いいんだ。恋人の役割なんて演じなくていいっ」

必死で胸を押しやって逃げようとしたが、ディックはどこうとしない。

「ノエルを愛しているんだろう？　俺のために彼を裏切ることはない」

「そうじゃない。そうじゃないんだ」

　ユウトの上にのしかかったまま、ディックは苦しげに首を振った。

「ノエルを愛しているはずなのに、俺はずっとお前のことばかり考えていた。どうしてかわからないが、ずっとそうだ。ノエルのことを考えようとしても駄目だった。俺の心の中を占めているのはお前だった。俺は不実な男だろうか……？」

「ディック……」

「不思議とノエルが遠いんだ。頭では恋人だと思っていても、心が追いついてこない。子供の頃の初恋の相手を思い出すみたいな感じで、愛おしさはあるのに切実な恋しさが湧いてこない。なのにお前のことは知らないはずなのに、心が騒いで仕方がなかった。そんな自分が許せず感情を無視しようとしたが、無理だ。どうしても抑えられない」

　ディックの告白に胸が高鳴った。記憶はなくてもユウトを愛した感情が残っている。ディックの中にはちゃんと残っている。

　これはディックだ。間違いない。俺のディック――。

「じゃあ、本当に俺が欲しいのか？」

「そうだ。義務感なんかじゃないし、ただの欲望とも違う。お前に触れたくて胸が苦しい。お前を愛したくてしょうがない。……駄目か、ユウト？　今の俺にはお前を抱く資格はないだろうか？」

不安そうな表情だった。切実な感情がそこに見え隠れしている。ユウトは首を振った。

「資格とか関係ない。お前が本気で俺を求めてくれるなら、俺は応えたい」

「いいのか？　俺はもう以前の俺じゃない。お前が愛したディックじゃないのに」

悲しげな青い瞳がそこにあった。ユウトはディックの頭を引き寄せ、額を重ね合わせた。

「お前はディックだ。俺のディック。記憶はなくても俺を愛したことは、お前の魂が覚えている。それがわかったから、もういい。お前はお前なんだ。俺の愛した、たったひとりの男だよ」

「ユウト……」

ディックの瞳にもうっすら涙が浮かんでいた。そんなディックを見て、愛おしさで胸がいっぱいになる。

ディックに望むことは昔から変わらない。愛したい。愛されたい。ただそれだけ。限りなくシンプルな欲求だ。難しく考える必要はない。心のままに求め合えばいいんだ。

自然とキスが始まった。さっきより優しいキス。唇を重ね合い、舌を絡ませ、見つめ合ってまたキスをする。

今のディックにとっては初めての行為のはずなのに、いつもと同じようにスムーズに抱き合えるのが不思議だった。彼の指も舌もユウトの感じる場所を、あまりにも知り尽くしている。

「……ん、ディック。もっとゆっくり」

激しい突き上げに頭まで強く揺さぶられて、舌を嚙《か》みそうになった。ベッドが壊れそうなほど軋んでいる。

「すまない。でもお前がよすぎるのがいけない。こんなに、こんなにすごいのは、初めてだ」

何がすごいのかは、恥ずかしくて聞けなかった。でもディックが満足してくれているのなら嬉しい。それに夢中で求めてくる姿を見るほど、ユウトの身体も熱くなる。

「……俺は本当に、お前を何度も抱いたのか？」

後ろからユウトの深い場所をゆっくり犯しながら、ディックが尋ねた。

「そうだよ。数え切れないほど抱いた」

「悔しいな」

呻くような呟きが聞こえた。ユウトは息を乱しながら、「え？」と振り返った。

「お前を何度も抱いたのが俺じゃなくて、死ぬほど悔しい」

「何言ってるんだよ。お前自身だろう？」

「でも覚えてない。俺にとっては、そいつはもうひとりの俺だ」

要するに自分自身に嫉妬《しっと》しているのだ。そんなディックが愛おしくて、ユウトの深い場所は切なく疼いた。

もっとディックを感じたくて、猫のように背筋を反らせて、受け入れているものを強く締めつける。

「……く、よせ、ユウト。出そうになる」

「出していいよ。でも終わったらまた始めてくれ。もっと愛してほしい。お前をずっと感じていたいんだ」

動きを止めたディックを誘うように、ゆらゆらと腰を揺らす。

ディックは「くそ」と呟き、ユウトの腰を摑んで激しいピストンを繰り出してきた。煽《あお》った手前、もうゆっくりとは言えない。ユウトはシーツに額を押しつけ、たくましい抽挿を受け止めた。

「ユウト、ユウト……っ」

ディックに切羽詰まった声で名前を呼ばれるこの瞬間が好きだ。痛みすら愛おしくて手放したくないと思う。

最愛の男の証しを包み込める至福。母性にも似た愛情が湧いてくる。

「ディック、もっと、きてくれ……、俺の中に、もっと深く……っ」

「駄目だ、これ以上、我慢できない。ああ、ユウト……っ」

切なげな呻き声を上げながら、ディックが達した。先に射精しないよう自分のペニスの根もとを押さえていたユウトは、同時に自身の欲望を解放した。

身震いするような甘い快感。けれど快感よりも感動のほうが強かった。

ディックを失わずに済んだという安堵。また愛し合える可能性。今夜を境にして、ふたりの新しい関係がまた始まっていく。

ユウトの人生にディックが欠かせないように、ディックの人生にもユウトが欠かせない。そのことをふたりで再確認した。

このセックスはユウトにとって、希望そのものだった。


玄関のチャイムが鳴っている。何度も何度も。うるさくて仕方がない。

「……こんな朝っぱらから誰だよ」

ベッドの中で文句を言うと、後ろからユウトを抱き締めながら寝ていたディックが、眠そうな声で「ロブじゃないのか？」と言った。

「あり得るな。ママの手料理の残り物でも持ってきたのかもしれない」

昨夜はディックがなかなか寝かせてくれず、明け方まで抱き合っていた。おかげで身体がへとへとだ。もちろんユウトも望んだことだから、ディックひとりの責任にはできないが。

チャイムが鳴り止まないので仕方なく服を着て、玄関に向かった。ドアを開けるとやっぱり訪問者はロブだった。隣にはヨシュアもいる。

「おはよう、ユウト。お裾分けを持ってきた。中に入れてくれる？」

バスケットを掲げたロブに、「あのさ」と顔をしかめてみせた。

「君のママが料理上手なのは知ってるし、お裾分けも嬉しいんだけど、何もこんな朝っぱらから来なくてもいいだろう？　まだ寝てたよ」

「しょうがないだろ。実家から家に帰る途中に、君んちがあるんだから。帰り道に寄るのが一番効率的だ」

部屋の中に招き入れながら、「実家なんだから、もっとゆっくりしてくればいいじゃないか」と文句を言うと、ロブは「わかってないな」と大袈裟《おおげさ》に眉根を寄せた。

「うちのママのお喋りにつき合うのは、二日が限度なんだ。三日目は起きたらすぐ帰るのが一番さ」

リビングに入ると、ディックがユウティの餌を準備していた。

「やあ、ディック。調子はどう？　朝ご飯にうちのママがつくったローストポークサンドなんてどう？　一緒に食べよう」

「感謝祭のあとも朝っぱらから、ママがつくったターキーサンドを持ってきたよな。感謝してるが、来るならせめて昼にしてくれよ。……よし、ユウティ、いいぞ」

ユウティの前に餌皿を置いたディックは、顔を上げて怪訝な表情を浮かべた。

「なんだ？　どうしてみんな、そんな変な顔で俺を見ているんだ？」

「だってディック、あなた……」

ヨシュアが何か言いかけたが、言葉が続かない。ユウトは目を開いて、ロブは口を開いている。

「ロ、ロブ、今のってまさか……」

「そのまさかだろ！　ディックっ！」

突然ロブに抱きつかれ、ディックは「うわっ」と仰《の》け反《ぞ》った。

「なんだ？　ロブ、なんなんだ？」

「だって君！　記憶が戻ってるじゃないか！　ねえ、そうなんだろう？　俺のこともヨシュアのこともわかるんだろう？」

ロブが抱擁を解くと、ディックは「え？」と呟き、ユウトの顔を見つめた。

「ディック、全部思い出したのか？　それとも一部だけ？」

「わ、わからない。ちょっと待ってくれ。俺は、俺は……」

ディックはソファにドスンと腰を下ろし、頭を抱えて考えだした。自分で自分の頭の中を必死で探っているようだった。

「……多分、思い出した。五年前のことも三年前のことも、去年のことも、先週のことも覚えている」

「そのへんは細かくテストしてみないと、実際のところはわからないだろうね。もしかしたら一部、戻っていない記憶があるかもしれない。でもここにいるのは、五年前のディックじゃない。現在のディックだ。それは間違いない」

ロブがユウトを見つめて、安心させるように強く頷いた。

「だけどディック、君はいつ記憶が戻ったんだ？」

「目が覚めてからだ。というか、目が覚めた時には、いつもの自分に戻っていた」

「記憶喪失になっていた間の記憶は？」

ロブの質問に、ディックは「ある。でも自分じゃないみたいだ」と答えた。

「だろうね。記憶が戻った今、君にとっても遠い自分かもしれない」

「ディック」

ユウトはソファに座って、ディックの頬に手を添えた。

「よかった。本当によかった。もう元には戻らないんじゃないかって思ってた」

「ユウト、心配かけてすまなかった。またお前を泣かせたな」

ごく自然なキスと抱擁。安堵のあまり力が抜けていく。

普段、誰かのいるところでディックと抱き合ったりしないユウトだが、今だけは我慢できなかった。どうしても離れられない。

「それにしても、なぜ急に戻ったのかな。何か原因があるのかも」

ロブの顔はやけにニヤニヤしていた。嫌な予感がする。

「まさかとは思うんだけど、念のために聞くよ。君たちもしかして、昨夜セックスした？　それって記憶を失ってから、初めてのセックスじゃなかった？」

ディックは平然と「そうだが？」と答えたが、ユウトは恥ずかしくて顔から火が出そうだった。普段なら気にしないが、今回は状況が特殊すぎる。

「ははん、なるほど。ディックって嫌になるほど、ユウト命の男だよね。最愛の恋人を抱いたら記憶が戻ったなんて、どれだけユウトのことが好きなんだろうな。勝手にやってくれって感じだよ」

ロブにからかわれて、ますます恥ずかしくなる。

「もうやめてください。ユウトが気の毒です。あんなに顔が赤くなっている」

ヨシュアがあくまでも真面目に指摘する。いや、ヨシュア、そこは頼むから笑い話にしてくれ。でないといたたまれない。

「これはディックとユウトの愛が起こした奇跡です」

あくまでも真顔なのがヨシュアらしかったが、少しは冗談っぽく言ってくれないだろうかと思った。恥ずかしくてしょうがない。

「私は必ずディックが思い出すと信じていました。あれほどユウトを愛しているディックが、大事な人を忘れたままでいるはずがない。だからこれは当然の結果です。ふたりの愛はどんな過酷な運命にも立ち向かえる、強固なものなんです」

おい、ロブ、そろそろそこの可愛い子ちゃんの口をふさげよ、と目で合図したが、ロブは気づかず、ヨシュアを愛おしそうに眺めるばかりだった。

「感動しました。やっぱりユウトとディックは素晴らしいカップルです」

「俺が思うに、要するにあれだね。情動が脳の状態に何かしらの影響を与えたってことだ。情動は思考や推論といった高次の認知過程にも影響しうる。原始的な情動を想起させる脳の機関、扁桃核は情動そのものを記憶する機能を持っているんだ。だからディックはユウトを覚えてなかったのに、強く惹かれたはずだ。自分でも説明のつかない気持ちの昂ぶりが起きて――」

「愛の奇跡です」

ロブの言葉を遮って、ヨシュアがきっぱり言い切った。

「科学も医学も関係ない。愛の奇跡でいいじゃないですか」

ヨシュアが強く言い張ると、ロブはまったくこの可愛い坊やは、と言いたげに目尻を下げ、「そうだね」と頷いた。

「これは愛の奇跡だ。よかったね、ユウト。ディックはお帰り。ふたりとも、これからも仲よくやってくれ」

ディックはユウトの肩を抱いて、「もちろんだ」と答えた。

「そのためにも、悪いが早く帰ってくれないか。ふたりきりで積もる話もあるし、俺はまだユウトにクリスマスプレゼントも渡せてないんだ」

「え？　じゃあ買ってたのか？」

「当然だろ？」

驚くユウトの額にキスをして、ディックは隠し場所を打ち明けた。

「見つからないように、ベッドの裏に貼りつけておいた」

「そんな場所に？　そりゃ見つからないはずだよ」

ユウトが呆《あき》れると、ディックは「だよな」と頷いた。

「記憶が戻って本当によかった。せっかくのクリスマスプレゼントが無駄になるところだった」

その顔があまりにも真剣だったので、ユウトもロブもヨシュアも大笑いした。

Commentary

創作裏話

『DEADLOCK』は2006年作品ですが、ユウトがシェルガー刑務所に入った年も2006年だとすると、この本で書かれている内容の時期は、単純計算で2008年夏〜2009年春ということになります。

作中で明確に何年とは書いていないので、そのへんはあえて曖昧にしているのですが、それでも時間の流れが違うといろいろややこしいことも起きてしまいます。

たとえば現在、カリフォルニア州での同性婚は認められていますが、ロブとヨシュアの結婚した頃は禁止されていました（一時的に認められた時期もありましたが）。またユウトやパコが勤務しているロス市警の本部庁舎は、2009年に新しいビルに移転していますが、高階先生に描いていただく際は資料の関係などもあり、作中の時期は考慮せず、現在の新庁舎の外観でお願いしました。

この本の書き下ろし「Lifetime of love」内でも、シモンはコダック・シアターに行きたいと言いますが、2012年からはドルビー・シアターに名称が変更されています。十年ひと昔なんて言いますが、この十年ほどで社会も大きく様変わりしています。厳密に何年という設定はなくても、スマホやタブレットなんかはやはりまだ出せないなぁと思ったり。

そういった時代と共に変化していく部分など、どこまで考慮すべきか悩む部分ではあるのですが、それは書き手のどうでもいい悩みなので、読者の皆さまには「今よりちょっと前の設定なのかな？」という程度の認識で読んでいただけたら嬉しいです。

New Year's Kiss

ロブ・コナーズの朝は恋人を起こすことから始まる。

「ヨシュア、起きて。もう七時だよ」

俯《うつぶ》せで寝ている八歳年下の恋人、ヨシュア・ブラッドの頭にキスをする。だがヨシュアはかすかな呻《うめ》き声を上げただけで、まったく起きようとしない。

——低血圧の恋人を持つと朝は苦労するよ、ホント。

心の中でそんな愚痴みたいな独り言を漏らしてみたが、顔はにやついている。だって仕方がない。朝なかなか起きられないヨシュアが可愛くてならないのだ。

「ほら起きて。向こうでコーヒーを飲もう。うんと濃いのがいいね」

強引に身体を抱え起こす。パジャマ姿のヨシュアはロブに誘導されるまま、ベッドを下りてふらふらと歩きだした。夢遊病者みたいだが、実際、今のヨシュアは半分寝ている状態だ。

以前、寝室は二階にあったが、寝ぼけたヨシュアがいつか階段から落ちるんじゃないかと心配になって、一階に移した。正解だったと思う。ヨシュアの寝起きの悪さは尋常ではないのだ。

「さあ、ソファに座って。ああ、駄目駄目、横になっちゃいけない。ちゃんと座ってテレビを見てるんだよ。すぐコーヒーを持ってくるから」

背もたれに背中を預けたヨシュアは、頭をゆらゆらさせながら薄目を開けている。

二十八歳になるヨシュアの職業はボディガードで、格闘技にも銃の扱いにも長《た》けている。ロブが挑んだら一分もかからず倒されるだろう。だけど寝起きのヨシュアは別だ。猫にでも倒されてしまいそうだ。

キッチンでコーヒーを淹《い》れて戻ってくると、まだ頭が揺れていた。眠いのに無理やり、起きている子供みたいで、いつ見ても笑えるほど可愛い。

「コーヒーだよ。持てる？　熱いから気をつけて」

両手にカップを持たせ、手を添えて口まで運んでやる。ひとくち飲ませてやると、そこでようやくヨシュアは目が覚めたみたいな顔つきになる。でもまだボーッとしている。危ないので横からカップを持ってやりながら、様子を見守る。

四口目でようやく意識がはっきりしてきたな、と思えたので手を離した。ヨシュアは自分でゆっくりコーヒーを飲み終え、ホッと息をついてからロブを見た。

「おはようございます」

淡い微笑《ほほえ》みを浮かべたいつものヨシュアがそこにいた。ロブは「おはよう」と返し、金髪の天使にキスをした。

一緒に暮らし始めて二か月以上が過ぎたが、この毎朝の儀式は世話好きのロブにとって最高に幸せな時間だ。たまに先に起きたヨシュアに、キリッとした顔つきで「コーヒーはいかがですか？」なんて聞かれると、ああ、今日は俺の可愛いぼんやりヨシュアくんと会えなかった……と寂しくなる。

「ヨシュア、今夜の予定は覚えてる？」

「もちろんです。うちでカウントダウンパーティーをするんですから、寝ぼけていても忘れるはずがありません」

ヨシュアは真面目に答え、カップをテーブルに置いた。

「ユウトとディック、ルイスとダグ、それからネトが来るんですよね」

「ああ。トーニャは自分の店でカウントダウンパーティーがあるんだって。パコはそっちに行くそうだ」

パコとトーニャの関係もよくわからない。親密さは以前より増しているように見えるが、恋人の関係ではないのは明らかだ。パコほど恋愛経験豊富な男でも、相手が同性――トーニャの場合、内面は完全に女性だが――となると、好意はあっても簡単にはいかないものらしい。

もしかしたらふたりの関係は友人として落ち着いたのかもしれないが、お互い好意を持っている以上、それはそれで複雑かつ微妙な状態だ。

「できるだけ早く帰って、準備を手伝いますね」

「みんな集まるのは八時頃だろうから、慌てて帰らなくていいよ。でも早く帰ってきてくれたら嬉しい。君のいない時間は寂しくてたまらないからね、ハニー」

頬にキスして微笑みかけると、ヨシュアははにかむような笑みを浮かべ、頬にキスを返してくれた。

「すごいご馳走《ちそう》ですね！」

部屋に入るなりダグが感嘆の声を上げた。隣のルイスは半ば呆《あき》れ顔でロブを見た。

「君って本当に料理が好きなんだな」

テーブルの上には所狭しと料理が並んでいる。スペアリブ、エビとアボカドの巻き寿司、彩り鮮やかなコブサラダ、ベーコンとホウレンソウとレッドピーマンが入ったキッシュ、エビ餃子、などなど。

「これだけつくるのは大変だったろう？　持ち寄りにしようって言ったのに」

「俺は人を家に招くのが好きだけど、それは相手に俺の料理を食べさせたいからだ。俺の楽しみを奪う気なら、二度とうちには招待しないぞ」

冗談めかしたロブの言葉に、ルイスはやれやれというように肩をすくめた。

ルイスは売れっ子ミステリ作家で、ロブの大学時代の知り合いだ。もう少し正確に言えば一時期、口説こうとした相手なのだが、若い頃のロブは少しでもいいと思ったら即アタックする見境のない男だったので、その過去自体はふたりにとって深刻な話ではない。むしろ笑い話だ。けれど真面目なヨシュアが気にすると可哀想なので内緒にしている。

ルイスの恋人のダグは、ロス市警の刑事でパコの後輩にあたる。ユウトと同じ年の三十歳で、素直な性格をした好青年だ。ふたりは二か月ほど前からつき合い始め、順調に関係を深めているようだ。

「ルイス、ダグ、いらっしゃい」

帰宅したヨシュアが慌てた様子でリビングに入ってきた。

「ロブ、すみません。遅くなりました。道がすごく混んでて」

「いいよ。準備は整ってるから、ゆっくり着替えておいで」

ヨシュアがいなくなると、ルイスが「本当にもったいないな」と呟《つぶや》いた。

「あんなものすごい美形がボディガードだなんて、つくづく惜しい」

「ヨシュアは人から注目されるのが好きじゃない。愛想笑いもできない不器用な性格なんだから、無表情でいても許される警護の仕事は、ある意味、天職さ」

なぜかルイスは、ニヤッと嫌な笑いを浮かべた。

「何？」

「とかもっともらしいことを言ってるけどさ。本当は大事なヨシュアを、できるだけ人の目に触れさせたくないんだろ？」

「ひどいな、ルイス。俺はそんな狭量な男じゃないよ」

笑って言い返したが、実際はルイスの冗談にギクッとしていた。物分かりのいい恋人に見えるロブだが、実際は嫉妬《しっと》深い。ヨシュアを独り占めしたい気持ちを見透かされた気がして、笑う顔が引きつりそうだった。

チャイムが鳴った。ロブはこれ幸いと逃げるように玄関へと向かった。ユウトとディック、それにネトだった。三人で一緒に来たらしい。

「やあ、いらっしゃい。ルイスとダグはもう来てるよ」

テーブルに全員揃《そろ》ってから、シャンパンで乾杯した。ロブはみんなの皿に料理をサーブしながら、ディックに「その後、調子はどう？」と尋ねた。

「まったく問題ない。順調そのものだ」

「何かあったんですか？」

ダグが不思議そうにディックを見る。ディックは「ちょっとな」と誤魔化したのに、ネトは構わず「記憶喪失になったそうだ」と口を挟んだ。

「頭を打ってしばらくの間は、ユウトのことさえわからなかったらしい。なあ、そうなんだろ、ディック？」

完全に面白がっている口ぶりだ。ディックは苦虫を噛《か》み潰《つぶ》したような顔で「まあな」と認めた。

「何それ。自分のことも誰かわからなくなったのか？」

ルイスが目を輝かせて食いついてきた。作家特有の好奇心だろう。

ディックは話したくなさそうだった。当然だろう。愛しのユウトを悲しませたのだ。笑い話にできるはずもない。

ユウトはそんなディックを気づかってか、澄ました顔で沈黙している。だからロブが答えた。

「たいした話じゃない。ディックの記憶は五年前に戻ってしまって、それでユウトのこともわからなかったんだ。だけど愛の力は偉大だから、ディックは数日でユウトを愛している本来の自分を取り戻した」

「そうです。愛の奇跡なんです」

ヨシュアが大きく頷《うなず》いて言い添えた。ユウトが「もうやめよう」と照れ臭そうに両手を挙げた。

「ちょっとした事故だ。みんなに聞かせるような話でもない」

「じゃあひとつだけ。記憶をなくしたディックとセックスした？」

下世話な話には興味を示さないタイプのルイスなのに、真面目な顔でずばり切り込んでくる。

ユウトは「え」と動揺してディックを見た。

「したが、それが何か？」

ディックは平然と聞き返した。

「ってことは、ディックはユウトとの初めてを二度も体験したってことだろ？　それってちょっと羨《うらや》ましいかも」

ルイスの指摘にユウトとディックは顔を見合わせた。さすがは作家だな、とロブは感心した。面白いことを言う。その発想はまったく思いつかなかった。

「俺もダグともう一度、初めての夜を体験してみたいな」

冗談交じりに言ってから、ルイスはダグを意味ありげに見つめた。真面目なダグは少し赤い顔で答えに窮している。純情な奴だ。

「ロブはどう？　記憶をなくしてヨシュアと、また初体験したくない？」

ルイスに聞かれ、ロブは「どうだろう」と考えながらヨシュアを見た。ヨシュアはその手の会話は苦手なので、ロブとは目を合わせず黙々と料理を食べている。

「俺は一度でいいかな。二度目の初体験も魅力的だけど、やっぱり一度目のほうがふたりにとって特別な記憶だろうし」

「お前ら、寂しい独り身の前だぞ。少しは俺に気をつかえよ」

ネトがふざけて文句を言った。隣にいたディックが「お前は絶対に独り身じゃないだろ」と反論した。

「お前が恋愛に関して秘密主義なのは、きっと人に言えないことをしているからだ。特定の恋人がいないだけで、あっちにもこっちにも女がいるはずだ」

「俺もそう思うな。君みたいな男は絶対に女が放っておかないだろ。絶対に何人かいるよ。それもすごい美女が」

ディックの意見にルイスが賛同する。するとダグも「俺も同感です」と手を上げ、ユウトも調子を合わせて「右に同じく」と頷いた。

「要するに俺は遊び人だって言いたいのか？ ひどいな。こんなストイックな男はほかにはいないぞ。なあ、プロフェソル？」

ネトが助け船を求めてきたが、ロブは助けてやらなかった。

「俺が思うにストイックっていうより、むっつりスケベなんじゃないの？ クールなふりして実はエロい系っていうか」

「……さんざんだな。来るんじゃなかった」

がっくり肩を落としてぼやくネトを見て、みんな笑っている。

楽しい仲間と楽しく過ごす時間は最高に幸せだ。ロブは「さあ、もっと食べて」とまた料理を取り分け始めた。

「おっと、もうこんな時間か。ソファに移動しよう」

気がつけば十一時三十分になっていた。

全員がソファに場所を移すと、ロブは用意してあった三角帽子のパーティーハットとクラッカーを配った。

派手なピンクのパーティーハットを持ったディックが困惑している。

「俺も被るのか？」

「当然だよ。カウントダウンなんだから盛り上がらなきゃ。ほら、被って被って」

渋々、ディックが頭にパーティーハットを載せると、ユウトが「すごいぞ、ディック。最高に似合ってる」と褒めた。ディックは苦笑しながら「嘘つくな」と言い返し、ユウトを抱き寄せて頭にキスをした。

普段ひと目のあるところでは、いちゃつかないふたりなのに珍しい。もしかしたら記憶喪失のおかげで、二度目のハネムーンを迎えているのかもしれない。

お喋《しゃべ》りに興じているうち、時間が迫ってきた。テレビではロサンゼルス市庁舎でのカウントダウンの様子が生中継されている。

画面の端に表示された数字がどんどん減ってくる。十秒前になると全員でカウントを唱えた。

「テン、ナイン、エイト、セブン、シックス、ファイブ、フォー、スリー、ツー、ワン、ハッピーニューイヤー！」

それぞれ手に持ったクラッカーを弾《はじ》けさせる。そのあとは当然、恋人とのキスだ。相手がいないネトは「やっぱり来るんじゃなかった」とぼやいている。

「仕方がない。隣にいる奴とキスしよう」

ユウトとのキスを終えたディックに、ネトがガバッと抱きついた。

「ディック、ニューイヤーズキスだ」

「なっ、おい、やめろっ、ネ——ん——！」

ネトはプロレスのようにディックを強引に押さえ込み、ぶちゅっと唇を押しつけた。ディックは猛獣に襲われたか弱き乙女のように目を剝《む》いている。

じたばた暴れてどうにかネトから逃げだしたディックは、「勘弁してくれ！」とユウトの後ろに逃げ込んだ。その慌てぶりが最高に可笑しかった。

「なんで逃げるんだ？ キスくらいどうってことないだろ。なあ、ユウト。お前は俺とキスしてくれるよな？」

「もちろんさ、ネト。お祝いのキスなんだから、いくらでもできるよ。ハッピーニューイヤー」

ユウトは笑ってネトの頬に、ごく自然にキスをした。それを見たディックが「俺だって頬なら平気だ」と言い訳する。

「じゃあ、してくれよ」

ネトはしてやったりの顔つきで頬を突きだした。ディックはグッと詰まってから、渋々、ネトの頬にキスをした。さしずめ、虎がライオンにキスしているみたいだ。

ネトにかかるとクールなディックも形無しだった。みんな腹を抱えて大笑いしている。ヨシュアまで白い歯を見せて笑っていた。

心の底から楽しそうなヨシュアを見て、ロブは感動した。出会った頃は笑うのが何より苦手だったのに、今はこんなにも自然に笑っている。

その変化がたまらなく嬉しくて、なんだか泣きそうになったが、みんなが笑っているのに自分だけ泣くわけにもいかない。

ロブは飲み物を取りに行くふりでキッチンに行って、浮かんだ涙をこっそりキッチンペーパーで拭《ぬぐ》った。

「ロブ、何か手伝いましょうか?」

ヨシュアの声が聞こえ、慌てて丸めたキッチンペーパーをゴミ箱に投げ捨てた。

「ありがとう。でもひとりで大丈夫だから、君は向こうで楽しんでて」

ヨシュアはなぜかその場から動かず、無言でロブの顔をじっと見つめている。泣いたことに気づかれたのかと思ったが、そうではなかった。

「……今年、いえ、去年は私の人生で最良の一年でした。何もかもロブのおかげです」

急にあらたまった態度でヨシュアは切り出した。

「あなたと出会い、あなたのおかげで姉の遺体が見つかり、それに新しい家族ができた。何よりあなたが私を愛して、そして人生の伴侶《はんりょ》に選んでくれたことが、幸せすぎて夢のようです」

頬が紅潮しているのはアルコールのせいか。それとも恥ずかしさのせいか。どちらにせよ、上気した頬で思いきったように胸の内を告げるヨシュアは、悶絶《もんぜつ》するほど可愛かった。

「その言葉、そのままそっくり君に返すよ。俺と結婚してくれてありがとう、ヨシュア。俺にとっても去年は最高に幸せな一年だった。でも去年がピークじゃない。人生は年を取るほど豊かになっていくんだから、ふたりでこれからもっともっと幸せになろう」

ヨシュアは頷いてロブの胸に飛び込んできた。抱き締めてキスをする。ヨシュアが嫌がらないので、自然と熱いキスになった。

唇を深く重ねて愛し合っていると、ネトがやって来た。ヨシュアは背中を向けているので気づいていない。

ロブはヨシュアとキスしながら、目で「邪魔しないでくれよ」と訴えた。ネトは「わかったわかった」というように両手を上げ、すぐにいなくなった。

ネトは友達思いのできた男だから、誰かがキッチンに行こうとしたら、きっと「今はまずい。やめておけ」と止めてくれるに違いない。これで安心してキスに没頭できる。

ホストのくせに客の相手もしないで、恋人とキッチンでいちゃつくのはどうかと思うが、今夜だけは大目に見てもらおう。

その時、夜空が急に明るくなった。振り向くと窓の向こうに花火が見えた。どこかで新年を祝う花火が打ち上げられている。

「花火だ。きれいだね」

「はい。すごくきれいです」

ロブとヨシュアは少しの間、美しい花火を眺めていたが、どちらともすぐに我慢できなくなって、また甘いキスを再開させた。

「ロブはヨシュアと結婚して、ますます締まりのない顔になったよな」

助手席でディックが思い出し笑いを浮かべた。ハンドルを握ったネトは「確かに」と頷いた。

「プロフェソルはヨシュアが可愛くてしょうがないんだろうが、猫可愛がりしすぎてヨシュアに嫌われないといいが」

口ではそんなことを言ったネトだが、実際は心配なんてまったくしていなかった。

愛されることに不慣れなヨシュアは、愛したがりのロブに大事にされ、以前より人間味が出てきた。ふたりは出会うべくして出会ったような、いいカップルだ。

「あのふたり、そのうち養子でも迎えそうじゃないか？」

ディックの言葉に、それも十分あり得る話だと思った。ただ一緒にいたいという理由からではなく、家庭を築きたいという気持ちもあって結婚したふたりだ。子供を持ちたいと願うのは自然な流れかもしれない。

「もし養子が来たら優しいおじさんになって、その子を可愛がってやらないとな」

「強面《こわもて》だけど優しいネトおじさんか。そいつはいい。なあ、ユウト？」

後部席を振り返ったディックが、なぜか小さく笑った。バックミラーで確認すると、ユウトは腕を組んで眠っていた。口を薄く開いて完全に熟睡している。

「昨夜はあんまり寝てないんだ」

「ほう。お盛んだな」

ネトのからかいにディックは舌打ちし、「仕事で帰りが遅かったんだ」と説明した。

「なんだ、仕事か。てっきり記憶喪失のおかげでユウトに惚《ほ》れ直して、盛りのついたガキみたいになってるのかと思った」

これも冗談で言ったのにディックはチラッと後ろを振り返って、ユウトが寝ているのを確かめてから「なるべく我慢してる」と真顔で答えた。

何を真面目に答えているんだと笑いそうになったが、笑ったらディックが拗《す》ねそうな気がしたので「そいつは大変だな」と調子を合わせた。

「記憶が戻ってからこっち、本当に盛りのついたガキみたいで困ってる。どうしたらいいと思う？」

ディックは真剣だった。ネトは噴き出しそうになるのを必死でこらえ、「求めればいいじゃないか」と答えた。

「ユウトは別に嫌がらないんだろう？」

「だから困るんだ。ユウトは優しいから俺を拒まない。でも本当はしたくない時だってあるはずだ。無理させたくない」

「……」

お前は恋に悩む多感な十代か、と言いたくなった。こんなことを言うような男ではなかったのに、どうしてしまったのだろう。もしかしたら頭を打った後遺症かもしれない。

「ユウトの本心をどうやって見抜けばいいんだろう」

「ディック、いい方法がある。ユウトの本心を見極めるベストな方法だ」

「ベストな方法？　なんだそれは？　教えてくれ」

身を乗り出してくるディックに、ネトはもう限界だと思った。

腹が痛い。腹筋がヒクヒクと震えている。だが笑ってはいけない。ディックは本気で悩んでいるのだ。ここは意志の力で、こみ上げてくる笑いを封じ込めるしかない。

「簡単なことだ。ユウトが求めてくるまで待てばいいんだ。求められた時は、遠慮なく抱けばいい」

ディックは頷きかけたが、「ちょっと待て」と眉根を寄せた。

「もしいつまで待っても、向こうから求めてこなかったらどうするんだ？」

「その時は必死で我慢し続けろ。辛くても待つのが真の男ってものだ」

ディックは「そ、そうだな」と無理やりのように答え、黙り込んだ。

どれくらい待てるのか心配なのかもしれない。だがユウトだってディックにベタ惚れなのだから、そんな心配は取り越し苦労もいいところだ。

まったく可愛い連中だ。ロブとヨシュアも、ディックとユウトも、それにダグとルイスも、みんな愛すべき男たちだ。

「……ネト、やっぱり無理だ。きっと三日も待てない」

情けない顔でディックが呟いた。

早くふたりをアパートメントの前で降ろしたくて仕方がなかった。ひとりになったら腹を抱えて大笑いしてやる。こんな傑作な話はそうそうない。

ネトは必死に唇を引き締めながら、アクセルを踏み込んだ。


リビングに入るなりスモーキーが足に擦り寄ってきた。

ダグはスモーキーを抱き上げ、その真っ白なふわふわの毛に頬を押し当てた。

「ただいま、スモーキー。お利口さんにしてたかい？」

スモーキーは「ニャー」と鳴いてダグに頭を押しつけてくる。可愛くて目尻を下げていると、ルイスが「まったく」と溜《た》め息《いき》をついた。

「すっかりダグの飼い猫だな。一緒に暮らすようになったら、俺のことなんて見向きもしなくなりそうだ」

「そんなことはありませんよ。スモーキーが一番好きなのはルイスです」

ルイスはやけくそのようにスモーキーの額に「んーっ」とキスをして、「そうであってほしいよ」と肩をすくめた。

「何か飲む？　俺はワインを飲みたい気分だけど」

「じゃあ俺も同じものを」

ダグはスモーキーを抱いたままソファに腰を下ろした。ルイスがワインボトルとグラスを持って戻ってくる。

「新居探しはどうですか？　順調？」

隣に腰を下ろしたルイスに尋ねる。ルイスはワインを注ぎながら、「まだわからないな」と首を振った。

「今のところ、サンタモニカで見た家が一番よかったけど。もう少し範囲を広げてみる」

ルイスは今、ふたりで一緒に暮らす家を探していた。サンタモニカならマリブよりかなりダウンタウンに近くなる。ダグとしては大歓迎だ。

「ダグ、本当に俺が決めちゃってもいいの？　君も一緒に物件を見にいったほうがよくない？」

「いいんです。俺はルイスが気に入った家に住みたい。任せっぱなしですみませんが、ルイスの好きな家を選んでください」

ルイスは「ありがとう」と微笑み、ダグの頬にキスをした。

「今日は楽しかったな。やっぱり彼らとは気が合う。波長が合うっていうのかな？　変に気負わずリラックスできるんだ」

「ええ。俺も同じです。きっとそれぞれが、いい人たちだからでしょうね」

大人になってから親しい友人をつくるのは簡単なことではない。ましてや同性同士のカップルが気兼ねなく交流できる存在は貴重だ。人前でいちゃつく必要はないが、恋人であることをオープンにして振る舞える場所があるのは、やはり嬉しい。

「引っ越したらみんなを招いて、ハウスワーミング・パーティーをやろう」

「いいですね。ぜひやりましょう」

肩を寄せ合って話しているうち、ルイスは眠くなったのか、ダグにもたれかかったまま欠伸《あくび》をした。

「ベッドに行きますか？」

「うーん、眠いんだけど、まだ眠りたくないいな。君ともっと話していたい」

「ベッドでも話はできますよ」

断じて誓う。下心から言ったんじゃない。なのにルイスは「誘ってるわけ？」と悪戯《いたずら》な目でダグを見上げた。

「ち、違いますっ。そういうつもりで言ったんじゃありませんよ」

「なんだ、違うのか。残念」

「え」

ルイスは意味ありげに微笑んで、ダグの耳もとに唇を近づけた。

「眠いし疲れてるけど、俺は君が欲しい。すごく欲しい。だけど君はそうでもないみたいだから、もう寝ようか?」

「ルイス……。意地悪を言うのはやめてください」

ダグが情けない声を出すとルイスはクスクス笑って、「冗談だよ」と目を細めた。

「ダグも俺が欲しい?」

「もちろんです。そんなこと聞かなくてもわかるでしょう?」

「よかった。じゃあベッドに行こう」

ふたりは途中でキスしたりじゃれ合ったりしながら、時間をかけて二階の寝室に辿《たど》り着いた。服を脱ぎ捨てながら階段を上がってきたので、ベッドに倒れ込んだ時にはふたりとも裸だった。

上になったり下になったりしながら、奔放に愛し合う。相手の身体を隅々まで愛撫《あいぶ》して、時間をかけて求め合った。

ルイスが「一緒にしてみたい」と言ったので、初めてシックスナインに挑戦した。それは素晴らしい体験だった。互いのペニスを同時に愛し合う。ダグのすることをルイスが真似るので、時々、自分で自分のものを舐《な》めているような錯覚に包まれた。

もちろんルイスのすることも真似た。お手本を示すようなフェラチオで、ルイスは自分のものとも感じる場所、好きなやり方をダグに伝えてきた。

セックスの回数が増えるほど、ルイスの身体を知っていく。同じ男の身体なのに驚くほど違いがあって、そのことに感動を覚えるほどだった。

「もう駄目だ。君が欲しい。来てくれ」

ルイスがかすれた声でダグを求めた。ゴムとローションで準備をしてから、俯《うつぶ》せになったルイスに重なり、ゆっくり繋《つな》がった。

「ルイス、痛くない？　辛かったら言ってください」

「大丈夫、平気だから、もっと……ん、もっと、激しく抱いてくれ」

ダグの動きに合わせてルイスの細い腰が淫《みだ》らに揺れる。切なげな甘いルイスの声が、ダグの劣情をどこまでも高めていく。

「ああ、ダグ。たまらない……。君は？　君は俺を感じてる？」

「ええ、感じてます。俺もたまらない。ルイス、あなたは最高です。何もかもが、最高に素晴らしい」

ルイスを抱いていると、たまに泣きそうになる。何もかもが素晴らしすぎて、感情が昂ぶってしまうのだ。身体を繋げるという行為は、時として魂を繋げ合う行為なのかもしれない。本気でそう思うほど、ルイスとのセックスは感動的だった。

「もう達きそうです、駄目だ……っ」

「いいよ、来て。俺も我慢できない」

スピードを上げる。まるでランニングのラストスパートのようだ。呼吸が苦しくなり、腰や腿《もも》の筋肉が震え、汗が滴ってくる。ベッドはうるさく軋《きし》み、ルイスの身体が弾むように揺れている。

「ああ、ルイス……っ」

ゴールが見えた。最後の疾走。快感の階段を一気に駆け上がり、てっぺんから抱き合ったまま一緒に墜《お》ちていく。

終わったあとは、どちらも放心したように言葉もなかった。ただ荒い息を吐いている。

快感の余韻に身を任せながら、ダグはぐったりしているルイスを抱き締め、何度も何度も額や頬にキスをした。

「……君に抱かれていると、俺はなんて幸せ者なんだろうって思うんだ」

ルイスが気怠《けだる》く微笑んだ。情事のあとのルイスは、ひときわ色っぽい。

「身体の相性がいいってことですか？」

「それもあるけど、それだけじゃない。君と抱き合っていると身体だけじゃなくて、心まで抱かれているって感じるんだ。終わったあとのほうが満たされて、幸せを実感する」

ルイスが自分とのセックスで幸せを感じている。素直に嬉しかった。欲望だけのセックスは、終わった途端、熱い気持ちが冷めてしまうものだが、本当に愛し合っているふたりのセックスにはもっと深いものがある。

「じゃあ、今も幸せですか?」

「そうだよ。言うまでもないだろ。この顔を見てわからない?」

柔らかく微笑むルイスが愛おしすぎて、胸が苦しくなった。ダグは今の感情を言い表す適切な言葉が見つからず、ルイスを強く抱き締めた。

「どうしたの、ダグ? 苦しいよ」

「すみません。でも俺……」

愛している。愛している。その気持ちをどう伝えていいのかわからない。言葉では足りず、抱擁でも足りない。

ルイスは黙り込んでしまったダグを、問い質《ただ》すようなことはしなかった。子供をあやすような優しい手で、ダグの頭や背中を撫《な》でている。

そうされていると次第に眠くなってきた。ルイスが耳もとで囁《ささや》いた。

「ダグ、眠っていいよ。起きたらまた話そう」

ああ、そうだな、と思った。朝になって目が覚めた時も、隣にはルイスがいるのだ。

焦ることはない。言葉にできない熱い想いは、これからの新しい日々の中で、少しずつ伝えていけばいい。

自分とルイスの未来は、これからもっと深く重なっていくのだ。

「お休み、ダグ。愛してる」

ルイスの唇が額に触れた。優しいキスを感じながら、ダグは幸せに包まれたまま深い眠りの中に落ちていった。

Over again

「……ルイス。本当にすみません。まだ怒ってますか?」

ダグ・コールマンが恐る恐る口にした質問を、ルイス・リデルはきれいに無視した。

作家でもあるダグの六歳年上の恋人は、黙々と紙のカップに入ったエビ炒飯《チャーハン》を食べている。

そのきれいに整ったとりつく島のない顔を見ながら、ダグは心の中で嘆息した。

無言は肯定に他ならない。だが、そもそも尋ねるまでもなかった。ルイスのむっつりした顔を見れば怒っているのは丸わかりだ。普段から怒りっぽいところのあるルイスだが、まったく口を利かなくなるのは珍しい。それだけ頭にきているのだ。

時間を空けてから再挑戦すべきかとも思ったが、ルイスに冷たい態度を取られたままなのは耐えられない。本気で悲しくなり、心が打ちのめされ、どうしようもないほど絶望的な気分になってくるのだ。

たかが恋人と仲違《なかたが》いしただけで、と人は笑うかもしれないが、ダグにとってルイスは今や世界の中心だ。恋人としてつき合いだして三か月にも満たないが、今ではルイスのいない人生など考えられないほど、彼に首ったけなのだ。

そんな最愛の人が怒ってる。非はダグにあるのだから、ここはもう謝り倒すしかない。

「心から反省しています。ごめんなさい。何度だって謝ります。だからルイス、お願いです。

俺と喋《しゃべ》ってください」

帰宅してからルイスの声をまだ一度も聞いていなかった。普段はお帰りのキスで優しく迎えてくれるルイスなのに、今夜は冷たい目でダグを一瞥《いちべつ》したきり、あとは目も合わせてくれないのだ。沈黙の中で食べる夕食は味気ないというより、まったく味がしなかった。

ルイスはしばらく黙っていたが、手に持っていたスプーンをテーブルに置くと、上目遣いにチラッとダグを見て、それから大きな溜《た》め息《いき》をついた。

「もういいよ。そんな顔されると俺のほうが悪いみたいじゃないか」

「いえ、ルイスは悪くなんかありません。悪いのは俺です。俺が全面的に悪い」

身を乗り出して訴えると、ルイスは苦笑してテーブルの下でダグの足を軽く蹴飛《けと》ばした。

「君は警察官より企業のクレーム対応係のほうが向いてるな。どんなに怒ってる客でもそんなふうに真剣に謝られたら、もういいよって言うに決まってる」

ダグはやっと許してもらえたことに安堵《あんど》しつつ、ルイスの冗談に笑みを返した。

「そんなこと言わないでくださいよ。警察官は天職だと思っているんですから」

「だろうね。おかげで俺は二時間も夕食を待ち続けたんだから。仕事熱心なのは素晴らしいことだけど、俺のことも少しは気にしてほしいものだ。引っ越したことを忘れて、君がマリブの家に行ってしまったんじゃないかと思ってやきもきしたよ」

ルイスがちくちくと嫌みを言いたくなるのも当然だった。仕事帰りに中華料理をテイクアウトして、今から十五分で帰ると電話をかけたのに、ダグが家に帰り着いたのはそれから二時間後だった。

もちろん理由はある。帰宅途中、ダグは車内から言い争う男女を目撃した。男のほうが女の髪を摑《つか》んでいるのが見え、慌てて車を駐めて仲裁に入った。恋人同士の痴話喧嘩《ちわげんか》のようだから、警官バッジを見せて注意すればすぐ収まるだろうと思ったのだが、ことはそう簡単には運ばなかった。

暴力を振るわれて激昂《げっこう》した女が、猛然と男に飛びかかり凄《すさ》まじい修羅場に突入したのだ。その女はものすごい巨体の持ち主で、ダグひとりでは制止できないほどのパワーがあり、ほとほと手を焼いた。

苦労してどうにか引きはがしたら、今度は男のほうが近くに駐めてあった自分の車に乗り込み、急発進してその場から逃げ出した。それを見た女が「あいつはドラッグディーラーよ！車に山ほどのコカインを隠してるんだからっ」と叫んだので、ダグは急いで自分の車に飛び乗り、あとを追いかけた。

男は信号を無視して交差点に進入し、他の車に接触したが止まらず走り続けた。市警本部に応援を要請し、合流したパトカーと挟み撃ちにして、車を停車させることに成功したが、男は往生際悪く車を降りて逃走し、走って民家の庭に入り込んだ。

追いかけてどうにか逮捕してから車の中を調べると、女の言ったとおり大量のコカインが見つかった。あとは制服警官に任せて急いで帰ってきたのだが、当然のことながら中華料理は冷め切ってしまい、ルイスの態度まで冷め切っていたというわけだ。

何度も電話したのに出なかったことも怒られた。自宅に向かっているはずの自分が逃亡犯を追っていることを簡潔に、かつルイスを不快な気持ちにさせないよう上手く説明できる自信がなくて、どうしても電話に出られなかったのだ。

「夕食がこんなに遅くなってすみません」

ルイスはなぜか急にダグから目をそらし、悲しげな表情で「夕食なんてどうでもいいんだよ」と呟《つぶや》いた。

「すぐ帰ると言った君が帰ってこない。何かあったんじゃないか、事故にでも巻き込まれたんじゃないか、そう思って気が気じゃなかった。今日だけじゃない。君の仕事は危険を伴うから、毎日心配してる。元気で帰ってくる君の顔を見るたび、神さまに感謝したくなるんだ。無神論者のくせに都合がいいよね」

最後は冗談めかして笑って言ったが、いつも自分の身を案じてくれているルイスの気持ちを強く思い知らされ、心から反省した。ルイスの怒りは心配の裏返しだった。ダグは椅子から立ち上がり、ルイスを後ろから抱き締め、こめかみにキスをした。

「心配させてすみませんでした。これからは気をつけます」

「ああ。連絡だけはしてくれ。……もう遅いからシャワーを浴びておいで。片づけは俺がしておくから」

「俺も手伝います」

「駄目。早く寝ないと疲れが取れないだろ。体力をつかう仕事なんだから、しっかり休まなくちゃ」

自分を気づかってくれるルイスの気持ちを尊重したくて、ダグは頷《うなず》いて浴室に向かった。途中、廊下で段ボール箱を蹴飛ばしてしまい、転びそうになった。

家の中には段ボール箱が点在している。ダグとルイスがこの新居に引っ越してきたのは先週だが、ダグは事件に追われ、ルイスは原稿に追われ、互いに忙しすぎてまだ片づけが終わっていないのだ。

早くなんとかしたいが、このところ仕事が忙しくて帰りは毎日遅く、寝るためだけに帰ってきているような状態だ。昨日も休日だというのに捜査に駆り出された。おかげでせっかく一緒に暮らし始めたというのに、ルイスとろくに話すこともできない。

今日は仕事が早く終わったので、久しぶりにルイスと一緒に夕食を食べられると思っていたのに、結局また遅くなった。犯罪者を逮捕できたのはいいことだが、そのせいでルイスに余計な心配をかけてしまい、申し訳ない気持ちでいっぱいだ。

反省しながらシャワーを浴び始めたダグだったが、ルイスのことが頭から離れなかった。ここ最近、ルイスはずっと機嫌が悪い。本人は引っ越しのせいで仕事に集中できず、予定より大幅に遅れてしまった原稿を抱えていて、気持ちに余裕がないのだと言っていたが、本当にそれだけなのだろうか？

今日のことは怒って当然だが、引っ越してきてから些細《ささい》なことで苛立《いらだ》ったり鬱《ふさ》ぎ込んだりで、頻繁に溜め息をついているように思う。仕事だけが原因ならいいが、万が一、もしかして、そんなことはないと信じたいが、ダグと同居を開始したのは間違いだった、なんて思っていやしないだろうかと悪い考えが湧いてくる。

ルイスは神経質なところがあるし、気分のアップダウンもわりと激しい。それにこれは職業柄かもしれないが、基本的にはひとりを好む性格だ。ダグがたまに遊びに来ている時には感じなかったストレスを、一緒に暮らし始めたことであらたに発見したという可能性も否めない。

つき合い初めて二か月で同居を決めたのは、軽率な判断だった。ルイスがそう後悔していたらどうしよう――。

「ないない。絶対にないっ」

身体を洗いながら、慌てて自分に言い聞かせた。今の仕事が終われば、きっと気持ちも落ち着いて、いつものルイスに戻るはずだ。戻ってくれなきゃ困る。

ルイスとの出会いは最悪だった。あんな最悪な出会い方は、そうそうないだろうと自信を持って言える。

ゲイでないことを確かめるために足を運んだクラブで、ダグはルイスと知り合い、酔った勢いで関係を持ってしまった。朝になって後悔したダグは、すべて酒の過ちとして片づけた。ルイスとは二度と会うことはないと思っていたのに、よりによって殺人事件を捜査するロス市警の刑事と、その事件の容疑者としてふたりは再会する羽目になった。

マリブに暮らすルイスは、エドワード・ボスコというペンネームでヒット作を多く持つミステリ作家だった。ダグはボスコのファンだったこともあり、ルイスに関心を寄せるようになった。

事件は意外な展開を見せて解決し、ふたりは紆余曲折《うよきょくせつ》を経て、晴れて恋人同士になった。その後、交際は順調に続いたが、マリブまで頻繁に通ってくるダグの負担を、ルイスは気にするようになった。

一緒に暮らしたいと思っていたふたりは、ハリウッドヒルズにある一軒家を借りて、とうとう同居生活をスタートさせたのだ。

シャワーを浴び終えたダグは、窓からの景色を眺めた。高台にあるので見晴らしがいい。LAの街が一望でき、夜はダウンタウンの高層ビル群の夜景がきれいだ。

朝の眺めもまた格別に素晴らしく、毎朝新鮮な空気を吸い込むたび、いいところに越してきたと嬉しくなる。

高級住宅地に建つ立派な一軒家だから、家賃はかなり高い。しがない警察官のダグには分不相応の家だが、逆に人気作家のルイスには、少々物足りない家ではないだろうか。ルイスといくつかの家を見て回ったが、実際この家が一番こぢんまりしていたのだ。

ルイスは自宅で仕事をしている。当初、住環境には強いこだわりを見せていて、できれば海のそばがいいと言っていたので、ハリウッドヒルズを選んだことは意外だった。

最初はサンタモニカの海沿いの家が一番素敵だと言っていて、ほとんど決めかけていたのに、ルイスは突然、最後に見に行ったハリウッドヒルズの物件にしようと言いだした。

景色が素晴らしい山の中で自然もたくさんあって落ち着くから、とダグに説明したが、あとになって気づいた。ダグの通勤の便を考えて、ルイスはこの家に決めたに違いない。というのも、この家が市警本部に一番近かったからだ。それにダウンタウンとサンタモニカを結ぶフリーウェイのルート10は、通勤時間帯の渋滞が半端ではない。

ダグのためにこの家を選んだとしても、ルイスはそういうことを言わない性格だ。気が強くてはっきり物を言うのに、それでいて対人関係においては繊細で臆病な部分がある。一緒に暮らすことを決めた時も、住む場所には妥協したくないが、そのせいでダグに嫌な思いをさせたくないと心配していて、新居を探していることを打ち明けられずにいたのだ。

自分の恋人は六歳年上で収入も桁《けた》違いで、頭も良くて容姿だってモデル並みだ。ダグはそんなルイスにいつだって頭が上がらないし、勝っているところがあるとすれば、体力くらいのものだろう。だけど不思議と格差など気にならない。

むしろなんでも持っていて、もっと自信満々に享楽的に人生を楽しんでいいはずなのに、少々偏屈で不器用な性格ゆえに、引きこもって小説だけを書いて暮らしているルイスが可愛くてならない。この人は俺が守ってあげなくては、という気持ちになるのだ。

ルイスは経済的にも精神的にも自立した大人で、誰の力も借りずにひとりで生きていける人だから、そんなふうに考えるのはおこがましいとわかっているのだが、ルイスを支えて守っていく人間は自分しかいないと本気で思っている。

以前、同僚のパコにそういう気持ちを話したら、「お前は初めての恋にのぼせ上がっている高校生か」と本気で呆《あき》れられた。自覚はあるので何も言い返せなかった。

リビングルームに行くと、ルイスが執筆の時にだけ使う眼鏡をかけ、ノートパソコンのキーを叩《たた》いていた。書斎はあるのだがルイスはリビングルームからの景色を一番気に入っていて、大抵はここで仕事をしている。

さっきまで姿が見えなかったスモーキーが、ソファの上で丸くなって寝ていた。ルイスの愛猫は真っ白のふさふさの毛を持ったきれいな猫だ。ダグにもよく懐いていて、仲の良さにルイスはたまに本気で焼きもちを焼く。

「まだ仕事をするんですか？」

「うん。切りのいいシーンまで書き上げたいんだ。ダグは先に休んでて」

漏れそうになる溜め息を呑み込んだ。今夜もまた寂しい独り寝だ。このところルイスがベッドに入るのは夜中を過ぎてからで、下手すると朝方だったりする。

「……ごめんね。この原稿が終わったら、少しゆっくりできるんだけど」

ルイスが手を止め、申し訳なさそうにダグを見上げた。謝られてギクッとした。不満そうな顔つきになっていたのだろうか。ルイスを責める気はこれっぽっちもないというのに。

「ルイス、謝らないでください」

「でも溜め息をついた。怒ってるんだろう？」

ルイスは目敏《めざと》い。呑み込んだ溜め息に気づいていたのだ。

「違うんです。怒ってなんかいません。一緒に寝られないのが、ただ寂しいだけです」

ダグは慌てて否定しながら隣の椅子に座り、ルイスの肩を抱き寄せた。いつもなら素直にもたれかかってくるルイスが、なぜかダグの腕からさり気なく逃げた。

「全部、フェデスのせいだ。こんなタイトなスケジュールの仕事を急にねじ込んできて、頭にくるよ。やり手のエージェントかもしれないけど、フェデスの言うとおりに仕事をしていたら、ストレスが溜まる一方だ」

避けられたショックをどうにか押し隠し、ダグはルイスの言葉を黙って聞いていた。

「顔出しのインタビューだって、フェデスがあんまりしつこいから仕方なく応じたけど、そのおかげで散々だ。俺は小説を書くことだけに専念したいのに、余計な仕事ばっかり持ち込みやがって」

去年の十二月、ルイスは映画会社の要請で自作の映画化を記念したパーティーに参加した。それまでエドワード・ボスコは一度も世間に顔を晒《さら》しておらず、いわばボスコの初お披露目となったのだが、テレビ局や雑誌のインタビューを受けたせいで、ちょっとした話題の人になってしまった。

数々のベストセラーを生み出し、そのうちのいくつかが映画化されて大ヒットしている今をときめく人気作家が、まだ三十代半ばの若さで、そのうえハリウッドスターのような洗練された容姿を持つ青年だとわかったのだから、世間が騒ぐのは無理もない。

おかげで取材の申し込みや、テレビショーのオファーが殺到した。ルイスは新しいエージェントであるピーター・フェデスにすべて断ってくれと言ったが、フェデスは話題になれば本も売れるのだからとルイスを説得し、いくつかの取材に応じさせた。

ルイスはその気になれば自分を演出できる男なので、インタビューなどはそつなくこなせる。相手が喜ぶようなピリッと毒を含んだユーモアなども織り交ぜ、知的なミステリ作家を装うのはとても上手だ。

だが本来は人嫌いの傾向のある内向的な性格だから、器用に振る舞えば振る舞うほど、反動でストレスはどんどん溜まっていく。

「一年契約だから一年は我慢するけど、来年は別のエージェントを探す」

「そうしてください。ルイスの小説は面白いから、強引にルイス自身を売り込んだりしなくても売れます。俺のようにボスコの新作を心待ちにしているファンは大勢います」

また避けられたらどうしようと思いながら、ダグはルイスをそっと抱き締めた。今度は逃げられなかった。ほっとして額にキスをした。

「ありがとう、ダグ」

ルイスは微笑《ほほえ》んでいる。でもどこか表情はぎこちなかった。笑みの裏側に何かを隠しているような気がするのだ。

「ルイス。もしかして俺に言いたいことがあるんじゃないですか？」

ルイスの瞳が揺れた。けれどルイスは「ないよ」と答えた。

「何もない。どうして急にそんなこと言うの？」

明るい口調だった。誤魔化しているというより、頼むから今は俺の心に触れないでくれと言われているような気がして、何も言えなくなった。

押すべきか退くべきか迷っていたら、テーブルに置いてあったルイスの携帯が鳴った。

「……またフィリップだ」

「出てください」

ルイスは「ごめん」とダグに謝り、通話ボタンを押した。

「俺だけど、こんな時間に何？　……またその件？　だから行かないって言ってるだろう。そんな暇がないんだよ。仕事は忙しいし、引っ越しの荷物だってまだ片づいていない」

電話をかけてきたのはルイスの兄のフィリップだ。ルイスは家族にも自分がボスコだと教えていなかったのだが、顔出しインタビューを受けたせいでフィリップにばれた。

ルイスの両親は敬虔《けいけん》なクリスチャンで、ゲイだと打ち明けたルイスに激怒して勘当を言い渡したらしい。それ以来、十年以上、一度も会っていないそうだ。

唯一、年の離れた兄のフィリップだけが理解を示し、時々、連絡を取り合っていたが、自分の弟がベストセラー作家になっていたことを知り、このところ頻繁に電話をかけてくるようになった。

「ごめん。今、仕事中なんだ。またにして。……大丈夫、ちゃんと食べてるから。……うん。ありがとう。ナンシーによろしく言っておいて。……ああ、おやすみ」

電話を切ったルイスは大きく息を吐き、疲れたように指で目頭を揉《も》んだ。

「また一度、田舎に帰ってこいって話ですか？」

「ああ。どうしても両親に会わせたいらしい。俺が作家として成功しているのを知れば、両親が俺を許すと思っているみたいだけど、それはフィリップの思い違いだ。うちの親は保守的で頭が固い。何があってもゲイの息子を許すはずがないんだ」

難しい問題なので、どう言ってルイスを慰めればいいのかわからなかった。息子がゲイである事実を認められない親の気持ちもわかるし、親に否定されて傷ついているルイスの気持ちもわかる。どちらが悪いとも言えないデリケートな問題だ。

「フィリップはどんな人ですか？」

「前にも話したと思うけど、地元のパームスプリングスで弁護士をしている。昔から絵に描いたような優等生で、両親からも信頼されている。優しい兄だよ。俺が勘当された時、味方になってくれた人だし、今も感謝してる」

感謝していると言うわりには、よそよそしさを感じる。年が離れているせいだろうか。

「俺が作家として成功しようが、両親は、特に父さんは、絶対に俺を許さない。十年前に言われたんだ。俺の息子はフィリップだけだ。ルイスはもう死んだと思うことにするって」

初めて聞いた話だ。親から自分の存在を全否定されたルイスの気持ちを想像すると、どうしようもなく胸が痛くなった。

「……ダグ。前にも言ったけど、君は親に事実を言わないほうがいい。俺は友人でルームシェアの相手。ずっとそういうことにしておくんだ。俺と同じ辛《つら》さを君には味わわせたくないし、君の両親だって悲しませたくない」

「ルイス……」

ルイスと一緒に暮らしていく以上、いつかは家族に事実を打ち明けようと思っているし、そうするのが正しいと考えている。でもルイスは駄目だと言う。ダグとダグの両親を思いやってのことだとわかるから、すぐには反論できなかった。

自分の幸せを求めることで、家族が傷つき悲しむ。ただ愛する人と一緒にいたい、共に生きていきたいと願っているだけなのに。

「仕事するよ。君はベッドに行って。ほら、おやすみのキス」

暗くなった空気を追い払うように、ルイスは明るく言ってダグに顔を向けた。ダグはルイスにキスして立ち上がった。

「あんまり無理しないでくださいよ」

「ああ、わかってる」

ダグがリビングルームから出ていこうとしたら、スモーキーがついてきた。ダグと一緒に寝たいらしい。

「スモーキーをベッドに連れていってもいいですか？」

「いいけど、ペットに恋人を寝取られたみたいで腹が立つな」

ルイスの冗談に笑ってから、ダグはスモーキーを抱き上げて寝室に向かった。

やりきれない気分だったが、ベッドの中でスモーキーの温もりを感じていると、少し気持ちが楽になった。

きっとルイスもやりきれないいくつもの夜を、スモーキーの存在に救われてきたのだろうと思ったら、この気まぐれな猫がたまらなく愛おしくなり、つい強く抱き締めすぎた。

スモーキーはダグの抱擁に腹を立て、不満げに鳴いてベッドから出ていってしまった。

「ルイスとの同居生活は順調か?」

殺人事件の聞き込みが終わり、市警本部に向かって車を走らせていた時だった。

助手席に座っていたパコが唐突に尋ねてきた。パコは同じ強盗殺人課の刑事で、ダグが属するチームのリーダーでもある。

「順調と言いたいところですが、お互い忙しすぎてすれ違ってばかりです。今の目標は家の中から一刻も早く、段ボール箱をなくすことですよ」

「そのためにも一刻も早く事件を解決させないとな。よし、もっとこき使ってやろう」

サングラスをかけたパコは、白い歯を見せて爽《さわ》やかに笑った。まったく笑えない冗談だ。

「勘弁してください。今月の残業時間、とっくに超過してるんですから」

「今日はもう帰れるぞ。定時で上がれるなんて何日ぶりだろうな」

「もう覚えてないくらいです。……そうだ。明後日の日曜日は大丈夫ですか?」

パコは「ああ。大丈夫だ」と頷いた。

「マイクと一緒に行かせてもらうよ。ハウスワーミング・パーティーなんて久しぶりだな。来るのはユウトとディックと、ロブとヨシュアだっけ?」

「あとネトも来てくれます」

ユウトはパコの弟で、ダグたちと同じくロス市警に勤務する麻薬捜査課の刑事だ。ユウトにはディックという恋人がいて、ふたりは一緒に暮らしている。

一度、招かれてふたりの家に遊びに行き、そこで犯罪学者のロブやロブのパートナーのヨシュア、それにネトとも知り合った。みんな気のいい人たちで、引っ越したら家に招こうとルイスと決めていたのだ。

「……できればチームのみんなも誘いたかったんですけど」

本当なら一緒に仕事をしているチームのメンバー全員に来てもらいたいのだが、ダグの同居相手が男だと知っているのは、パコと同僚の黒人刑事、マイク・ハワードだけだ。

保守的な警察組織の中で、ゲイだとカミングアウトするのは難しい。公言すれば差別や露骨な嫌がらせは避けられないだろう。

「やっぱりいつかは打ち明けたほうがいいんでしょうか？」

「職場にプライベートを持ち込む必要はないさ。誰にだって秘密のひとつやふたつはある。お前も知っているある上司には、なんと女装の趣味がある」

「えっ？　だ、誰ですか？」

驚いて尋ねたが、パコはニヤッと笑って「それは言えない」と答えた。

「本人に他言しないと約束したんだ。ある事件の捜査で女装クラブの顧客リストを洗っていて、偶然知ってしまったが、彼は部下から尊敬されているし、女房も子供もいる立派な男だ。でもそういう趣味があって、欲望を抑えきれず人目を忍んで女装を楽しんでいる。それは彼だけの秘密だから世間に公表する必要はないし、ましてや他人にその秘密を糾弾する権利はない。お前がルイスに惚れて、一緒に暮らしていることもそうだ。法律に違反しているわけでもないし、他人に迷惑をかけているわけでもない。だったら平穏な生活を守るために黙っていればいい」

パコの言うことは正しい。しかしそうとわかっていても、場合によっては黙っていることが相手を騙していることにもなる。それが後ろめたいし心苦しい。

「ユウトだってそうだ。あいつは組織の中で生きる難しさをよく知っているから、自分に男の恋人がいることは、職場ではこれっぽっちも匂《にお》わせていない。以前は頭の固い不器用な奴で周囲とよく衝突していたが、今は随分と柔軟になって上手く立ち回っている。それもこれもディックとの平穏な生活を大切に思うからこそだろう」

パコとユウトは親の再婚で兄弟になったから血は繋《つな》がっていない。だが普段から仲がいいし、互いを理解しあっている。ダグには姉がふたりいるが、パコとユウトを見ていると男兄弟が欲しかったな、と心から思う。

「お前はくそ真面目な男だから、周囲に黙っていることを苦痛に思うかもしれないが、自分自身のためにも、ルイスのためにも利口になれ。お前が職場で辛い目に遭えば、ルイスは責任を感じる。大事な人のためだと思えば、良心の呵責《かしゃく》なんか些細な問題だろう」

パコのアドバイスはいつも的確だ。パコにはっきり言われると、いつも優先事項が明快になる。そのとおりだった。ダグが一番大事にすべき相手はルイスだ。彼しかいない。

市警本部に到着して一階のフロアを歩いていたら、エレベーターホールのほうからものすごい美女が歩いてきた。黒髪のラティーノで年齢は三十歳くらい。黒いワンピースの上に、白いカーディガンを羽織っている。

美女はなぜかこちらを見て微笑んだ。知り合いにこんな美人がいただろうかと必死で記憶を掘り起こしていると、美人はパコに近づき「ハイ、パコ」と親しげに挨拶《あいさつ》した。ハスキーな色っぽい声だ。

「やあ、トーニャ」

パコは微笑みながら女性を軽くハグした。

「こんなところでどうしたの？　何か困ったことでも起きた？」

「たいしたことじゃないわ。昨日、お店で客同士が喧嘩をして怪我人《けがにん》が出たのよ。それで参考人として呼ばれただけ」

「そうだったのか。言ってくれれば、すぐ店に駆けつけたのに」

「ありがとう。困ったことになったら相談させてもらうわ」

トーニャはにっこり笑い、ダグにも微笑みを向けて去っていった。ふたりきりになってから、ダグが「すごい美人ですね」と言うと、パコは「ああ」と頷いた。

「いい女だろ。顔もきれいだが、性格もまたいいんだ。彼女はネトの弟だ」

「え？ 弟……？ お、弟ってことは、彼女は男なんですかっ？」

驚くダグをチラッと一瞥し、パコはなぜか大きな溜め息をついた。

「そうだ。男だ。でも心は完全に女だ。だから俺もユウトも、ユウトの友人たちもトーニャを女性として扱っている。兄貴のネトだけは、往生際悪くたまに弟扱いしてるけどな」

ネトはメキシコ系アメリカ人で、ユウトとディックの家に招かれた時に一度会っている。たくましい肉体を持った強面の男だが、陽気で気性もさっぱりしていて話しやすかった。

どうせならトーニャもパーティーに誘ってみようと思いついた。

「ハウスワーミング・パーティーに、トーニャも誘ってみようかな」

「きっと喜ぶ。けど俺とトーニャが仲良くしているとユウトが不機嫌になる。それだけは最初に言っておくぞ」

パコはぼやくように言い、エレベーターに乗り込んだ。

「どうしてですか？ なぜユウトが怒るんです？」

パコは上昇していく箱の中で黙っていたが、強盗殺人課のあるフロアで降りるとダグの腕を引いて、廊下の隅へと向かった。それから苦虫を噛《か》み潰《つぶ》したような顔でこう切り出した。

「黙っていてもそのうちばれると思うから、今ここで話しておく」

「は、はい。なんでしょう」

「俺は以前、トーニャが男だと知らず、彼女につき合ってほしいと告白したんだ」

笑っていい場面なのかお気の毒にと言うべき場面なのかわからず、ダグは「それは……」と呟いていったん口を閉ざした。

「いいんだ。何も言うな。変に慰められても傷つくだけだ。ともかく俺は勘違いしたんだ。トーニャが男だとわかって告白をなかったことにした。そうするのが普通だろう？　お前だったらどうしていた？」

ダグはさっき見たトーニャのきれいな顔を思い出しながら、いくら美人でも男と知ってしまえば百年の恋も冷めると思った。

ゲイに目覚めた自分が言うのも変かもしれないが、ルイスのことは男だと認識したうえで好きになった。だが女性と思い込んで好きになった相手が男だったら、これは乗り越えられない大きな壁だ。

「申し訳ないですけど、俺も取り消すと思います」

「だよな？　それが普通の反応だろう？　でもユウトは卑怯《ひきょう》だと俺を責めた。自分の大事な友人を傷つけたと言ってカンカンに怒った。それ以来、俺がトーニャと親しくしていると、恐ろしく不機嫌になるんだ。あいつの正義感の強さには参るよ。……駄目だ。本格的に愚痴りたくなってきた。どこかでメシでも食いながら、俺の話を聞いてくれないか？」

普段、愚痴や弱音を吐くことのないパコなのに、珍しいこともある。

今日こそは早く帰って、ルイスのために夕食でもつくってやろうと思っていたのだが、パコにはいつも世話になっている。ここで断るのはあまりに薄情だ。ダグは心の中でルイスに詫《わ》びながら、「いいですよ」と答えた。

「俺でよければ、もちろんつき合います」

「じゃあ、とっとと残りの仕事を片づけよう」

ダグはトイレに行くと告げ、その場でパコと別れた。実際にはトイレに入らず、人気のない場所まで行ってルイスに電話をかけた。

「ルイス？　俺です。実は――」

「ダグ、今日は早く帰れる？」

第一声でそんなことを聞かれ、胸がチクッと痛んだ。

「いや、それがですね。仕事は定時に終われそうなんですが、さっきパコに夕食を一緒にどうだって誘われてしまって。少しだけ遅くなってもいいですか？」

ルイスは黙り込んだ。返事がない。これは不服の意思表示だろうかとダグは慌てた。

「あ、もしルイスが嫌なら断りますっ。別の機会にしてくれって頼みますから」

電話の向こうでルイスが「何言ってるんだよ」と苦笑した。

「食事くらい構わないよ。つき合いも大事だ。楽しんできて。パコによろしく伝えてくれ」

ルイスの明るい声にほっとして、ダグは電話を切った。

パコに連れられていったのは、初めて行くレストランだった。カジュアルすぎず上品すぎず、仕事帰りの同僚同士で立ち寄るにはちょうどいい雰囲気で、料理もうまかった。

自分から話を聞いてくれと言ったわりにパコの口は重く、なかなか本題に入ろうとしなかった。仕方がないのでダグはあれこれ質問して、パコが何を悩んでいるのか聞き出した。

いつも明快に迷いなく喋る男が、その夜に限って要領を得なかったり、まどろっこしい物言いをしたり、とにかく変だった。だがいろんな角度から質問を重ねていくうち、段々とパコの抱える事情と本心がわかってきた。

要するにパコはトーニャが男だとわかったあとも、まだ未練があり、そのせいで彼女とのかかわりを絶てないでいる。しかし、かといってヘテロのパコは、トーニャとつき合うこともできない。

トーニャもパコに好意を持っているらしく、そのせいでユウトの目には、パコがトーニャの気持ちを弄《もてあそ》んでいるようにしか見えず、ふたりが一緒にいるのを見ると不機嫌になるらしい。

「ユウトは真面目だから、俺のどっちつかずの態度が許せないんだ。トーニャとつき合う気がないなら、きっぱり関係を絶つのが相手への思いやりだと思っている」

「でもパコはトーニャとの関係を絶ちたくない。……まだ好きだからですよね」

ダグの問いかけに、パコは切なげな眼差しを浮かべた。

「ああ。好きなんだ。でも彼女を女性として愛せる自信がない。服を脱いだら俺と同じ身体だと思うと、どうしても無理だ。俺は女が好きなんだ。女の肉体にしか興奮しない」

パコは自分を責めるように言ったが、それはヘテロなのだから当然だ。ダグの場合とは違う。ダグは自分で認めたくなかっただけで、潜在的にはゲイの資質を持っていた。それがルイスと出会ったことで開花したに過ぎず、ある意味、正しいセクシャリティに自分を導けたのだ。

だがパコは女性しか愛せない。愛があれば乗り越えられるという問題でもないだろう。

「そのうち諦《あきら》めもつくと思っている。というか、諦めるしかないしな。でも今すぐは無理なんだ。どうしてもトーニャとのつき合いを終わらせたくない。……情けないだろう？　お前にえらそうに男なんてやめておけって言ったが、一番優柔不断なのは俺だ。トーニャにも悪いし、ネトにも申し訳ないし、この件ではユウトにもすっかり軽蔑されてる」

いつも男らしいパコが、こんなふうに女々しくなるなんて驚きだった。でもダグはそんなパコにいっそう親近感を持った。親身になってダグに忠告してくれたのは、自分も苦しんでいたからこそだったのだ。

「そんなふうに自分を責めないでください。トーニャはパコの複雑な気持ちを理解したうえで、つき合ってくれているんでしょう？　だったら今はトーニャの優しさに甘えてもいいんじゃないでしょうか。そのうち自然と決着がつくはずです。無理に答えを出さなくても、いつかきっと」

無責任かもしれないが、今はパコを励ましたかった。それに焦って答えを出すのも、なんだか違う気がしたのだ。パコはトーニャが好きで、トーニャもパコが好きなら、今すぐ白黒つけなくてもいいのではないだろうか。

人間の気持ちに絶対はない。人は変わる生き物だ。時間や環境や経験で、考え方や感じ方は変化していく。いつかパコがトーニャを肉体ごと愛せる日が来るかもしれない。来ないかもしれない。それは誰にもわからない。パコ自身でさえ、未来の自分の気持ちなど正しく予測できないはずだ。

「自然と決着がつく、か。確かにそうかもな。その時が来るまで俺は優柔不断のろくでなしのままか。格好悪いよな」

「格好悪いパコもたまにはいいです。俺は好きです」

お世辞ではなく本心から言ったのに、パコは「お前は絶対に出世するぞ」と片方の眉尻をつり上げた。

パコと別れて家に帰ったら、思いがけないことが起きていた。

家の前に見慣れないセダンが駐まっていて、不思議に思いながら室内に入ると、ルイスの兄のフィリップが遊びに来ていたのだ。ひとりではなく妻のナンシーも一緒だった。

リビングルームのソファでルイスとお茶を飲んでいたフィリップとナンシーは、帰宅したダグをにこやかに出迎えてくれた。

「やあ、ダグ。初めまして。ルイスから聞いてるよ。ロス市警で働いているそうだね。市民を守る立派な仕事だ」

温厚な雰囲気のフィリップは、がっちりした体格をしたダンディな紳士で、細身で繊細な印象のあるルイスとは似ていなかった。内心では弟が男の恋人と暮らし始めたことをどう思っているのかわからないが、にこやかに話しかけてくれたので気が楽になった。

「ありがとうございます。LAにはいつ来られたんですか?」

「今日だよ。仕事でこっちに来る用事ができたから、ついでにナンシーと観光でもしていこうかと思ってね。子供が生まれたら、しばらくは旅行どころじゃないだろうし」

ナンシーが妊娠中なのは、ルイスから聞いて知っていた。ダグが「予定日はいつですか?」と尋ねたら、ナンシーは「一か月後よ」と嬉しそうに答えた。

「結婚五年目にしてようやく授かったベイビーなんだ。早く会いたいよ」

隣に座ったフィリップは、大きくせり出した妻のお腹を愛おしそうに撫《な》でた。

フィリップはルイスより十歳年上の四十六歳で、ナンシーは三十三歳だと聞いている。フィリップが年より若々しく見えるせいか、年齢差を感じさせない仲の良さそうな夫婦だった。

「お茶のお代わりを入れてくるよ」

「いいのよ、ルイス。私たちもうホテルに帰るから」

ルイスは「そう?」と言ったが、ダグは「そんなこと言わずに、もう少しいてください」と頼んだ。

「おふたりともっと話がしたいんです。今、お茶のお代わりを持ってきますね」

ダグが立ち上がると、ルイスも「手伝うよ」と腰を上げた。

ダグはキッチンに入るやいなや、「どうして教えてくれなかったんです?」とルイスに尋ねた。

「電話した時には、もうふたりはうちに来ていたんでしょ?」

「あの時はまだ来てなかった。これから行くって電話があっただけだ」

ルイスはお湯を沸かしながら、どうでもいいような口調で答えた。ダグは思わずルイスの腕を強く摑んでしまった。

「同じことです。教えてくれたら、パコの誘いを断ってすぐ帰ってきたのに」

「だから言わなかったんだよ。気をつかうことなんてない。さっきまでふたりして結婚がいかに素晴らしいかをくどくど並べ立て、俺にもいつか父親になる喜びを味わってほしいなんて言っていたんだ。ゲイの俺に対して、よくあんなことが言えるよ」

ルイスがずっと不機嫌そうにしていた理由はわかった。確かに今さらそんなことを言われても困るし、腹も立つだろう。

だがそれは、家族の幸せを願う気持ちから出た言葉のはずだ。それに表向きかもしれないが、ふたりはダグにちゃんとした態度を取ってくれた。ダグもできることなら早く帰ってきて、恋人の兄夫婦を歓迎したかった。

「パコとはいつだって話ができます。でもフィリップたちとは滅多に会えない」

「フィリップは俺の兄だ。遊びに来たら俺が対応すればいい。君にまで気をつかわせたくない。君には君のつき合いがあるんだし、俺のために無理することはないんだ」

早く帰ってこなかったから嫌みで言っているのかと思ったが、どうやらそうではなく本心からの言葉のようだった。まだ嫌みのほうがましだと思った。

「自分の家に恋人の家族が来ているのに、知らん顔なんてできませんよ。……俺はこの家をふたりの家だと思っていたけど、違うんですか？　ルイスの家に俺が住まわせてもらっているんですか？　もしそう思っているなら、俺は今後いっさいルイスのプライベートな問題には口を挟みません」

ダグの収入では家賃を折半できないので、以前住んでいたアパートメントの家賃分を負担することは、お互い納得の上だった。申し訳ないと思ったが、ルイスはまったく気にしておらず、むしろダグが引け目を感じたらどうしようと不安がっていた。

だから今の質問は本気で聞いているわけではなかった。ルイスの他人行儀なところに腹が立ち、嫌みだとわかりつつも言わずにはいられなかったのだ。

「ダ、ダグ、何を言うんだ……っ。そんなわけないだろう？　ここは俺と君の家だ。ただ俺は、自分の家族の問題で、君に煩わしい思いをさせたくなかっただけで――」

「煩わしいわけないでしょう。ルイスの家族は俺の家族同然です。もちろん向こうはそんなふうには思ってくれないでしょうけど、でも俺はそう思ってます。いえ、思いたいんです。恋人同士が一緒に暮らすって、そういうことじゃないんですか？　ただ寝起きを共にするだけで、お互いの問題には関与しないなら、ルームシェアしている他人と同じです。俺はそんなの嫌だ。あなたとすべて分かち合いたいから、一緒に暮らし始めたっていうのに」

ケトルが音を立て始めたので、ダグは素早くガスの火を止めた。ルイスは俯いて床を見ている。その表情から何を思っているのか察するのは難しかった。

気まずい沈黙が続き、ダグは言いすぎたと反省した。ルイスはダグを邪魔者扱いしたわけではない。余計な気づかいをさせたくなくて、フィリップたちが来ることを伝えなかったのだ。わかっているのにルイスのその遠慮が悲しくて、つい感情的になってしまった。

「ルイス。すみません。少し言いすぎま――」

「ダグの言うとおりだ。お前が悪いぞ、ルイス」

背後から声がして驚いた。振り返るとフィリップが立っていた。

「すまない。盗み聞きするつもりはなかったんだ。ナンシーの具合がよくないので、もうおいとましようと思って声をかけにきた。……ルイス。女性と結婚して子供を持ってほしいと願うのは、俺の身勝手かもしれん。でもそれはお前の幸せを願うからこそだ。俺は俺の価値観に添った言葉しか口にできない。嫌な思いをさせたのなら謝るよ。すまなかった」

「フィリップ……」

ルイスは切なそうに兄の顔を見つめた。フィリップはそんなルイスに近づき、慰めるように頬を撫でた。

「お前が恋人と一緒に暮らすのは初めてだろう。だからきっとダグはいい男なんだろうと思っていたが、会ってみたら思ったとおり、気持ちのいい好青年で安心したよ。……ダグ。弟は臆病だからたまに自分の殻に閉じこもるし、不安な時ほど相手に皮肉を言ったり、時にはきつい言葉を投げつけたりする。だが根は愛情深い優しい奴だ」

「わかっています。俺はルイスのネガティブな部分も含めて好きになりました」

ダグが即答すると、フィリップは笑って首を振った。

「余計なアドバイスだったみたいだな。……ルイス、ダグを大切にしろ。お前がひとりでいるより、彼のような優しい恋人と一緒に暮らしているほうが、俺はずっと何倍も安心だ」

ルイスは小さく頷き、フィリップの広い胸に飛び込んだ。フィリップはそんなルイスの背中を優しく叩き、「離れていても、お前の幸せを願ってる」と囁《ささや》いた。

よそよそしい兄弟のように感じていたが、それはダグの勝手な思い込みだった。ルイスとフィリップには、ふたりにしかわからない絆《きずな》がある。

考えてみれば当たり前のことかもしれない。家族の在り方は千差万別だ。ユウトとパコのように普段から仲のいい兄弟もいれば、ルイスとフィリップのようにぎこちない関係性の兄弟もいる。そこにある絆は、その兄弟にしかわからないのだ。

突然、リビングルームのほうから、何かが割れるような音が響いてきた。フィリップの顔色が変わった。

「ナンシーっ?」

三人がリビングルームに駆けつけると、ナンシーが床に膝《ひざ》をついて蹲《うずくま》っていた。そばには砕けたティーカップが散乱している。

「ナンシー、大丈夫かっ?」

「フィリップ……。お腹がすごく痛いの、こんな痛いのは初めてよ……。あ……っ」

苦しげな顔でナンシーはお腹をさすった。

「どうしよう。寝室で休む?」

ルイスの問いかけにフィリップは「いや」と首を振った。

「もしかしたら陣痛かもしれない。病院につれていく」

「ええっ? でもまだ予定日まで一か月はあるんだろう?」

ダグは「早産かもしれない」と口を挟んだ。

「俺の姉も順調だったのに急に産気づいて、予定日より一か月早く出産しました。一刻も早く病院に行ったほうがいい」

「だけどこの病院に？　パームスプリングスまで帰るのか？」

「地元の病院まで二時間はかかる。大丈夫だろうか？」

フィリップが不安な表情を浮かべた。ダグはナンシーの陣痛の間隔を計った。驚いたことに四分置きだった。陣痛はかなり速いペースで始まっている。

「初産なら大抵は出産まで時間がかかるものですが、まれにスピード出産する妊婦もいます。念のためにＬＡの病院にしましょう」

問題は病院が見つかるかどうかだったが、ダグはコネを駆使して電話をかけまくり、どうにか受け入れてくれる病院を見つけ出した。

「病院が見つかりました。行きましょう」

フィリップとルイスは痛みに顔を歪めるナンシーを両側から支え、外に出てダグの車に乗り込んだ。三人が後ろに座ったのを見届けて、ダグは車を発進させた。

時々、ナンシーが痛みに耐えかねて声を上げた。フィリップだけではなく、ルイスも必死に励ましていた。

「ナンシーしっかり。大丈夫だ。きっと元気な赤ちゃんが生まれる」

バックミラーにはナンシーの手を握るルイスの姿が映っていた。お腹をさするフィリップのほうが落ち着いているので、どちらが夫かわからない。

「ダグ、まだ着かないのか?」

「もうすぐです。あと五分くらい」

「ナンシー、もうすぐだ。頑張って。赤ちゃんも頑張ってる」

ナンシーはルイスの言葉に力を得たように、「そうね」と頷いた。

「私だけじゃなく、赤ちゃんも一緒に頑張っているのよね。しっかりしなきゃ」

「こういう時、父親は無力だな。君にも子供にも何もしてやれない」

フィリップが辛そうに呟いたが、ナンシーは「いいえ」と首を振った。

「一緒にいてくれるだけでいいのよ、ダーリン。それだけで十分」

ふたりのやり取りを聞いていて、あらためていい夫婦だと感じた。

これから先、父親になる機会に恵まれないのだと思うと、寂しさを感じずにはいられなかった。だからといって、ルイスへの愛情が揺らいだわけではない。むしろ逆だった。

だったらその分、ルイスを愛そう。ダグはそう心に決めた。


病院に到着して一時間半後、ナンシーは元気な男の子を出産した。一か月も早く生まれてきたが母子ともに異常はなく、出産後すぐに赤ん坊はナンシーのいる病室に運ばれてきた。

可愛い赤ちゃんだった。身体は小さいが泣き声はしっかりしている。

フィリップは待望の我が子を抱き上げ、何度も何度もナンシーに感謝の言葉を告げていた。ベッドの上から父親になった夫を見守るナンシーは、幸せそうにずっと微笑んでいた。

ナンシーと赤ん坊はこのまま問題がなければ、明後日の午前中には退院できるという話だった。フィリップはいつまでも我が子を眺めていたそうだったが、その夜は遅かったのでいったんダグたちの家に戻り、自分の車を運転してホテルに帰っていった。

ダグとルイスは新しい命の誕生に興奮しつつも、翌日、ダグは土曜日だが署内の講習に参加しなければならず、ルイスも朝から仕事で外出の予定があったので、フィリップを見送ったあと、ふたりして早々に就寝した。

翌日は早く帰宅できた。ダグは明日のパーティーに備えて片づけに励んだ。料理はロブが担当してくれることになっているので、掃除だけに専念できるのは有り難かった。

ダグもルイスも料理はさほど得意ではないから、ケータリングサービスを手配するつもりでいたのだが、それを知ったロブが「だったら俺がつくるよ。いや、ぜひともつくらせてほしい」と申し出てくれた。

ゲストにそんなことをさせられないと断ったが、ロブは自慢の腕を振るわせてくれと言って引き下がらず、結局、お願いすることになった。

パーティーは六時からだが、ロブは材料などを買い込んでヨシュアと一緒に、三時頃にはうちに来る予定だった。

ルイスは原稿が追い込み中だったので、書斎にこもって仕事をしていたが、時々、すまなそうな顔でダグの様子を見に来た。

そのたびダグに「ルイスは仕事をして」と追い払われて、すごすごと帰っていく。その後ろ姿を見ながら何度も笑いそうになった。


日曜日、ダグとルイスはナンシーが入院している病院に出向いた。ルイスは明け方頃、原稿を書き終えたので、寝不足にもかかわらず晴れ晴れとした顔をしていた。

病室にはフィリップの姿がなかった。フィリップは早朝、ホテルをチェックアウトし、パームスプリングスの自宅に一度帰っており、まだ到着していないようだ。

退院には赤ちゃんの服やチャイルドシートが必要になる。チャイルドシートを用意していなかったり規定外の古いものだったりした場合は、退院させてもらえないらしい。

「そうだ。赤ちゃんの名前をまだ聞いていなかった。この子の名前は？」

ルイスに聞かれてナンシーは、なぜか「まだ内緒」と微笑んだ。

「フィリップに聞いて。すごくいい名前よ」

悪戯《いたずら》な目つきでナンシーが言う。ルイスとダグはわけがわからず顔を見合わせた。

「ナンシー、遅くなってすまない」

フィリップが病室に入ってきた。フィリップはダグとルイスに礼を言い、持参した洋服をいそいそと赤ちゃんに着せた。

「ベイビー。これから一緒におうちに帰ろうね。おうちは遠いから少し時間がかかるけど、寝ていればあっという間に着くぞ」

フィリップは愛おしくてたまらないといった表情で赤ん坊を抱き上げ、持参したバスケットにそっと寝かせた。チャイルドシートに装着できるバスケットだ。ダグの甥《おい》っ子も赤ちゃんの時、同じタイプのものを使っていた。

「……ルイス。実は父さんと母さんも一緒に来ているんだ。車で待ってる」

ルイスの顔色が変わった。フィリップは動揺しているルイスの腕を摑み、「会っていけ」と囁いた。

「十年ぶりだろう? 何も話さなくていいから、顔だけでも見せてやってくれ」

「嫌だ。ふたりは俺に会いたいなんて思ってない」

フィリップは悲しげな目で「そんなことはない」と頭を振り、ルイスの肩を摑み自分のほうに向かせた。

「会いたいに決まってるだろ。お前はふたりの子供なんだ。お前がゲイであることを、父さんは死ぬまで認められないだろう。それはしょうがない。父さんはクリスチャンだし、考え方も古い。でもだからといって、お前を憎んでいるわけじゃないんだ」

「憎んでるよ。俺のことなんて恥だと思っている。……フィリップにはわからない。フィリップは父さんの自慢の息子だった。でも俺は駄目な息子で、一度だって父さんに褒められたことはない。いつだって比較されて、どうしてお前は兄さんのようにできないんだって、失望されてきたんだ。父さんは俺に会いたいなんて思ってない」

断固とした口調だった。ルイスは家族のことをあまり語りたがらなかったが、ダグはずっと勘当されたからだと思っていた。だがそんな単純な問題ではなかった。優秀な兄と常に比較され、自分は愛されていないという気持ちを抱いて大人になったのだろう。フィリップに対してもコンプレックスが強すぎて、上手く向き合えずにいたのかもしれない。

「ルイス。ふたりとももう高齢だ。特に父さんは心臓が悪い。もしかしたら、これが最後になるかもしれない。顔を見せてやってくれ」

フィリップに懇願され、ルイスは困惑したようにダグを見た。迷っている。会いたくないが、最後になるかもと言われて心が揺れているのだ。

「会ったほうがいいです。仲直りはできなくても、会わずに帰ればきっと後悔する」

ダグの言葉に背中を押されたのか、ルイスはしばらく悩んだ末、不安そうな顔つきだったが頷いた。

病院のスタッフがやって来て、ナンシーを車椅子に乗せた。ナンシーは自分で歩けると言ったが、駄目だと言われた。母親は車椅子に乗って退院するのが決まりらしい。

病棟を出て駐車場に向かうと、フィリップは白いミニバンの前で止まった。運転席と助手席に人が乗っていたが、すぐに車から降りてきた。ルイスの両親だ。

「まあまあ、なんて可愛い赤ちゃんなのかしら。だけど一か月も早く生まれてくるなんて、せっかちな子ね」

銀髪の上品そうな老婦人は、にこにこしながらバスケットの中で眠っている孫を見下ろした。隣にいる夫に向かって「あなたに似てるわ」と言ったが、ルイスの父親は「どうかな」と気難しい顔で答えた。だが孫を見つめる目は柔和だ。

「フィリップ、早く赤ちゃんとナンシーを車に乗せてあげて」

母親の言葉にフィリップはバスケットをチャイルドシートに装着し、その隣にナンシーを座らせた。

「——ルイス。元気そうで安心したわ」

母親が両手を広げ、こっちに来てと動作で示した。ルイスはぎこちない足取りで進み、小柄な母親を抱き締めた。

「母さんも元気そうだ。でも少し痩《や》せたね」

「ダイエットしたのよ。……彼がダグ？　今、一緒に住んでいるって聞いたわ」

ルイスは抱擁を解き、「ああ。紹介するよ」とダグを振り返った。

「俺の恋人なんだ。ロス市警で働いている」

「初めまして。ダグ・コールマンです。お目にかかれて嬉しいです」

「ルイスの母のマリーです。こっちは父親のクレイグ。病院を探してナンシーを運んでくださったそうね。本当にありがとうございました。心から感謝します」

ダグはマリーと握手を交わし、次にクレイグにも手を差し出した。だがクレイグはむっつりした顔で頷いただけで、ダグと握手してくれなかった。男の恋人など、どうあっても認める気はないと言いたげな態度だ。

ルイスとクレイグはひとことも会話しなかった。マリーのほうは久しぶりに会った息子といろいろ話したいこともある様子だったが、不機嫌そうな夫を気づかってか、最後にもう一度ルイスを抱き締めてから車に乗り込んだ。

運転席にフィリップ、助手席にクレイグが座り、車のエンジンがかかった。十年ぶりの再会はこのまま終わってしまうのかと思ったその時、クレイグがウインドウを下ろした。

「ルイス。お前の小説は全部読んだ。面白かったが、主人公が女々しすぎる。次はスペンサーみたいなタフガイを主人公にした、骨太な小説を書け」

「え……」

突然の言葉にルイスは唖然《あぜん》としていたが、すぐ我に返り「だ、だけど」と言い返した。

「俺が子供の頃、チャンドラーを読んでいたら、父さんはそんなものを読むなって怒ったじゃないか」

「当たり前だ。チャンドラーは大人の男が読むものだからな」

憮然《ぶぜん》とした表情で答えたクレイグを見て、ルイスは気が抜けたように苦笑した。

「フィリップ、もう出せ。エディを早く連れて帰ってやらんとな」

「ちょ、ちょっと待ってっ。フィリップ、赤ん坊の名前、エディにしたの？」

運転席からフィリップは「ああ、そうだ」と笑顔で答えた。

「俺の息子の名前はエドワード・リデルだ。お前のペンネームから拝借した。きっと将来、この子は自分の名前を誇りに思い、みんなに自慢するだろうな。俺の叔父さんはあのエドワード・ボスコだって。……いつでも気が向いたら、エディの顔を見に来てくれ」

ルイスが呆然《ぼうぜん》としているうちに車は動きだし、走り去っていった。車はすぐ見えなくなったのに、ルイスはその場から動こうとしない。ダグは肩を抱き寄せた。ルイスはまだ信じられないといった顔つきでダグを見上げた。

「さっきの、作家として父さんに認められたと思っていいのかな？」

「ええ。でも本当は息子としても認めてくれていますよ。でなければルイスの本を買って読んだりしないでしょう」

ルイスは嬉しそうに頷いたが、ふと思い出したように眉間《みけん》にしわを刻んだ。

「だけどダグの握手を無視した。あれは絶対に許せないな」

その時になって気づいた。ルイスとクレイグは似た者同士だから衝突するのだろう。

「親子ですね」

ダグは苦笑せずにはいられなかった。この親子が本当の意味で和解するのは、まだ当分先なのかもしれないが、きっとルイスはこれから新作が出るたび、クレイグに本を送るはずだ。それだけは間違いない。


「へー！　甥っ子が生まれたの？　それはおめでとう。生まれたての赤ちゃん、可愛かっただろうな」

持参した自分のエプロンをつけたロブは、キッチンで玉ねぎを刻みながら破顔し、「子供っていいよね」と続けた。

「俺は姪《めい》っ子のケイティにメロメロなんだ。でも最近、お喋りが達者になってきて、生意気なこと言うんだよ。前はロブおじたんのお嫁さんになるって言ってくれていたのに、今じゃジャスティン・ビーバーのほうが好きだって。泣けてくるよ」

「姪っ子離れできるいい機会だと思います」

隣でロブの手伝いをしていたヨシュアが口を挟んだ。ドレッシングを混ぜる手つきは、調理中というより実験中の科学者のように慎重で、鼻歌交じりに時にダンスしながらてきぱきと料理を増やしていくロブとは対照的だ。

ロブは犯罪学者で、ヨシュアは警備会社に勤務するボディガード。ふたりは去年の十月に結婚したそうで、パートナーとして生涯の誓いを立てている。陽気なロブと生真面目で冗談も言わないヨシュアだが、正反対の性格をものともせず、ふたりは深く愛し合っていた。

「意地悪な奴だ。そういういけない子は、こうだぞ」

ロブはつくったばかりのサワークリームを人差し指ですくい取ると、それをヨシュアの鼻の頭に塗りつけた。ヨシュアはわずかに目を見開き、ロブの悪戯《いたずら》に薄く笑った。

完璧に整った美貌《びぼう》は普段、恐ろしく冷たく見えるが、笑った途端、少年のようなあどけなさが現れる。

ロブは笑いながら顔を近づけ、鼻先についたサワークリームを唇で奪い、残った分はキッチンペーパーで拭い取った。ダグは見つめ合うふたりを微笑ましく見ていたが、ルイスは微笑ましい気分にならなかったようだ。

「自慢したいのは料理の腕だけじゃなくて、仲の良さもか。人のキッチンでよくまあ恥ずかしげもなくいちゃつけるな」

ルイスの嫌みもなんのそので、ロブは「しょうがないだろ」とにやけた笑いを向けた。

「ヨシュアが可愛すぎるのがいけないんだ」

言い返すのも馬鹿らしくなったのか、ルイスは呆れたように両手を挙げた。

「ところでさ、あの件はどうなったの？」

することがなくて暇なルイスはカウンターに肘《ひじ》をつき、クラッカーを摘まんだ。

「あ、そのサワークリーム欲しいな。クラッカーにつけて食べたい」

「駄目。これはパーティー用」

ロブに断られ、ルイスは「ヨシュアの鼻にはつけたくせに」と文句を言った。

「あの件って、映画出演の話ですよね。俺もどうなったのか知りたいです」

ダグも気になっていたのだ。ルイスの小説の映画化記念パーティーには、ロブとヨシュアも来ていた。その際、監督のジャン・コルヴィッチがヨシュアを見て、映画に出る気はないかと持ちかけてきたらしい。

役柄は冷徹な美形の殺し屋で、脇役だが重要なキャラクターだ。コルヴィッチ監督はヨシュアならイメージにぴったりだと言い、熱心に口説いてきたと聞いている。

映画化される小説はダグももちろん読んでいるが、その殺し屋とヨシュアのイメージが重ならなくて最初は意外だった。だがヨシュアの風貌をイメージしながら読み直してみると、最初に読んだ時より、その殺し屋がずっと魅力的に感じられ、なるほどと思った。

「引き受けるかどうかまだ決めてないけど、カメラテストだけは受けることになった。コルヴィッチ監督が毎日電話してくるから、根負けしてさ。ね、ヨシュア？」

ヨシュアは気が進まないのか気鬱《きうつ》そうな表情で頷いた。

「カメラテストを受ければ、私に役者の素質がないことはわかるはずです。そしたら監督も諦めてくれると思います」

「そうかな。コメディなんかは絶対に無理だと思うけど、あの役なら君にもできると思うけどな。俺はジャンのキャスティングに間違いはないと思っているから、君があの役をやってくれるのは大賛成だ」

原作者のお墨付きをもらってしまい、ヨシュアは困惑しているようだった。

秀でた容姿を持つヨシュアだが、自分の外見には無頓着だし目立つことを嫌っている。映画に出たいとは、これっぽっちも思っていないのだろう。

「恋人が映画スターになったら大変だろうな。いや、本当に困るよ」

口ではそんなことを言いながら、ロブはとても楽しそうだった。


「うめぇー！　これ、めっちゃうまい。やっぱ先生の料理は最高だな」

マイクはあっという間にグラタンを食べ、「お代わりをくれ」と皿を差し出した。

「いいねぇ。君は本当に料理の振る舞い甲斐《がい》がある男だよ」

ロブは嬉しそうに笑い、大皿からたっぷりのグラタンを取り分けた。

マイクが絶賛したのはガーリックシュリンプが載ったカニのグラタンだ。確かにこれは抜群にうまい。

他にもパエリア、チャイニーズチキンサラダ、野菜だけのヘルシーな餃子、牛肉ロールの煮込み等々、いろんな料理がテーブルに並んでいる。どれも絶品だ。

「この牛肉を煮込んだ料理もすごく美味しいわ。中にピクルスが入っているのね」

トーニャの言葉にパコがすかさず反応し、「ああ、いけるね」と同意した。トーニャは隣のパコに顔を向けて、美しく微笑んだ。

ユウトの顔が少し険しくなったのに気づいたが、ダグは見て見ぬふりをした。パコが言ったとおりだ。パコがトーニャと絡むたび、ユウトは眉間にしわを寄せている。

「リンダールラーデンっていうんだ。ドイツの家庭料理だからレシピはいろいろあるけど、これは粒マスタードを塗った薄切りの牛肉で、玉ねぎとベーコンとピクルスを巻いて、よく焼いてからスープで煮込んでる。こっちの赤キャベツのザワークラウトとマッシュポテトをたっぷり添えて食べてみて。すごく合うから」

総勢十名でのパーティーは賑やかに進んでいる。六人掛けのテーブルを十人で取り囲んでいるので窮屈感は否めないが、密着した距離感も親密な空気が増していいものだ。

「いい家が見つかってよかったな」

ネトがパエリアを豪快にかき込みながら言った。ユウトの家でもそうだったが、気持ちいいほどたくさん食べる男だ。

「本当だよ。ハリウッドヒルズに越したなんて言うから、どんな大豪邸かと思っておっかなびっくりしてたけど、落ち着きのある実にいい家だ」

ロブは喋りながら手際よくネトの皿に料理をサーブした。ルイスとダグの出番はなしだ。ふたりはこっそり目配せして、もうロブに何もかも任せようと無言で頷き合った。

「確かにいい家だけど、ちょっと残念だよ。道路に高級住宅地お約束のプライベートゲートがあったり、庭にでかいプールとジャグジーがあったり、そういうの期待したのに」

ユウトが冗談を言うと、ディックが「俺もだ」と話に乗ってきた。

ディックはヨシュアの同僚のボディガードだが、ヨシュアとはまた違った種類の美形だ。たくましい身体を持つクールガイで、同性のダグから見ても惚れ惚れする男っぷりだ。

「ベッドルームも最低十室はあるとばかり思ってた」

「やめてくれ、ディック。そんな大きな家に住んだら掃除が大変じゃないか」

ルイスの文句を聞いて、マイクが「掃除！」と大笑いした。

「人気作家が掃除の心配とは、夢のない話だなぁ、おい。家政婦を雇えばいいだけの話だろ」

「子供がいて働く忙しいママならともかく、俺はずっと家にいるんだ。最低限の家事くらい自分でやれるさ」

作家として成功したルイスだが、その感覚は庶民的だ。一緒にスーパーマーケットに買い物に行って適当に食材を選ぶと、「こっちのほうが安い」とよく注意される。

「それにしても夜景がすごく素敵ね。バルコニーに出てもいい？」

トーニャの言葉に全員が興味を示し、ぞろぞろとバルコニーに向かった。すっかり日が暮れているので、市街地の夜景が美しく際立っている。

「最高の眺めだ。暖かくなったら、ここでバーベキューパーティーしなきゃ」

自分の家でもないのにロブが嬉々《きき》として提案する。それからロブはヨシュアの肩を抱いて離れた場所に行き、甘いムードで夜景を楽しみ始めた。デート中のように惜しみなく甘い言葉を囁いている。

ユウトとディックは人前でいちゃつくことはしないカップルなので、寒いと言って早々に中に入ってしまった。

「スモーキーはどこにいるんだ?」

ディックが思い出したように戻ってきたが、ルイスもダグも知らなかった。

「逃げたな。今日こそはあいつを手懐けてやろうと思っていたのに」

残念そうに言い、ディックはまた部屋に入っていった。スモーキーはなぜかディックを毛嫌いしている。どこかに雲隠れして姿を現さないでいるのは、ディックが来ているのを知っているからだろう。

「ルイスは毎日ここからの景色を眺めながら、小説を書いているのね」

「ああ。ダウンタウンのビル群を見るたび、あのどこかでダグが働いているんだって思う。それだけで気持ちが落ち着くんだ。まあ実際は、現場に出ているほうが多いんだろうけどね」

ダグはびっくりした。そんなことは初めて聞いた。

「ご馳走《ちそう》さま」

トーニャが笑った。隣にいたパコが「俺も一緒に働いているのを、忘れないでくれよ」とジョークを飛ばし、さらにトーニャを笑わせた。

「……今の、初めて聞きました」

小声でルイスに話しかけたら、ルイスは「だろうね」と頷いた。

「だって今、初めて言ったんだから」

「そういうことは、もっと早く聞きたかったです」

ルイスは目をそらし、「恥ずかしくて言えなかったんだよ」と早口で言い訳した。

皮肉な言葉は平気で口にするくせに、そういうことは恥ずかしがるシャイなところが可愛くて、目尻が下がる。

本当は抱き締めて熱いキスをしたかったけど、でれでれしている姿をパコやマイクに見られるのは照れ臭い。

だからダグは誰にも気づかれないよう、素早くルイスの頬にキスをした。

パーティーは十時頃、お開きになった。ロブが片づけまでしてくれたから、キッチンは何事もなかったかのようにぴかぴかで、こんなに楽なパーティーなら毎週でもやりたいと思ったほどだ。

帰っていくみんなを見送って、ダグとルイスは交代でシャワーを浴びた。ダグは先に二階の寝室に行って、ベッドの中でビールを飲みながらルイスを待っていた。うとうとしかけた頃、バスローブ姿のルイスがやって来た。

「疲れた？　もう寝る？」

ルイスはそう言いながら、ダグの上に覆い被さってきた。その目は言葉とは裏腹に絶対に寝かさないと告げていたので、ダグは望むところだと思い、ルイスの身体を強く抱き締めた。爽やかなソープの香りが鼻腔をくすぐってくる。

「寝るわけないでしょ。何日お預けを食らったと思ってるんですか」

「我慢させてごめん。ずっとそんな気になれなくて」

「いいんですよ。仕事で追い込まれている時は、それどころじゃないですよね」

ルイスは「そうなんだけど」と呟き、甘えるようにダグの胸に頭を乗せてきた。

「仕事だけじゃなくて、他のことでもブルーになっていたんだ。引っ越しとかフェデスのこととか、上手く書けない苛立ちとか」

「スランプだったんですか？」

ルイスの湿った髪を撫でながら尋ねた。

「うん。でも多分それは、フィリップから頻繁に電話がかかってくるようになったからだ。書いていた小説が親子の絆をテーマにしたものだったから、どうしても両親のことを思い出して気が滅入ってね。書きたくないって思い始めたら、本当に書けなくなってきて参ったよ。わかっていたけど、俺って気は強いのにメンタルが弱い」

真剣に反省するルイスが可笑しくて、うっかり笑ってしまった。ルイスは顔を上げ、ムッとした表情で「笑うことないだろ」とダグの顎に噛みついた。

お返しに鼻の頭を囓《かじ》ってやったら、ルイスが「もうっ」と笑った。今なら聞けそうだと思い、ダグは思いきって切り出した。

「……ルイス。ナーバスになっていた理由はそれだけですか？　もしかして俺に対する不満や、同居を後悔する気持ちも少しはあったんじゃないですか？」

ルイスは笑みを消し、黙り込んだ。嫌な予感がする。ダグの予想は当たっていたのだろうか。

「同居を急いだことを後悔したのは事実だ」

「そ、そうですか。でもなぜ？」

どうにか取り繕ったがショックだった。そんな気持ちが表情に出ていたのだろう。ルイスが「違うっ。違うからね」と慌てて言った。

「君が嫌だからとか、そんなんじゃない。むしろ逆だよ。……ダグの気持ちが変わらないうちにと思って急いで同居を開始したけど、卑怯だった気がしてさ。男と暮らすなんて大事なこと、簡単に決めさせちゃいけなかった。最低でも半年くらいはつき合ってみて、冷静な気持ちで君が選択できるようにしてあげるべきだった」

思いがけない告白に言葉を失った。ルイスがそんなふうに考えていたなんて、まったく気づかなかった。

「ルイス。俺のことを思ってくれるのは嬉しいけど、そんな心配は無意味ですよ。俺は自分の意思で同居を決めたんです。真剣に考えた結果です。……っていうか、そんなふうに思っていたなら、俺に言ってくれればよかったのに」

「そんなこと言えないよ。不安に思うのは、あくまでも俺の気持ちの問題だし」

ダグはさっき甘く囓ったルイスの鼻の先を、指先でギュッとつねった。ルイスが驚いて「痛い！」と叫んだ。

「な、何するんだよっ」

「お仕置きです。ルイスはなんでも自分で抱え込みすぎるんですよ。お願いだから、俺には全部吐き出してください。俺はあなたの弱さも我が儘《わまま》も、全部受け止めたいんです。そのために一緒に暮らすことも決意したんです。たまに会うだけの恋人じゃなく、毎日を一緒に過ごし、何もかもを分かち合える存在になりたい。欠点も晒して、それでも理解しあう。そういう関係を築きたいと心から思ってます。だからこれからは隠し事はなしにしてください。いいですか？」

断固とした口調で言うと、ルイスは気圧《けお》されたように「わ、わかった」と頷いた。ダグは厳しい表情をゆるめ、ルイスにキスした。

「愛してます。お願いだから俺をもっと信じて頼って。頼りない男かもしれないけど、俺はルイスのためならなんだってできる」

「ダグ……」

ルイスは感激した表情でダグの首に両腕を回し、強くしがみついてきた。

「ありがとう。俺は今、最高の気分だよ。仕事も終わったし、赤ちゃんは無事に生まれたし、両親とも再会できたし、パーティーは楽しかったし。何より君の愛情が嬉しい。……ああ、ダグ。本当にすごく幸せだ。こんなに幸せでいいのかって怖くなるほどだ」

「幸せになることに、恐れや不安を感じる必要はない。俺はあなたをもっと幸せにしてあげたいです。高価なプレゼントは贈れないけど、そばにいてあなたをいつも支えていきたい」

「ありがとう、ダグ。その言葉が最高のプレゼントだよ。俺は毎日小説が書けて、君がそばにいてくれたら他には何もいらない。それでもう十分なんだ。……愛してる」

見つめ合いながらキスをした。何度も何度もキスをしているうち、ふたりの興奮はどんどん増していき、そのまま自然な流れで情事になだれ込んだ。

ルイスはダグの腰に跨《また》がったままガウンを脱ぎ、ダグの服も手際よくはぎ取った。

「我慢させたから、今夜は俺にたっぷりサービスさせて」

色っぽい声で囁かれ、ダグは期待に胸を躍らせた。ルイスはダグの身体を愛しそうに愛撫《あいぶ》し、散々、焦《じ》らしてからとっくに硬くなっているペニスを口に咥《くわ》えた。

ルイスは大きなそれを口いっぱいに頬張り、恍惚《こうこつ》とした表情で大きく頭を動かしながら、絶妙な舌使いでダグを追い詰めていく。いつも感じることだが、フェラチオに耽《ふけ》るルイスの姿は犯罪的に艶めかしい。見ているだけで達してしまいそうになる。

一度、出してから余裕を持ってルイスを抱くつもりだったが、淫《みだ》らな口戯に興奮が募って我慢できなくなってきた。

「ルイス。もう欲しい。抱かせてください」

「駄目。まだ足りない。もっと君を味わいたい」

ルイスは最後までしたがったが、ダグは一刻も早くひとつになりたくて、強引にベッドを降りた。ローションとゴムを手早く準備し、ルイスを押し倒そうとしたら、逆に上に乗りかかられた。

「まだ駄目だって言ってるのにせっかちだな」

「しょうがないでしょう。早く欲しいんです。ルイスの中に入りたい」

ダグの切実な訴えを聞いて、ルイスは「いいよ」と微笑んだ。だがダグの上からは降りず、ローションに濡《ぬ》れたそれを摑んで自分のそこへと導いた。カウボーイ・ポジションで攻めるつもりらしい。

「最初は俺の好きにさせてもらうよ。二度目はダグのお好きなように」

異論はないので頷いた。ルイスはゆっくりと身体を沈め、ダグのペニスを呑み込んでいった。

痛いほどの締めつけのあと、全体を吸い上げられるような甘い刺激が襲ってきて、ダグは思わず「すごい」と声を漏らした。

「気持ちいい？」

「ええ。たまらなくいいです。……動いて、ルイス。感じているあなたが見たい」

ルイスはダグに見つめられながら、腰をくねらせ始めた。上下にピストンしたり、深く結合したまま回転させたり、ありとあらゆる角度で淫らにダグを責め立てていく。

息を弾ませながら快感に溺《おぼ》れていくルイスは、セクシーで可愛かった。もっと感じさせたくなり、ルイスの張り詰めたペニスを握った。

「駄目、ダグ。触ったらすぐに達ってしまう」

「構いません。そしたら二回目を早く始められる」

強く扱《しご》いてやると、ルイスのそれは涙を流して悦んだ。先端からあふれる滴が、ダグの指を濡らしていく。

「あ、はぁ、ダグ、もう達きそう……っ」

ルイスはダグの愛撫に身を委ねるように、身体を後ろに倒して大きく膝を開いた。快感の波が限界まで押し寄せているのか、動きを止めてダグから与えられる刺激に溺れている。

腰の動きは止まっても、ダグを呑み込んだ場所は痙攣《けいれん》するように収縮を繰り返していた。その締めつけのせいで、ダグももう我慢できそうになかった。

ルイスのものを扱きながら、下から小刻みに突き上げる。ルイスの頭がガクガクと揺れ、唇から意味をなさない言葉が漏れる。

「ダグ、達く、もう達く……っ、君も一緒に、ダグ……っ」

「ええ、一緒です。俺ももう我慢できない。ルイス、ああ、ルイス、ルイス……」

手の中でルイスのペニスが弾《はじ》けた。生温かい感触を手に感じた瞬間、ダグも愛おしい人の中で欲望を解放させた。声も出ないほどの快感に包まれ、頭が真っ白になる。

ルイスが息絶えたように身体を倒してきたので、ダグは両腕で強く抱き締めた。ふたりの胸は激しく上下し、合わさった部分から相手の鼓動が伝わってくる。

弾む息が収まるまでルイスを抱き締め、額や瞼《まぶた》にキスし続けた。

やっとふたりの呼吸が静かになったと思ったら、急にルイスのすすり泣く声が聞こえてきて驚いた。

「ル、ルイス？　どうしたんです？」

「……ごめん。なんでもない」

なんでもないのに泣くわけがない。ダグは急いで情事の後始末をすると、寒くないようルイスを布団の中に入れてから、泣いたわけを問い質した。ルイスは「本当になんでもないんだ」

と言ったが、ダグの根気強さに負けて白状した。

「引っ越してきてからの俺って、本当に最低だったろ？　苛々したりすぐ怒ったり、時には君に八つ当たりしたり」

「八つ当たりなんてされた覚えはないですよ」

ルイスは「嘘ばっかり」と呟き、切なそうな目でダグの髪を撫でた。

「君は優しい。すごく優しい。何を言っても許してくれるから、俺はつい君の優しさに甘えてしまうみたいだ。駄目な自分が情けなくて、でもそんな俺を受け止めて愛してくれる君の存在が嬉しくて泣けてきた。裏切られて泣いたことはあるけど、誰かの愛情に感謝して泣くのは初めてかもしれない」

ダグは特別なことは何もしていない。ただルイスを愛しているだけだ。もっと献身的に尽くしてあげたいが、仕事を持つ身ではやれることも限られている。

それでもルイスは、今の状態が泣けるほど嬉しいと言ってくれる。自分の存在をそれほどまでに必要としてくれているルイスに、ダグのほうが泣かされそうだった。

「俺だってルイスを愛することで、こんなにも満たされて幸せを感じているんです。感謝するのは俺のほうです」

ルイスはダグの言葉に微笑んだが、急に表情を曇らせて「だけど」と言い始めた。

「幸せって長続きしないものだから不安だよ。君が浮気したら、俺はきっと立ち直れない。相手が男なら相手の家に乗り込んでいくけど、女だったら引き下がるしかないし。ダグ。浮気するなら男にしてくれよ」

「……ルイス。今の言葉は聞かなかったことにします」

心配性の恋人を持つと大変だ。ダグはそれ以上、ルイスがネガティブなことを考えつかないように、二度目の情事に突入することにした。

その夜、ふたりは三度も愛し合った。くたくたになったが、身も心も満たされて最高に幸せな夜になった。

cat or dog

「この子がお前の浮気相手か。なるほど。確かに一筋縄ではいかなそうなタイプだな」

ユウトが初対面の感想を口にすると、ディックは「そうなんだ」と大きく頷いた。

「どういうわけか俺を毛嫌いしていて、まったく近づいてこない。……見ろよ、このつれない顔。お前になんかまったく興味はないって顔しやがって。でもそういう相手のほうが落とし甲斐はある。今日こそは絶対に手懐けてやるぞ」

男らしく宣言したディックだったが、一歩踏み出した途端、意中の可愛い子ちゃんは素早く走りだし、ソファの下に逃げ込んだ。俊敏な動きだ。

「残念だけど、お前の恋は実りそうにない。諦めろ」

ユウトは笑ってディックの手から猫じゃらしを奪い、ソファの前に腰を下ろした。床の上で猫じゃらしを左右に振ると、スモーキーは目を輝かせて追いかけ始めた。だがディックが目の前にしゃがみ込むなり、またソファの下にパッと身を隠してしまう。

「徹底して嫌われたもんだな」

「初対面の時からこうなんだ。なんで俺だけ駄目なんだ?」

ディックは溜め息交じりにぼやいた。今日の日のために新しい猫じゃらしを買い、張り切ってルイスとダグの家を訪問したのだが、どうやら目的は達成されずに終わりそうだ。

「何？　どうしたの？　ふたりしてソファの下を覗《のぞ》き込んじゃって。そこに何かいいものでもあるのかい？」

ロブ・コナーズがふたりのそばにやって来た。ほろ酔いなのか少し赤い顔をしている。

「スモーキー懐柔作戦を展開中なんだ。どうしてだかわからないけど、ディックにだけつれないんだよ」

「ああ、この子がスモーキーか。初めて見たよ。これはまたきれいな子だ」

ロブはソファの下を覗き込んで目を細めた。スモーキーはルイスの猫だが、ユウトも今日初めて実物を見た。ロブの言うとおり、真っ白のふさふさの長い毛を持つ美しい猫だ。

ルイスとダグが一緒に暮らすために、ハリウッドヒルズに新しい家を借りて引っ越したので、今夜はそのお祝いで集まっていた。メンバーはユウト、ディック、ロブ、ヨシュア、パコ、ネト、トーニャ、マイクで、ルイスとダグを入れて総勢十名でのホームパーティーは、和やかに始まり今も楽しく続いている。

「抱き上げて頬ずりしたいけど、できなくて残念。俺は猫好きなのに猫アレルギーだから、あんまり近づけないんだ。子供の頃から猫を飼うのに憧れていたけど、もう断念したよ」

口惜しそうな表情だったが、ロブはすぐに「でもね」と笑みを浮かべた。

「今はとびきり可愛い猫みたいな恋人がいるからいいんだ。おかげで本物の猫への未練もきれいになくなった」

「君ののろけ話はもう聞き飽きたけど、俺は心が広いから我慢して聞いてやるよ」

ユウトが冗談交じりに言うと、ロブは「友情って素晴らしいね」と芝居がかった様子で胸に手のひらを押し当てた。ロブご自慢の美人猫は、向こうのテーブルに座ってパコやネトと話している。今夜はジーンズとトレーナー姿で髪も整えず無造作にしてあるので、いつもより妙に可愛らしい雰囲気がある。

「ユウト、猫じゃらしを返してくれ。再挑戦だ」

ディックがいくら猫じゃらしを振っても、スモーキーはまったく動かない。理由はわからないが、よほどディックを警戒しているようだ。

「ロブ。こいつはどうして俺を嫌うんだ？　理由を教えてくれ」

「おいおい、やめてくれよ。俺は動物学者じゃないんだから、そんなのわからないよ。まあ、でも考えられるとすれば、君んちはユウティがいるからそのせいじゃないのか？」

わからないと言いつつ、何かしら自分の見解を口にするところがロブらしい。だがそれはディックの納得できる答えではなかった。

「違う。犬の匂いが理由ならユウトも駄目なはずだ。こいつはユウトとは遊んだぞ」

「じゃあきっと相性が悪いんだ。人間だってあるだろ？　特に理由はないのにうまが合わない相手とか、好きになれないタイプとか。その子は君がただ苦手なんだよ。きっと理由はない」

「なんだ。猫がいたのか。可愛い猫だな」

ネトがやってきた。ネトはおもむろにソファの下に手を差し入れ、こともなげに片手でスモーキーを抱き上げた。スモーキーは嫌がりもせず、ネトの腕の中に収まって撫でられている。

「……ネト。そいつを俺に渡してくれ。そっとだぞ」

ディックが真剣な表情で頼んだ。ネトは言われたとおりスモーキーをディックに預けようとしたが、突然スモーキーが暴れだした。

「おっと」

「わっ」

スモーキーはディックの顔を前足で引《ひ》っ掻《か》いて床に飛び降りると、ものすごい速さでキッチンのほうへ走り去ってしまった。ディックの左頬には鋭い爪の跡が残り、うっすら赤く血が滲んでいる。

ネトには「色男が台無しだ」と同情され、ロブには「徹底的に嫌われてるな」と笑われ、ディックはむっつりした顔つきで肩をすくめた。

「いいんだ。俺は猫より犬のほうが好きだからな」

頬に引っかき傷をつくったまま負け惜しみを言うディックが可笑しくて、ユウトは我慢しきれず噴き出した。

「どうしたんだろう。ユウティが呼んでも近寄ってこないんだ」

ユウトがシャワーを浴びて出てくると、ディックが困り顔で話しかけてきた。ユウティはリビングルームの隅に置いてある、お気に入りのマットの上で寝ていた。具合でも悪いのかと思って近づいて声をかけたら、尻尾を振って立ち上がった。いつもと変わらない。

「眠かったんじゃないのか?」

「そうかな。……ユウティ、おいで」

ディックが手を差し出すと、ユウティはなぜかそっぽを向いてまた寝転がってしまった。ディックに遊んでもらうのが大好きなユウティにしては、これはかなり珍しい反応だ。

「ほらな。俺を避ける」

「もしかしてスモーキーの匂いがするから、それで浮気されたと思って怒ってるのかも」

ユウトの冗談にディックは「参ったな」と苦笑して、ソファに腰を下ろした。

「調子に乗って可愛い子ちゃんの尻を追いかけ回していたら、本命にも嫌われたってわけか。スモーキーには引っかかれるし、踏んだり蹴ったりだよ」

ユウトは隣に座ってディックの頬の傷を指先で撫でた。

「悪いことはできないもんだな。でもユウティは正しい。もしお前が人間の可愛い子ちゃんに猫じゃらしを振ってみせたら、俺だって許さない」

そう言って頬の傷にキスをすると、ディックはユウトの後頭部に手を添え、お返しとばかりに唇にキスをした。

「聞き捨てならないな。俺が浮気すると本気で思っているのか？」

「思ってないよ。でももしも、万が一、浮気したくなったら、事前に言ってくれ」

「言えばどうなるんだ？　ええ？　どうなるのか言ってみろよ」

ディックは面白がってユウトの脇腹をくすぐってきた。ユウトはディックの腕から逃げようとしたが逃げ切れず、身を捩りながら「やめろよっ」と厚い胸板を叩いた。それでもやめないのでディックの腕に噛みついてやった。

「また噛んだな。しつけのなってない犬だ」

ディックに後ろから抱き締められた体勢で、ユウトは「引っかかれるほうが好きだった？」と尋ねた。ディックが身体を揺らして笑いだしたので、ユウトも自分で聞いておいて可笑しくなり、一緒に大笑いした。

笑い疲れるまで笑ってから、ディックを振り返り鼻先にキスをした。

「さっきの答え、聞きたくないか？」

「浮気したくなったら事前に言えってやつか？　ああ、聞きたいな。言えばどうなるんだ」

「ベッドの中でたっぷりお前にサービスして、浮気なんかしたくなくなるよう仕向けるんだ」

ディックは一瞬呆《ほう》けた顔をしてから、「すごい。そいつは最高だ」と相好を崩し、ユウトの身体を自分のほうに向かせて強く抱き締めた。

「だったら月に一度は申告しよう。こんなふうにな。――ユウト、大変だ。このままだと明日にでも浮気しそうだ。だから今晩はたっぷりサービスしてくれ！」

芝居がかったディックの口調が可笑しくて、ユウトは必死で笑いをこらえながら答えた。

「それは困った。毎月、浮気の虫が疼《うず》くような移り気な男とは、やってけないな」

ディックは「冗談はもうやめだ」と言い返し、ユウトの頬に熱い手を添えた。

「浮気なんてしない。俺は他の誰にも興味はないんだ。お前とのこの幸せな日々が、いつまでも続けばいいと毎日願っている。俺の望みはそれだけだ」

「ああ、わかってるよ。わかっているから、俺だってこんなくだらない冗談が言えるんだ。……ディック。愛してる」

唇を開いてキスすると、ディックの熱い舌が優しく深く入り込んできた。甘く絡みついてくるディックの舌に欲望が刺激され、下半身が甘く疼く。

キスしながらディックのシャツのボタンを外した。積極的なユウトの姿にディックも興奮を募らせたのか、ボタンを外されたシャツと中に着ていたTシャツを荒々しく脱ぎ捨て、ジーンズの前も開いた。

「お前がサービスするなんて言うから、俺の息子はさっきからもうこんなだ」

ユウトの手を掴んでそこに導く。ディックの雄は下着の中で硬く張り詰めていた。他愛ない自分の言葉に反応するディックが愛おしくて、甘い気分が増していく。はやる気持ちを抑え、指先でそこを優しく撫で上げ、ゆっくりと上体をかがめて唇を押し当てた。生地の上からたくましい昂ぶりを愛撫する。敏感に反応して、ディックのそこはいっそう大きくなった。

指で唇で舌で、惜しみなく愛してやりたい。自分の舌使いに息を乱すディックが見たい。最後は切なげに細められた瞳とかすれたセクシーな声で、「来てくれ」と囁かれたい。

愛情と欲情が混ざり合い、気分が高揚してきた。早くディックを感じたくてたまらない。

「ここでする？　それともベッド？」

顔を上げて尋ねると、ディックは寝ているユウティにちらっと目をやった。

「ベッドにしよう。うるさくして、これ以上ユウティに嫌われたくない」

本気の口調が可笑しかった。ユウティに避けられたことを相当気にしている。

「二度と猫と浮気しないって約束してやったら？」

「あとでな。今はお前が欲しくてそれどころじゃない」

ディックは立ち上がり、力強い腕でユウトを勢いよく抱きかかえた。

Lifetime of love

なんの変哲もない休日の午後だった。ユウトはテレビでバスケの試合を見ていて、ディックはソファに寝転がって昼寝をしていた。ユウティもソファの前にうずくまり寝ている。

ユウトが見ているのはロサンゼルス・レイカーズの試合だ。生中継ならディックを叩《たた》き起こして一緒に観戦させるところだが、これは録画だった。ステイプルズ・センターで行われた四日前の試合の録画で、三度も見たから結果は知っている。なのに繰り返し見てしまうのは、レイカーズの勝ち試合だからだ。宿敵のボストン・セルティックスに大差をつけて圧勝した試合とくれば、何度見たって楽しいに決まっている。

前半が終わったところで、ちょうどビールがなくなった。冷蔵庫から新しい缶ビールを取ってこようと腰を浮かせた時、玄関のチャイムが鳴った。

ユウティは耳をピクンと動かして素早く立ち上がったが、ディックは目を覚まさない。昨夜は会社を辞める同僚の送別会に参加して帰宅が遅く、ディックがベッドに入ってきたのは確か夜中の三時頃だった。それでいて朝はいつもどおりに起きて、ユウティの散歩に行ってくれたので相当眠いのだろう。すっかり熟睡してしまっている。

よく眠っているディックの端正な寝顔を微笑《ほほえ》ましく一瞥《いちべつ》し、ユウトは玄関に向かった。来客が大好きなユウティも、当然のようについてくる。

玄関のドアを開けて、通路に立っている相手を見た。知らない青年だった。年の頃は十代後半くらいだろうか。あどけなさが残る可愛《かわい》い面立ちに、ほっそりした身体つき、さらにカールした赤毛の甘い印象も手伝って、どことなく少女めいて見える。

「すみません、こちらにリックはいますか?」

ディックをリックと呼ぶ人間は珍しい。誰だろうと思いつつ、ユウトは「呼んでくるよ」と告げてリビングに戻った。寝ているディックの肩を揺さぶり、「お客さんだぞ」と声をかける。

「客? 俺に……?」

寝ぼけた顔でディックが上体を起こした。ユウトは乱れた金髪を手櫛《てぐし》で撫《な》でてやりながら、「可愛い男の子だ」と教えてやった。

「お前の隠し子だったりして」

「……覚えがある。あれは高校の頃だった。チアリーダーのものすごい美人と一度だけ――」

「馬鹿言ってないで早く行けよ」

くだらないジョークを言い始めたディックの尻を叩き、玄関に向かわせた。隠し子はあり得ないが誰なのか気になる。ユウトはリビングから顔を出して様子を窺《うかが》った。

「リック! 僕だよ、シモン。シモン・リトバーク。覚えてる?」

青年の声が聞こえてきた。ディックの背中が邪魔をして顔は見えない。

「シモン……? 嘘《うそ》だろ、あのシモンなのかっ?」

ディックが大きな声を出した。声の調子だけで強い驚きと喜びが伝わってくる。

「そうだよ。よかった、僕のこと忘れないでいてくれたんだ。嬉《うれ》しい」

「当たり前だろう。忘れるわけがない。大きくなったな。見違えたぞっ」

ディックが赤毛の青年を抱き締めた。ディックの肩越しに青年の嬉しそうな顔が見える。どうやら彼はディックと旧知の仲らしい。

青年と目が合った。別に隠れている理由もないので、ユウトはふたりに近づいていった。

「ディック、知り合いなら中に入ってもらえば？」

「ああ、そうだな。シモン、紹介するよ。彼は俺の……パートナーのユウトだ」

紹介する際のわずかな躊躇《ちゅうちょ》をユウトは見逃さなかった。なぜだろうと思ったが、次の瞬間に理由はわかった。

「ユウト、この子はシモン。ノエルの弟なんだ」

「ノエルの……？」

言われてみれば、写真で見たノエルの風貌にどこか似ている。ディックの昔の恋人は優しげな風貌をしていたが、シモンの甘い顔立ちと通じる部分があった。

「兄をご存じなんでしょうか？」

シモンに尋ねられ、ユウトは「いや」と首を振った。

「会ったことはない。でもディックから話は聞いているよ」

「リックのこと、どうしてディックって呼んでるんですか？」

不思議そうに聞かれ、困ってディックに目を向けた。ディックは俺から話すというように軽く頷き、シモンの背中を押した。

「時間はあるんだろう？　立ち話もなんだし中に入れ」

シモンを室内に招いてからコーヒーを出した。ダイニングテーブルについたシモンは、犬が好きなのかユウティをしきりに撫でている。

「五年ぶりだよな。ってことはもう十九歳か。それにしても、よく俺の住所がわかったな」

「一昨年、実家宛に手紙と小切手を送ってくれただろう？　手紙に住所が書いてあった」

ディックは自分の行為を思い出すように目を細めて、「ああ、そうだったな」と頷《うなず》いた。

「ビーチハウスを売って得た金を、みんなの家族に送ったんだ」

その言葉はユウトに向けられたものだった。四人で買ったビーチハウスだから、ディックは律儀にそうしたのだろう。

「こっちには旅行で来たか？」

「うん。大学が春休みになったから。今日着いたばかりなんだ」

シモンはアトランタに住む大学生で、将来は映画をつくる仕事に就きたいと思っているらしい。だからハリウッドは昔から憧れの地で、いろいろ観光して回りたいと嬉しそうに語った。

「そうか。お前は映画好きだったもんな」

「本当はこっちの大学に進学したかったんだけど、母さんに反対されて諦《あきら》めたんだ。バイトして貯めたお金で、念願叶ってやっとLAに来られた。まずはチャイニーズ・シアターに行ってスターの手形や足形も見たいし、アカデミー賞の受賞会場のコダック・シアターも見学したい。それからハリウッド・ミュージアム、あ、もちろんウォーク・オブ・フェイムも。行きたいところだらけだよ」

目を輝かせて観光プランを話すシモンは、小さな子供みたいで可愛かった。ディックは優しい表情で頷いて聞いている。

「どれくらいこっちにいるんだ？」

「六日間。……ねえ、リック。ちょっとだけ、ふたりきりで話せないかな？」

ユウトをちらっと見たシモンの目つきは、いかにも気まずそうだった。ユウトはディックに視線で構わないと合図を送った。

「わかった。俺の部屋に行こうか。すまないな、ユウト」

「いいんだ。積もる話もあるだろうから、ふたりでゆっくり話してこいよ」

シモンとディックがどういう関係だったのかはわからないが、大切な人を亡くした痛みを共有しているふたりだ。特にシモンは久々に会ったディックと、兄の思い出話もしたいだろう。ユウトがいては話しづらいに違いない。

ひとりになってから、あらためてノエルの存在について考えた。ユウトがノエルについて知っている事柄はあまりにも少ない。ディックより二歳年上で同じ特殊部隊にいたノエルは、コルブスが仕掛けた爆弾に吹き飛ばされて亡くなった。写真で見たノエルは柔らかい雰囲気をまとった美男子で、ディックより少し小柄だが鍛え上げた身体を持っていた。ディックはノエルを尊敬していたようなので、おそらく軍人としても優秀だったのだろう。

ディックはノエルと出会うまで、本気で人を好きになったことがなかったと言っていた。初めて愛した人を無惨に殺され、復讐に命を賭けようとした。ノエルを失った世界に生きる希望を見いだせなかったのだろう。

昔はそこまでディックに愛されているノエルに嫉妬《しっと》したこともあったが、今はもう気にしていない。思い出は誰にとっても大切だ。他人がどうこうできるものではない。それにディックを愛するということは、彼が胸に抱えるものも含めて愛するということではないだろうか。きれいごとかもしれないが、前を向いて人生をやり直し始めたディックを見ているうち、ユウトはそう思えるようになった。

一時間ほどしてディックだけがリビングに戻ってきた。シモンが疲れて眠そうだったので、ベッドで休ませていると言われ、ユウトは「アトランタからは長旅だからな」と頷いた。

「シモンとは親しかったのか？」

椅子《いす》に座ったディックにコーヒーを出してから尋ねた。

「何度か会った程度だけど懐かれてた。ノエルがウィルミントンのビーチハウスに呼んだこともあった。ひとまわりも年が離れていたせいか、ノエルはシモンをすごく可愛がっていたんだ。五年前はもっと小柄でそばかすだらけで、すごく内向的だったよ。成長してて驚いた」

「一番変化する年頃だしな。で、俺からディックって呼ばれてる理由も説明した？」

「ああ。退役後に入った会社で同じ名前の奴がいてややこしかったから、ディックで通しているうちそっちが定着したと言っておいた。……ユウト、頼みがある。シモンがＬＡにいる間、うちに泊めてやるっていうのは駄目だろうか？」

突然の頼みごとに驚いた。ディックは「もちろん嫌なら断ってくれてもいいんだ」と前置きしたうえで、事情を話し始めた。

「シモンは心臓に疾患がある。普通に生活する分には心配ないが、今も何種類かの薬を飲んでいるみたいだ。ホテルの場所を聞いたら安宿で、場所もダウンタウンの治安のよくない辺りだった。過保護かもしれないが、俺から見ればあいつはまだ子供だ。初めての土地で不安もあるだろうし放っておけない。それにお金はあんまり持ってないと言ってたから、宿代が浮けばあいつも助かると思うんだ」

ディックの気持ちはよく理解できた。亡くなった恋人が大事にしていた弟だ。久々の再会だし、わざわざ訪ねてきてくれたシモンに、できる限りのことをしてやりたいと願うのは当然だった。だからユウトは迷うことなく、「いいよ」と答えた。

「うちに泊まってもらえよ。ディックの部屋を貸してやるといい」

「ありがとう、ユウト」

ディックは一度言葉を切り、ユウトを見つめて「お前の優しさに心から感謝する」と続けた。

「大袈裟だな。親戚の子を泊めるような話じゃないか」

「全然違うだろ。シモンは俺の昔の恋人の弟だ。お前の気持ちを考えれば、こんなことを頼むのは我《わ》が儘《まま》だとわかってる」

ディックの申し訳なさそうな顔を見て、ユウトは「馬鹿だな」と笑った。

「考えすぎなんだよ。昔の恋人を泊めるって言われたら、そりゃ俺だって面白くないけど、シモンはそうじゃないだろ？　こっちにいる間はうんと優しくしてやれよ。シモンにとってきっとお前は、もうひとりの兄貴みたいな存在なんだと思う」

シモンがディックに対して強い好意を抱いているのは一目でわかる。そしてディックもシモンを可愛く思っている。大事な人に優しくするディックを見るのは、ユウトにとっても喜びだ。だから変な気兼ねなどしてほしくなかった。

「ひとりで観光してもつまらないだろうから、有休でも取ってシモンにつき合ってやったら？」

「そうだな。どうにか仕事を調整してみるよ。シモンが起きたらホテルに荷物を取りに行く」

ディックがテーブルの上で手のひらを上に向けた。ユウトが微笑んで自分の手を重ねると、ディックは感謝を伝えるように強く握り締めてきた。

「あ。それから言い忘れたけど、シモンがいる間はしないからな」

冗談半分で言ってやったら、ディックは途端に笑顔を消して情けない顔つきになった。


「おはよう、シモン。ゆうべはよく眠れた?」

顔を洗ってリビングに入ってきたシモンに、ユウトはキッチンから声をかけた。出勤前に早起きして、朝食の準備をしている最中だった。

「はい、よく眠れました」

「朝食、もうすぐできるから」

「僕、朝はシリアルしか食べないんです」

「え、そうなのかい?」

シモンは「すみません。昨日のうちに言っておくべきでした」と謝った。

「いいよ。ディックが二人分食べてくれるから。あいつ、朝からよく食べるんだよ。そのうち太りそうで心配だ」

「俺の腹が出てきたとしたら、それはお前の料理がうますぎるからだ」

声がしたので振り返ると、眠そうな顔つきのディックが立っていた。ディックは「おはよう」とシモンの頭をひと撫でして、ユウトに近づいてきた。

「自己管理ができないことを、人のせいにするな」

「俺のために、わざとまずい料理をつくるのだけはよしてくれよ」

ディックがユウトの頬《ほお》におはようのキスをする。

「ああ、それはいいアイデアだな。さっそく今夜から実施しよう」

「無駄だぞ。まずくてもお前のつくった料理を、俺が残すはずがないだろう」

「馬鹿なことばっかり言ってないで、早く顔を洗ってこい」

ディックがいなくなると、シモンは椅子に腰かけて「仲がいいんですね」と冷やかしてきた。

「仲はいいけど喧嘩《けんか》もよくするよ。俺もディックも頑固だから何かと衝突するんだ」

「へえ、そうなんですか。ノエルとリックはまったく喧嘩しませんでした。リックがたまに我が儘を言っても、ノエルはいつだってそれを笑って許すんです。だから言い合いにすらならなくて。ふたりは本当に仲のいい恋人同士でした。……あ、すみません」

しまったという表情でシモンが謝ったので、「いいんだ」と首を振った。

「気をつかわなくていい。君の目から見て、ふたりは理想的な恋人同士だったんだな」

「ええ。男同士でも真剣に愛し合っていれば、こんなに素敵なカップルに見えるんだなって、いつも感じてました。特にリックはノエルにぞっこんだった。ノエルが亡くなったあとリックも軍隊を辞めちゃって、ずっとどうしているのか心配してたんです。そしたら一昨年、手紙が来て、今は恋人と一緒に暮らしてるって書いてたから驚きました」

シモンの声には不服そうな響きがあった。ディックの移り気を責めているように感じられたので、ユウトは「いろいろあったんだよ」と言った。

「ディックはノエルと他の仲間を一度に失い、絶望のどん底に落ちた。自分だけが生き残った罪悪感に、ずっと苛まれてきた。簡単に過去を吹っ切れたわけじゃない。時間をかけてやっと前を向いて歩けるようになったんだ」

「あなたが支えてきたって言いたいの？　弱ったリックにつけ込んで、彼を自分のものにした。そういうことだよね？」

鋭い目を向けられ戸惑った。敵意さえ感じる眼差しだ。

「シモン、君は――」

「ユウト、ユウティの餌はもうやったのか？」

「あ、うん、ユウティならもう食べたよ」

ディックが戻ってきたのでそれ以上、話を続けられなくなった。

気が重くなった。シモンの自分に対する態度には、昨日からかすかな違和感を覚えていたが、それは初対面で人見知りをしているからだろうと理解していた。だが違ったらしい。それが今わかった。

シモンに嫌われている。ノエルからディックを奪ったと思っている。

ノエルはもう死んでいるのだから実際は奪うも何もないのだが、そう感じてしまうシモンの気持ちもわからなくはなかった。ユウトにも覚えがあるからだ。父がパコの母親であるレティと再婚した時、父は死んだ母のことをもう愛してないのだろうかと思い悲しかった。レティのことも、最初は母の敵のように思えて好きになれなかった。

そういう感情は理屈ではない。だからシモンが自分を嫌う気持ちも理解できる。

——ここは嫌われ役に徹して、無難にやり過ごすしかないか。

ユウトは内心で溜《た》め息《いき》をつきながら、シモンのためにシリアルを用意した。


一週間だけだからどうにかなる。そう楽観的に考えていたユウトだったが、自分の予見が甘かったと認めざるを得なかった。

シモンは表面的には礼儀正しいし、それとわかるほどの反抗的態度を取ったりもしない。だがディックがいなくなってふたりきりになった途端、それまで浮かんでいた可愛い笑顔が消え、冷ややかな目つきでユウトを見るのだ。そしてことあるごとに、ノエルとディックの恋人時代のエピソードを詳しく語ったりする。子供っぽいやり方だが、地味にダメージを受けた。

他にもユウトを苛立《いらだ》たせたのは、シモンがやたらとディックにベタベタすることだった。ディックはシモンを子供扱いしているから何も感じていないようだが、どう見ても度を超したスキンシップだ。ユウトに対する挑発としか思えない。

昨日もディックがソファで雑誌を読んでいたら「何を読んでるの？」と隣に座って、抱きつかんばかりに身体を寄せ始めた。それだけならまだよかったが、ユウトの視線が向けられているのを確認してから、これ見よがしにディックの肩に頭まで乗せた時は本気で腹が立った。

「ディックの前では猫を被《かぶ》ったいい子ちゃんなんだ」

ユウトはコーヒーカップをテーブルに置いて、「本当にいい性格してるよ」と続けた。

「その子が君に敵意を剝《む》き出しだってことは、ディックに話したの？」

ロブは同情するような口調で言い、空になったユウトのカップにコーヒーを注ぎ足した。

「話してない。ディックに対してはいい子だから、告げ口するのもなんだか気が引けるし」

「告げ口じゃなくて事実だろ？　我慢強い君がわざわざ俺の家まで来て愚痴りたくなるほど、強いストレスを感じているんだ。ディックが帰ってきたら打ち明けて注意してもらえよ」

ディックは有休が取れたので、今日はシモンとふたりでユニバーサル・スタジオ・ハリウッドに出かけている。夕食は外で食べてくると言っていたから急いで家に帰る必要もなく、ユウトは仕事帰りにパサデナにあるロブの家へとやって来たのだ。

「いいんだ。あと二日の辛抱だし。それに腹は立つけど、シモンの気持ちも理解はできる」

「そりゃ俺だって理解できるよ。だけど理解できることと、失礼な態度を許すことは別問題じゃないか」

ロブは顔をしかめて言い募った。

「ディックには亡くなった兄さんのことを、一途に想い続けてほしかったんだろうね。夢見がちな子供の勝手な理想だけど、そう思うのは彼の自由だ。でもそれで君に八つ当たりするのは間違ってる。君んちで世話になってるのに無礼すぎるだろ。俺が乗り込んでいって、シモンの尻を引っぱたいてやりたいくらいだ」

不思議なもので一緒に怒ってくれる相手がいると、それだけで気が楽になる。ロブの共感に感謝しながら、ユウトは「ありがとう」と礼を言った。

「君に話したらだいぶすっきりしたよ。ディックにはやっぱり言わない。シモンとはしこりを残さず、気持ちよく別れてほしいんだ」

「まったくユウトは人がいいね」

ロブが呆《あき》れたように言うから可笑《おか》しくなった。

「それ、君が言うの？　自分の友人と浮気した恋人と、恋人を奪った友人に親切にしてやったのはどこのどいつだよ。そのせいでヨシュアを怒らせたくせに」

「あれはぶっちゃけた話、純粋な親切心だけってわけでもないんだよね。俺を裏切った恋人と友人に、今はこんな素敵な恋人もできて、困っている君らに手を差し伸べられるほど余裕がある、すごく幸せに生きてるぞっていうアピールもあったりしてさ。男の見栄っていうか自慢っていうかさ。そういうの、わかるだろ？」

ここだけの話、というようにロブが白状した。

「それ、ヨシュアも知ってるの？」

「知らないよ。話してないもん。彼は俺を優しくて度量の大きな男だと思ってるんだから、そういう気持ちに水を差す必要はないだろ？」

しれっと答えるロブに、今度はユウトが呆れる番だった。

「ロブってずるいよな。ヨシュアの前だといつだっていい人ぶってさ。ヨシュアは君の欠点まで愛したいって言ってるんだから、そういう計算高い部分もちゃんと見せてやればいいのに。君のすべてを愛したいと思ってる相手に対して隠しごとって、不実じゃないか？」

「君ってたまに、ロマンス小説が好きな女の子みたいなこと言うよね。自分の嫌な部分なんて、大事な恋人には見せないほうがいいに決まってるじゃないか。恋を長持ちさせる秘訣は、隠しごとの達人になる。これに限るね」

ペテン師みたいなことを言うロブに、ユウトは「納得がいかないぞ」と反論した。

「前に俺に言ったよな。相手を決めたら欠点さえ魅力だと感じるようになるまで、とことん好きになるって」

「言ったね。でもそれは俺の気持ちの話だろ？　事実、俺はヨシュアの欠点も愛しく思ってる。だけど俺の欠点はヨシュアに見せたくない」

「それって対等の関係だと言えるのかな？」

「何をもってして対等と定義するのかにもよるけど、俺とヨシュアの関係には上下も優劣もないと俺は信じてる。そういった意味では限りなく対等だよ。両者にあるのは個性の違いだけだ。個性が違えば愛し方も接し方も違って当然じゃないか。ヨシュアは潔癖だし根が真面目だ。俺の欠点まで愛したいと言ってくれる気持ちは嬉しいけど、本当に俺が駄目な部分をどんどんさらけ出して彼の優しさに甘えてしまえば、関係は十中八九、悪くなる。だから俺は自分の本質的によくないところは、ヨシュアに極力見せないように心がけていくつもりだ」

言い終えたロブはにっこり笑い、コーヒーに口をつけた。

「君の本質的によくないところって、なんだろう?」

「それは内緒。話が横道にそれちゃったけど、君はシモンに対して怒ってもいいんだから、遠慮なんてするなよ。しつけのなってない子供を叱るのは、大人の役割でもあるんだから」

そうは言っても、やっぱりシモンを叱るのは難しい。腹は立つが反抗的態度の裏にあるのは、ノエルを失った寂しさだとわかるからだ。ノエルの死によってできた心の傷は、きっとまだ癒えていない。同じ痛みをディックとずっと共有していたいのに、ユウトの存在がそれを邪魔すると感じているのだろう。

要するに自分が我慢するしかない。ユウトには傷ついた子供をさらに傷つけるような真似は、どうしてもできない。

結局、状況は何も変わらないわけだが、それでもロブと話せたことで随分と気が楽になった。

シモンがアトランタに帰る前日のことだった。

夕食後にシモンがＤＶＤを持ってきて、みんなで一緒に見ようと言い出した。

「懐かしいホームビデオの映像を見つけたからＤＶＤに焼いたんだ」

三人でソファに座って再生映像を見始めたが、すぐにそれがどういったものか気づき、ユウトは溜め息が出そうになった。

「これは……お前がビーチハウスに来た時のものか？」

ディックの戸惑うような声。シモンはリモコンの一時停止ボタンを押して頷いた。

「そうだよ。みんなで過ごした夏の思い出。ノエルの遺品の中にあったんだ。ディックにどうしても見せたくて持ってきた」

「俺はいいからふたりで見ろよ。そのほうが――」

「駄目だよ。ユウトも一緒に見て。お願いだから、生きてた頃の僕の兄さんの姿を、ユウトにも見てほしいんだ」

また新手の嫌がらせかと思ったが、シモンの目にはもっと切実な何かが浮かんでいた。

「いいんだ、ユウト。見なくていい。お前は自分の部屋に戻ってろ」

ディックが静かな声で言った。ユウトを思いやる気持ちが目に表れている。だがその隣でシモンは傷ついたような顔をしていた。だからユウトは首を振った。

「見るよ。俺も一緒に見る」

こうなったら、とことんシモンにつき合ってやろうと思った。彼は頭のいい子だから、きっと自分でもわかってる。こんなことをしたって意味がないということを。それでも、そうしないといられない衝動に支配されてしまっているのだ。シモンもまた苦しいに違いない。

ディックは詫びるような眼差しでユウトの手を握った。シモンが再生ボタンを押すと、また映像が動きだした。

ウィルミントンの白い砂浜と青い海。その美しい景色の中に、今より若いディックがいた。髪も短くて若々しい。泳ぎから戻ってきたところのようで、全身が濡《ぬ》れている。その隣には赤毛の少年がいた。シモンだ。幼さの残る顔立ちに無邪気な笑顔を浮かべ、ディックを見上げて何か話している。

「シモン、泳ぐのが上手くなったな」

撮影者と思《おぼ》しき誰かが言葉を発した。シモンが「リックのおかげだよ」と嬉しそうに答える。

「でももう今日はやめておくんだ。泳ぎは体力を消耗するから」

「平気だよ。ノエルは心配性なんだから」

カメラを持っているのはノエルらしい。

「ジョナサンとフランクはどこに？」

ディックが尋ねるとノエルは「買い出しだ」と答えた。シモンが「僕に撮らせてよ」とせがんで画面からいなくなった。手ぶれで大きく揺れたかと思うと、ぐるっと移動したカメラはひとりの青年の姿を捉えた。

ノエルだ。水着にパーカーを羽織ったノエルは、ビーチチェアに座ったディックに飲み物を手渡した。ディックはそれを受け取ったが、急にノエルを引っ張って膝《ひざ》の上に座らせた。

「こら、やめろよ。シモンが撮ってるのに」

「だからだよ。シモン、ちゃんと撮ってるか？」

「うん。ばっちり」

嫌がるノエルの腰を抱いて、ディックはにやついている。その表情は悪戯《いたずら》っ子のようだ。ノエルはしょうがないという表情で逃げるのをやめて、ディックの髪をくしゃくしゃにかき乱した。それを見てシモンが笑う。

見つめ合うディックとノエルが軽くキスしたところで、ユウトは目を伏せた。胸が苦しい。嫉妬も確かにあった。だがそれとは別の感情で切なくなった。失われたディックの幸せな光景がそこにあったからだ。今はもうどこにもいない、かつてディックが愛した人。その姿を目の当たりにして、時の流れの残酷さを我がことのように感じた。

これ以上は見ていられない。そう思って立ち上がったが、ディックが摑《つか》んだ手を離さなかった。痛いほどの力で握っている。

横顔を見ると、ディックは食い入るように画面を見ながら泣いていた。多分、今この瞬間、ディックの心に自分は存在していない。過去をさまよう彼の心は、夏のこの日に戻っている。その時の気持ちになってノエルを見つめている。

「……リック。泣いてるのはノエルが恋しいからだろう？　ノエルを今でも好きなんだよね？」

そう尋ねるシモンも赤い目をしていた。シモンはまた一時停止にした。制止した画面には、まるで計ったかのようにノエルの笑顔が映しだされている。

「僕の兄さんを世界で一番愛してるって言って。以前はそうだったろ？　ノエルを誰よりも愛してたはずだ」

シモンはディックの腕を摑んで揺さぶった。ディックはシモンに顔を向けた。

「愛していたよ。心から愛してた。誰よりも何よりも。でももうノエルはいない。この世界のどこにもいないんだ。俺にあるのはノエルが残してくれた思い出だけだ」

「ノエルよりユウトのほうが好きなの？」

「比べられない。どちらも大事な存在だ。お前は右目と左目のどっちのほうが大事だと聞かれて、答えられるか？　答えられないだろう。俺も同じだ」

シモンは大きく頭を振って、「違うっ」と叫んだ。

「そんな言葉が聞きたいんじゃないっ。嘘でもいいからノエルだって言ってよ。今でもノエルを愛してるって、ノエルだけを愛してるって……っ。みんなノエルのこと忘れていっちゃう。まるで最初からいなかったみたいに、思い出しもしなくなるのってひどいよ。でも僕とリックだけは違う。僕たちだけはノエルのことを想い続けてる。ねえ、そうでしょ？　リックもそうだろ？」

ディックの腕を摑んで、シモンは必死の形相で訴えた。

「シモン……」

純粋すぎるシモンの気持ちに、返す言葉が見つからないのだろう。ディックは痛ましげな目でシモンを見つめている。

「シモン。人は誰だって生きている以上、前を向いて歩いていくしかないんだ。ディックの気持ちもわかってやってほしい」

見かねてユウトが口を挟むと、シモンは怒りの表情でにらみつけてきた。

「あんたなんか大嫌いだっ。リックのことならなんでもわかってるって顔して、何様のつもりなんだよ。ノエルが生きてたら相手にもされてないのに。リックに全然相応《ふさわ》しくないよ。あんたなんて――」

シモンは最後まで喋《しゃべ》れなかった。ディックが頰を叩いたからだ。

「ディック、何をするんだっ」

「いいんだ、ユウト。いくらシモンでも、お前を冒瀆《ぼうとく》するのは許さない」

シモンはぶたれた頰を手で押さえ、ディックを呆然《ぼうぜん》と見上げている。

「シモン。お前の寂しい気持ちはよくわかる。ノエルの存在が過去のものになっていくのが、耐えられないんだろう？　俺も前は耐えられなかった。あんなに愛したノエルが遠くなっていく。もう温もりにも触れられない。名前を呼んでもらうこともできない。気が狂いそうに辛かった」

　ディックはシモンの頬から手を引きはがし、代わりに自分の手を押し当てた。

「昔は死んだように生きてた。ノエルのことを思い出しても苦しいだけだった。でも今は違う。微笑んでノエルの顔を思い出せる　ユウトと出会ったからだ。ユウトがそばにいてくれるおかげで、ノエルと過ごした日々を、幸せな気持ちで振り返ることができるようになった。お前にもいつかそういう日が来る」

「嘘だ。来ないよ」

「来る。なぜなら俺たちが嘆き悲しんで生きることなど、ノエルは望んでいないからだ。誰よりもノエルをよく知っているお前なら、彼の気持ちも想像できるはずだ。あいつはいつもお前に何を望んでいた？　お前にとってどんな兄貴だった？　俺は知ってるぞ。ノエルはいつだってお前が幸せに生きることを望んでいた。お前にとって最高の兄貴だった。そうだろ？」

　シモンは顔をくしゃくしゃに歪《ゆが》ませ、大粒の涙を流し始めた。嗚咽《おえつ》をこぼして泣くシモンを、ディックは抱き締めた。

「シモン。俺にはもうユウトがいる。ユウトと人生を一緒に歩んでいる。俺にとって誰よりも大切な人なんだ。けど、だからといってノエルを否定するわけでも、忘れたわけでもない。今でもノエルのことは愛してる。かけがえのない思い出として、生涯愛していく。わかってくれ」

ディックの胸の中でシモンは頷いた。しゃくり上げながら何度も何度も頷くシモンの頭を、ディックは優しく撫で続けた。

翌日の土曜日、ユウトは仕事が休みでディックは午後からの出勤だった。シモンは午前中の飛行機でアトランタに帰るため、ふたりで空港まで送っていくことにした。

「トイレに行ってくる」

空港のロビーでディックがいなくなると、シモンはユウトとふたりきりが気まずいようで、窓の外に目を向けた。昨夜、大泣きしたことが恥ずかしいのか、朝からずっと口数が少ない。

「シモン。また遊びにおいで」

ユウトがそう言うと、驚いたように振り返った。

「もう二度と来るなの間違いだろ?」

自分の態度が最低だった自覚はあるらしい。ユウトは笑って「俺は度量が大きいんだ」と言い返してやった。

「なんだよ、格好つけて。もう来ないよ。あんたなんか嫌いだって言っただろ」

最後まで憎まれ口を叩くつもりらしい。

「俺が嫌いでも、ディックのことは好きなんだろう? ノエルの話がしたくなったら、いつでもディックに会いに来るといい」

「……あんた、人が良すぎるんじゃない？」

「自分でもそう思うけど、もし次も今回みたいな生意気な態度を取ったら、お尻を引っぱたいてやる。それだけは先に言っておく」

シモンの鼻の先をキュッと摘まんで言ってやった。シモンはムッとしながらユウトの手を払いのけたが、急に何かを思い出したようにニヤッと笑った。

「あのさ。ここだけの内緒の話だけど、僕のファーストキスの相手、誰だか教えてやろうか？」

「別に興味ないけど」

「いいから聞いてよ。僕の初めてのキスの相手はリックなんだ」

思いもしない打ち明け話に、自分の耳を疑った。

「ど、どういうことだよ？　いつの話だ？」

「ビーチハウスに泊まった時、酔っ払って寝ちゃったリックにキスしたんだ。リックは知らないけどね」

ユウトはニヤニヤしているシモンを声もなく見つめた。それってつまり、まさかそういうことなのか？

「お前、ディックのことが好きだったのか？」

「うん。リックは僕の初恋の人。ノエルの恋人だから諦めたけど、あんたからなら奪うのもありだよね？」

「馬鹿なこと言うなっ。駄目に決まってるだろうっ」

慌てて叱ったが、シモンはますます楽しそう笑っている。

「久しぶりに顔を見たらやっぱり格好いいし、また好きになっちゃったかも。そうだな、次は夏休みに来るよ」

「もう来なくていいっ」

顔が引きつっていたのか、トイレから帰ってきたディックに「どうかしたのか？」と聞かれた。理由など話せるはずもなく、なんでもないと誤魔化した。

シモンはセキュリティエリアに消えるまで、ずっと上機嫌だった。


「いろいろすまなかったな。嫌な思いをさせてしまった」

その夜、ベッドの中に入ってから、ディックにあらためて謝罪された。

「シモンがあそこまで気持ちをこじらせていたとは思わなかった。わかっていれば泊めたりしなかった。本当にすまなかった」

「もういいよ。結果的にはシモンも少しはすっきりしたみたいだし。……それより今夜は久しぶりにふたりきりだ」

横向きになって微笑みかけると、ディックは途端に嬉しそうな顔つきになった。

「いいのか？」

「いいに決まってる。俺だってずっと我慢していたんだから」

覆い被さってキスすると、ディックは目尻を下げてユウトを抱き締めた。なんてしまりのない顔だろう。ハンサムが台無しだ。

「俺のこと好き？」

「当たり前だろう。そんな当然すぎること、聞く必要もない」

「うん。でも聞いてみたかった」

別にディックの気持ちを疑っているわけではない。不安になっているのでもない。それなのに無性に気持ちが聞きたい気分だった。

「俺を愛してる？」

「愛してる」

「どれくらい？」

「どれだけ愛しているのかなんて、言葉では言い尽くせない。もしも世界を救うかお前を救うかどちらかを選べと聞かれたら、迷わずお前を選ぶ」

そんな突拍子のないことを真剣に語るディックが可笑しくて、思わず笑ってしまった。

「俺を救ったって世界が滅んだら、元も子もないだろ？」

「いいんだ。お前を救ったあとで、ふたり揃って世界と一緒に滅ぶのは仕方がない。でも俺がお前を見捨てることは絶対にない」

他人が見れば他愛のない睦言《むつごと》にすぎないだろう。でもディックの気持ちを知り尽くしているユウトには、その言葉が命を賭けた宣誓に思えた。

愛されている。深く強く、嘘偽りのない真実の心で。

愛されている。激しく甘く、求めてやまない熱い心で。

「ディック、俺も愛してる。愛してる……」

額を重ねて美しい瞳を覗《のぞ》き込みながら囁《ささや》いた。ディックはユウトの身体を自分の下に巻き込み、激しく口づけた。唇を嬲《なぶ》られ、痛いほど強く舌を吸われる。魂と魂が交わっているのではないかと思うほど、長く熱いキスだった。

着ているものをすべて奪われ、全裸にされた。ディックはユウトをベッドに押さえつけ、頭のてっぺんから足の爪先まで丹念に愛撫《あいぶ》した。それだけでは飽き足らず、俯《うつぶ》せにしてまた上から下まで愛撫する。背骨にそって何度も上下する舌の淫猥《いんわい》な動きに、ユウトはシーツを摑んで身を震わせた。

ディックのたくましい腕に腰を引き起こされる。尻だけを高く突き出す体勢だ。尾てい骨にキスされ、ユウトは「駄目だ」と後ろ手にディックの頭を押しやった。

「それはよせ。しなくていい」

「俺はしたい。舐《な》めたい。お前の可愛いここを」

窄《すぼ》まりに柔らかいものがぬるりと押し当てられた。ディックの熱い舌に反応して、ユウトのそこはヒクッと震えた。アナルを舐められるのは恥ずかしくて苦手だ。

普段は嫌がったらやめてくれるのに、今夜のディックは強引だった。逃げようとするユウトの腰を何度も引き戻し、双丘を痛いほど広げて尖らせた舌をねじ込んでくる。

襞《ひだ》をかき分けるように舌がうねる。ねっとりと繰り返し責められ、そのたび身体がビクビクと震えるので、ユウトはすぐに息も絶え絶えになった。

「もういい、ディック。早く来てくれ……」

「嫌だ。もっと舐めたい」

意地悪なディックはユウトを徹底して焦《じ》らした。濡れた音が響くほど舐めては啜《すす》り、手を伸ばしてペニスも刺激する。そうされるともう何がなんだかわからなくなり、ユウトは背筋を反らしてディックの手に自分の雄を押し当てた。

「ディック、もう無理、本当に駄目なんだ……早く欲しい、頼むから挿れてくれ」

ゴールのない快感は拷問のようだ。早く楽になりたくて気が狂いそうだった。だからディックが我慢できなくなるよう、羞恥をこらえて後ろ手に自分の尻を摑んだ。

「ここに、お前が欲しい……、ここに入ってきてほしい……」

シーツに頬を押し当てながら、背後に目をやって懇願する。ディックはユウトの嬌態《きょうたい》にうっすらと笑みを浮かべた。唇の端だけを上げ、目を細めるその男臭い表情には、危険な色気がしたたっている。欲情した雄そのものだ。ゾクゾクして下腹部が甘く疼《うず》き、散々舐め尽くされた窄まりが切なく収縮するのがわかった。

ディックはゴムとローションを用意して、再びユウトの後ろに回った。

窄まりの中にディックのものが入ってくる。綻んだ入り口は、なんの苦もなくディックをすべて呑み込んだ。痺《しび》れるような快感に襲われ、ユウトはシーツを握り締めた。まだディックは動いていないのに、今にも達してしまいそうだった。

ディックが動きだすと、声が止まらなくなった。動きに合わせて甘ったるい声がいくらでもこぼれてしまう。恥ずかしいのにどうしても抑えられない。

「あ、ん、ディック……っ、あ、はぁ、ん、あ……っ」

「いい声だ。もっと聞かせてくれ。お前の感じている声を聞くと、俺はたまらない気分になる」

潤んだ湿地を淫《みだ》らにかき回され、奥まで何度も何度も突き立てられ、もう限界だった。

「ディック、達《い》く、もう……っ、奥、もっと奥まで、来てくれ……っ」

「ユウト、ユウト……っ」

弓なりに背筋を反らし、ディックを受け入れるだけの器になる。ディックに激しく揺さぶられ意識が霞んでいく。それでも求めることをやめられず、崩れそうになる膝で必死に体勢を保った。

口は開いているのに、自分では叫んでいるつもりなのに、最後は声も出なかった。ユウトはディックの腕の中で、絶頂の高みへと落ちていった。

それはまるで幸せな死のようで、少しだけ怖くなった。だからユウトは情事のあと、ディックにぴったりと寄り添い、その温もりを求めた。ディックはユウトが甘えていると思ったのか、嬉しそうに足を絡めて何度もキスしてきた。

「……ディック。死ぬまでお前と一緒にいたい。生涯、こんなふうに愛し合って生きていきたい」

「俺も同じ気持ちだ」

手を繋ぎ、見つめ合ってまたキスをする。

きっと世界中の恋人同士が、同じようなことを願っているはずだ。でも人の気持ちは変わる。生涯をかけて愛し合うのは容易なことではない。

でも信じたい。ディックの気持ちを。自分の気持ちを。ふたりの愛を。強く結ばれた絆を。

きっと大丈夫。俺たちは越えていける。

愛で満たされた人生を夢見て、どこまでもふたりで歩いていこう。

Old friend（漫画）

by 高階 佑

ははは
ダムッ
コロコロ…

ポン…
……君《きみ》は一緒《いっしょ》にやらないの？
やらない 本《ほん》を読《よ》んでるから
あの… 僕《ぼく》はジミー 昨日《きのう》この施設《しせつ》に来《き》たばかりなんだ よろしくね
……早《はや》く戻《もど》れよ みんな待《ま》ってるぞ
おい新入《しんい》り あいつには構《かま》うな ひとりが好《す》きな変《か》わり者《もの》なんだ
しつこくしたら殴《なぐ》られるぞ あいつ怒《おこ》ったらすっげー怖《こわ》いんだから

じっ…
……
なんだよ
チャーリー
ひょいっ
……
さっ

……
なんなんだよ あの犬《いぬ》は……
構《かま》ってほしそうに 近《ちか》づいてくるくせに 撫《な》でようとすると いつも逃《に》げる
変《へん》な犬《いぬ》……
……長《なが》い間《あいだ》 お世話《せわ》になりました
今《いま》まで本当《ほんとう》に ありがとう ございました
元気《げんき》でね…… 大学《だいがく》が休《やす》みに 入《はい》ったら遊《あそ》びに きてちょうだい

……チャーリー
お前《まえ》もすっかり
じいさんだな
とうとう
さようならだ……
最後《さいご》くらい
撫《な》でさせろよ
ぷい
フッ
──お前《まえ》は
筋金入《すじがねい》りの
頑固者《がんこもの》だな

……じゃあな
チャーリー
ガシャーンッ

——すまん！
投《な》げてくれーっ
…………
——何《なに》か夢《ゆめ》でも
見《み》てたのか？

……別《べつ》に
なんの用《よう》だ？レニックス
……………
ツン
別《べつ》にお前《まえ》に用《よう》があって来《き》たわけじゃない
ぎょっ
な なんだよ…っ？

…………
頭《あたま》に蜂《はち》が止《と》まってた
え!?
本当《ほんとう》かっ?
どこ? どこだよっ?
もういない 逃《に》げたみたいだ
しれっ
よかった……
ほっ
……何《なに》?
いや…
今気《いまき》づいたんだが お前《まえ》 俺《おれ》の昔《むかし》の 知《し》り合《あ》いに似《に》てるな
俺《おれ》が?

へえ
どんな知《し》り合《あ》い？
古《ふる》い友達《ともだち》だ
もう死《し》んで
しまったけどな
――お前《まえ》は
筋金《すじがね》入《い》りの
頑固者《がんこもの》だな――
……じゃあな
チャーリー

……お前《まえ》に似《に》てあいつも頑固者《がんこもの》だったな
ムスッ
……頑固者《がんこもの》で悪《わる》かったな

あとがき

英田《あいだ》です。お買い上げありがとうございます。２００７年から２０１４年にかけて書いてきた番外編がまとまり感無量です。あとから『DEADLOCK』を好きになってくださった皆さまから、「番外編が読みたいのですが、どうにかなりませんか」というご要望をたくさんいただきました。この仕事を始めてから十一年目になりますが、そのご意見を一番多く頂戴してきました。

ですが全サ小冊子などは性質上、再録が難しいこともあり、毎回「申し訳ありません。無理だと思います」と謝り続けてきました。皆さんの読みたいという気持ちにお応えできないまま、年を追うごとに番外編は増えていき、その中でストーリーも進んでいきました。

番外編で話が延々と続いていくことに悩みつつも、「またユウトやディックに会えて嬉しいです」と喜んでくださる読者さまがたくさんいらっしゃるのも事実で、書ける限りは頑張ってみようと思っているうち、気がつけばこれほどたくさんの番外編を書いていました。

諦めていた再録でしたが、今回、念願叶って出版の運びとなりました。再録をご要望くださった皆さまのおかげです。本当にありがとうございます。逆に全サなどの小冊子をお持ちになっていて、再録を快く思われない方もいらっしゃると思います。そういった皆さまには深くお詫び申し上げます。本当に申し訳ありません。

『DEADLOCK』シリーズは本編が三冊、外伝が二冊、他に高階佑《たかしなゆう》先生によるコミカライズで

二冊のコミックスが出ており、現在もキャラ本誌で連載中です。高階先生が素敵に漫画化して

くださっていますので、まだの方はぜひそちらもお読みになって下さい。

は高階先生が初めて描かれた漫画だそうですが、とても初めてとは思えないクオリティですね。

『STAY』と『AWAY』にも高階先生の漫画を再録させていただきました。『STAY』収録作

表紙も描き下ろしていただきました。素敵なユウトとディックをありがとうございました。

どちらも本当に素晴らしくて、こんな心震える表紙をいただけて幸せです。『DEADLOCK』

シリーズは高階先生のイラストなくして成り立ちません。全サのミニ画集も楽しみにしています。

担当さま、このシリーズに長くおつき合いいただきありがとうございます。古い原稿を読み

直していると、感慨深い気持ちになりました。ドラマCDの収録が何度もあったし、シリーズ

関連でサイン会も二度させていただきましたし、いろんなことがありましたね。

出版、販売に携わってくださった皆さまにも、この場をお借りして深くお礼申し上げます。

そして一番の感謝は読者さまに。こんなに長く書き続けられたのは、応援してくださる皆さ

まの存在があったからです。作品を書いたのは私でも、このシリーズを育ててくださったのは、

間違いなく読者さまです。ユウトやディックたちを愛してくださってありがとうございます。

二〇一五年十二月　　英田サキ

＜初出一覧＞

Wonderful camp!……全員サービス小冊子（2010）

Baby, please stop crying

……「DEADLOCK」&「ダブル・バインド」番外編全員サービス小冊子（2011）

ロブ・コナーズの人生最良の日……全員サービス小冊子（2011）

Sunset & Love light……バースデーフェア小冊子（2012）

Sweet moment Ⅰ～Ⅲ……「DEADLOCK」番外編全員サービス小冊子（2013）

Wonder of love……小説Chara vol.31（2014）

New Year's Kiss……全員サービス小冊子（2014）

Over Again……小説Chara vol.28（2013）

cat or dog……バースデーフェア小冊子（2013）

Lifetime of love……書き下ろし

Old friends（漫画）
……「DEADLOCK」番外編全員サービス小冊子（2013）

この本を読んでのご意見、ご感想を編集部までお寄せください。
《あて先》〒141-8202 東京都品川区上大崎3-1-1
徳間書店 キャラ編集部気付
「AWAY DEADLOCK番外編2」係

AWAY DEADLOCK番外編2

2015年12月31日 初刷
2025年6月15日 3刷

著者 英田サキ
発行者 松下俊也
発行所 株式会社徳間書店
〒141-8202 東京都品川区上大崎3-1-1
電話 049-293-5521（販売部）
03-5403-4348（編集部）
振替 00140-0-44392

キャラ文庫

印刷・製本 株式会社DNP出版プロダクツ
カバー・口絵 近代美術株式会社
デザイン 百足屋ユウコ＋中野弥生（ムシカゴグラフィクス）

ISBN978-4-19-900823-8

キャラ文庫最新刊

AWAY《アウエイ》 DEADLOCK《デッドロック》番外編2

英田サキ
イラスト✦高階 佑

ついに結婚したロブ&ヨシュア。一方、クリスマス休暇目前に、ディックが記憶喪失になって…!? DEADLOCKシリーズ番外編第二弾!!

鼎愛－TEIAI－

遠野春日
イラスト✦嵩梨ナオト

親友の佑希哉《ゆきや》から、婚約間近の女性・しのぶを紹介された探偵の大道寺《だいどうじ》。ところが、しのぶは女装で男を手玉に取る結婚詐欺師で…!?

年の差十四歳の奇跡

水無月さらら
イラスト✦みずかねりょう

美形な素材が台無しなオタクの芳樹《よしき》と出会った、大手製パン会社常務・浅野《あさの》。素性の知れない青年に、なぜか興味を掻きたてられて!?

1月新刊のお知らせ

田知花千夏　イラスト✦木下けい子　[不機嫌な弟]
中原一也　イラスト✦新藤まゆり　[負け犬の領域(仮)]
水原とほる　イラスト✦小山田あみ　[奪還する男]

1/27(水)発売予定